敘例

一、本書係供大學中文系《詩經》課採作教本或知識青年自修而撰，將三百零五篇之本文加以注釋外，並特搜羅自漢以來歷代學者之評析附入，俾得對《詩經》有更深之理解與欣賞，故定名為「詩經評註讀本」。

二、《詩經》本文依十五國風、小雅、大雅，周、魯、商三頌順序排列，各單位之前，冠以扼要之說明。各篇篇名之後，先作小序性之簡介。然後於各章原文之後，加以注釋。注釋之後，附以歷代學者之評析。篇末並加一篇之總評。

三、本書不拘一家之說。其可直解者，多採直解法，就各篇本文探求其本義。其另有背景，直解不足達意，須曲解始有得者，則採曲解法，〈魏風・碩鼠〉、〈豳風・鴟鴞〉即其例。其有兩說均有得者，則兼述之。

四、本書採集解態度，注釋力求簡明，不作詳細之考證，遇有特別考證，則註明其出處。

五、古韻之學，至今雖已昌明，然亦僅能知其字所隸之韻部，難於一一確讀其本音。外子糜文開與鄙人合著之《詩經欣賞與研究》，至第三冊始於各篇後加標古韻，其一二冊各篇所缺，擬於第四冊彙補。讀者反映，謂標韻於初學仍少實用價值，本書從略，以省篇幅。

六、賦比興為《詩經》三緯，解《詩》者或逐章標明。朱熹《詩集傳》云：「賦者，敷陳其事而直言之者也；比者，以彼物比此物也；興者，先言他物以引起所詠之辭也。」王應麟《困學紀聞》引李仲蒙語則謂：「敘物以言情謂之賦，情盡物也；索物以託情謂之比，情附物也；觸物以起情謂之興，物動情也。」朱述方法，李闡情物關係，各得其要，而施於各篇卻往往比興難辨。且各家對一篇見解不同，則所定三緯亦或異。故清代以來，多主不標三緯者，今從之。僅於各篇章後引各家評析中，間或涉及。

七、舊說國風大小雅有正變美刺之別，十五國風以二南二十五篇為正，自〈邶〉以下為變風。小雅以〈鹿鳴〉至〈菁菁者莪〉十六篇為正，自〈六月〉以下為變小雅。大雅以〈文王〉至〈卷阿〉十八篇為正，自〈民勞〉以下為變大雅。正風正雅有美無刺，變風變雅則刺多美少。今不受此限制，惟評析中所引涉及正變之語照錄。

八、古代動植器物，地域方位等，難用文字說明者，採集圖片附錄書末；至所採錄學者評析，亦僅書其姓名，並另編引用歷代學者名錄，以為簡介。

九、本書足供兩學期之應用，分裝上下兩冊，以十五國風為上冊；二雅三頌及附錄為下冊。

《詩經評註讀本》推薦序

裴溥言教授（筆名普賢）為當代著名之《詩經》學者，鑽研、教授《詩經》數十年，堪稱大家，其著作早已蜚聲海內外，佳評如潮。早年與夫婿糜文開教授合著《詩經欣賞與研究》全套四冊，內容含欣賞、研究兩部分，欣賞部分並以新詩體韻文語譯，蘇雪林教授稱道：「有如初搨黃庭，恰到好處，頰上添毫，栩栩若活」（〈跋〉語）；臺靜農教授稱道：「讀他兩人的今譯，大都生動真切，並且異常矜慎，惟恐歪曲了原作者的意思，音節神韻，雖因古今文字不同，也儘量的保存」（〈序〉語）；除外，張其昀、邢光祖、戴培之、潘琦君、齊益壽、劉兆祐諸家，或撰文推介，或撰寫跋尾，無不讚譽有加。裴教授又有《詩經研讀指導》一書，程元敏教授稱道：「積學得此，亦無慮鑽研亡所歸趨矣」（〈跋〉語）。學界對裴教授及其夫婿糜教授著作之評價，真實貼切，允非虛譽。

裴教授自一九四六年起，於臺大中文系任教，至一九九一年退休，先後達四十五年。所授課程甚多，而以《詩經》課為主，於研究，則著有《詩經》專著六種，論文數十篇。裴教授於《詩經》之教學及研究既真積力久，為慮及教材及青年自修之需要，特著《詩經評註讀本》一書。該書體例及撰寫方法，開教科書及自修讀本之新猷：每單元之前有整體性說明，各篇篇名之後有詩旨簡介，原文之後有注釋，各章之後有歷代學者評析，篇末有總評。各篇詩旨可直解者，採直解法；直解不足以達意者，則採曲解法；有兩說均有得者，則兼述之。書末並附錄「《詩經》圖片」，有《詩經》地圖及星象、動物、植物、冠服、樂器、器物、建築圖片等，洋洋大觀。凡研讀《詩經》之重要見解及相關知識，靡不畢載。其體例既善，採擇又精，且貫注作者經年累歲之研究心得，足以名家，無論用以教學或自習，都是目前所見之最佳讀本。

本書出版於一九八二年，因成書時代較晚，故得善取前人之研究成果，除廣蒐古人之說予以披沙揀金、裁鎔甄辨外，又多採近人如胡適、竹添光鴻、俞平伯、陸侃如、傅斯年、顧頡剛、錢穆、屈萬里、高葆光、王靜芝、白川靜、高本漢及裴教授伉儷等十餘大家之說，不拘成見，惟求其是，胸襟開闊，見解深邃，實集古今《詩經》研究之大成，而尤便於教學之用。

裴教授是引導我研究《詩經》之啟蒙恩師，於一九九一年自臺大退休後，我即奉命承乏《詩經》課程。我於一九九九年自臺大退休轉任世新大學後，仍以《詩經》為主要教學、研究範疇，至二〇一六年再自世新退休為止；前後二十餘年之《詩經》教學、研究，都以《詩經評註讀本》作為授課之基本教材及研究之重要資糧，除因裴教授之《詩經》研究成績已有公論外，更基於此書於教學、研究上所獲致之實際效益。

欣聞三民書局有意以嶄新面貌重新出版此書，以嘉惠學子，功德無量，謹略識所知，供讀者參酌。

二〇二〇年十一月洪國樑謹識於臺北劍潭

詩經評註讀本　總目

敘　例……一
《詩經評註讀本》推薦序　洪國樑……一

上冊

十五國風
周　南……四
召　南……三〇
邶　風……五九
鄘　風……一一三
衛　風……一三七
王　風……一六六
鄭　風……一八八
齊　風……二二六
魏　風……二四九
唐　風……二六五
秦　風……二九〇
陳　風……三一二
檜　風……三三三
曹　風……三四三
豳　風……三五三

下冊

二 雅

小 雅……三七八

鹿鳴之什……三七八

南有嘉魚之什……四一六

鴻鴈之什……四四八

節南山之什……四七三

谷風之什……五二九

甫田之什……五六七

魚藻之什……五九三

大 雅……六二九

文王之什……六二九

生民之什……六六九

蕩之什……七〇八

三 頌

周 頌……七七一

清廟之什……七七二

臣工之什……七八二

閔予小子之什……七九二

魯 頌……八〇五

商 頌……八二三

附 錄……八三六

詩經圖片……八三六

評析引用歷代學者名錄……八六〇

詩經評註讀本（上）目次

十五國風

周召二南

周南十一篇

關雎……四
葛覃……七
卷耳……一〇
樛木……一三
螽斯……一四
桃夭……一六
兔罝……一八

芣苢……二〇
漢廣……二二
汝墳……二五
麟之趾……二七

召南十四篇

鵲巢……三〇
采蘩……三一
草蟲……三三
采蘋……三五
甘棠……三七
行露……四〇
羔羊……四二

殷其靁……四四
摽有梅……四六
小　星……四七
江有汜……四九
野有死麕……五一
何彼襛矣……五三
騶　虞……五五

邶鄘衛三風

邶風十九篇

柏　舟……五九
綠　衣……六四
燕　燕……六六
日　月……六九
終　風……七二
擊　鼓……七四
凱　風……七八
雄　雉……八〇
匏有苦葉……八三
谷　風……八六
式　微……九二
旄　丘……九三
簡　兮……九六
泉　水……九九
北　門……一〇一
北　風……一〇四
靜　女……一〇六
新　臺……一〇八
二子乘舟……一一一

鄘風十篇

柏　舟……一一三
牆有茨……一一五
君子偕老……一一六
桑　中……一二〇

鶉之奔奔……一二二
定之方中……一二三
蝃蝀……一二八
相鼠……一三〇
干旄……一三二
載馳……一三三

衛風十篇

淇奧……一三七
考槃……一四〇
碩人……一四三
氓……一四七
竹竿……一五二
芄蘭……一五四
河廣……一五六
伯兮……一五八
有狐……一六二
木瓜……一六三

王風十篇

黍離……一六七
君子于役……一六九
君子陽陽……一七二
揚之水……一七三
中谷有蓷……一七五
兔爰……一七七
葛藟……一七九
采葛……一八二
大車……一八四
丘中有麻……一八六

鄭風二十一篇

緇衣……一八九
將仲子……一九〇
叔于田……一九二
大叔于田……一九四
清人……一九七

羔裘……一九九
遵大路……二〇一
女曰雞鳴……二〇二
有女同車……二〇六
山有扶蘇……二〇七
蘀兮……二〇九
狡童……二一〇
褰裳……二一〇
丰……二一一
東門之墠……二一四
風雨……二一五
子衿……二一八
揚之水……二一九
出其東門……二二一
野有蔓草……二二二
溱洧……二二三

齊風十一篇

雞鳴……二二七
還……二二九
著……二三一
東方之日……二三三
東方未明……二三三
南山……二三五
甫田……二三八
盧令……二四〇
敝笱……二四一
載驅……二四三
猗嗟……二四六

魏風七篇

葛屨……二五〇
汾沮洳……二五二
園有桃……二五四
陟岵……二五六

十畝之間……二五九
伐檀……二六〇
碩鼠……二六二

唐風十二篇
蟋蟀……二六六
山有樞……二六九
揚之水……二七一
椒聊……二七三
綢繆……二七四
杕杜……二七六
羔裘……二七八
鴇羽……二七九
無衣……二八二
有杕之杜……二八三
葛生……二八五
采苓……二八七

秦風十篇
車鄰……二九一
駟驖……二九三
小戎……二九六
蒹葭……二九九
終南……三〇二
黃鳥……三〇四
晨風……三〇六
無衣……三〇八
渭陽……三〇九
權輿……三一〇

陳風十篇
宛丘……三一三
東門之枌……三一五
衡門……三一七
東門之池……三一九
東門之楊……三二一

墓門……三二二
防有鵲巢……三二四
月出……三二六
株林……三二八
澤陂……三三〇

檜風四篇

羔裘……三三四
素冠……三三六
隰有萇楚……三三八
匪風……三四〇

曹風四篇

蜉蝣……三四四
候人……三四五
鳲鳩……三四八
下泉……三五一

豳風七篇

七月……三五五
鴟鴞……三六二
東山……三六六
破斧……三七〇
伐柯……三七二
九罭……三七三
狼跋……三七五

十五國風

「國者，諸侯所封之域；而風者，民俗歌謠之詩也。」（朱熹《詩集傳》）《詩經》所輯詩，凡三百零五篇，分風、雅、頌三類。首列十五國風，次列小雅大雅二雅，然後周、魯、商三頌。十五國風次序為：⑴〈周南〉⑵〈召南〉⑶〈邶〉⑷〈鄘〉⑸〈衛〉⑹〈王〉⑺〈鄭〉⑻〈齊〉⑼〈魏〉⑽〈唐〉⑾〈秦〉⑿〈陳〉⒀〈檜〉⒁〈曹〉⒂〈豳〉。十五單位非即十五國。蓋〈周〉、〈召〉二南，實包括南方諸小國之詩，而〈邶〉〈鄘〉〈衛〉三風，皆屬衛國之詩。又〈王風〉乃周室東遷後王畿之民謠，〈豳風〉則古豳地流傳之詩耳。所謂風者，以其腔調不同為區別，而二南諸小國之歌，其腔調不必盡同，皆為南方之音耳。國風雖稱十五，而研習時常以〈周〉〈召〉二南為一組，〈邶〉〈鄘〉〈衛〉三風，亦合為一組討論之。共計一百六十篇。

十五國風地域，秦國西起隴山，齊國東瀕大海，邶、鄘、衛、王、魏、唐、豳、陳、鄭、檜、曹，則分佈黃河兩岸，以中原為主，而二南越淮、漢，南達長江北岸，廣袤及於今日甘肅、陝西、山西、河北、山東、河南、湖北等省。

至於一百六十篇年代，大多為東周作品，西周作品較少。各篇年代，可以考定者不多，詩〈序〉、

《詩譜》，僅足供參考。姚際恆《詩經通論》曰：「其見于經傳，如所謂序者，略舉言之：〈鴟鴞〉（〈豳風〉）之為周公貽王，見于書；〈載馳〉（〈鄘風〉）之為許穆夫人，〈碩人〉（〈衛風〉）之為美莊姜，〈清人〉（〈鄭風〉）之為惡高克，〈黃鳥〉（〈秦風〉）之為殉秦穆，見于《左傳》……。若此者，真詩之序也。」概略言之，國風時代，上起周初制禮作樂時，下迄春秋五霸之世，五百餘年間所存也。

周召二南

〈周南〉〈召南〉皆南方小國之詩。所以分周召者，周初經營南方，相傳由周文公旦、召康公奭分任其事，分陝（今河南陝縣）而治。陝以東周公主之，陝以西召公主之。二公世襲，故西周時代於南方所得之詩，其得自陝以東，黃河以南，長江漢水合流以北（相當今日河南省中南部、湖北省東北部）一帶者，凡十一篇，稱為〈周南〉。其得自陝以西，自秦嶺而南，長江以北（相當今日河南省西部、陝西省南部、湖北省北部）一帶者，凡十四篇，稱為〈召南〉。自周室東遷，周南主要地區，成為王畿，其後該地區所得詩，改稱〈王風〉，而東周初年，秦尚未得秦嶺及其以南地（以終南山為主峰，詩亦稱〈南山〉），故〈召南〉中尚有遲至東周初年之詩，如〈何彼襛矣〉是也。

周南十一篇

關雎

這是詩人歌詠君子追求淑女的戀情之詩。

關關雎鳩❶，在河之洲❷。窈窕淑女❸，君子好逑❹。（一章）

【注釋】

❶關關：雌雄相和之鳴聲。雎：音居ㄐㄩ。雎鳩：水鳥，即魚鷹。❷河：《詩經》中凡單言河者皆謂黃河。洲：水中可居之地。❸窈：音咬ㄧㄠˇ。窕：音ㄊㄧㄠˇ。窈窕：幽閒。淑：善。揚雄《方言》：「美心為窈，美狀為窕。」王肅曰：「善心曰窈，善容曰窕。」此言有幽閒貞靜之德之淑女，內心外貌均美善。❹君子：《詩經》中之君子，多指有官爵者，或貴族子弟；婦人尊其夫亦稱君子。異於後世稱君子乃專指品德高尚之人而言。逑：音求ㄑㄧㄡˊ，匹偶。好逑：即好配偶。

【評析】

(1)牛運震曰：①關關二字，分明寫出兩鳩來。②先聲後地有情，若作河洲雎鳩，其鳴關關，意味便短。③窈窕二字，形容淑女，說盡矣，卻又不盡。妙。④窈窕淑女，君子好逑，不平對，錯綜得妙，若作淑女窈窕，君子好逑，便直致無味。

(2)方玉潤曰：此詩佳處，全在首四句，多少和平中正之音，細味自見。取冠三百，真絕唱也。

參差荇菜❶，左右流之。窈窕淑女，寤寐求之❷。求之不得，寤寐思服❸。悠哉悠哉❹，輾轉反側❺。（二章）

【注釋】

❶參：音ㄘㄣ。差：音ㄘ。參差：長短不齊貌。荇：音杏ㄒㄧㄥˋ，水生植物，似蓴，可食。❷寤：音誤ㄨˋ，覺醒。寐：音妹ㄇㄟˋ，入眠。寤寐求之：謂無論醒時、夢中，均思以求之也。❸思：語詞。服：思念。❹悠：長。悠哉悠哉：言思念之深長。❺輾轉：反覆轉動。輾轉反側：謂因思念淑女而翻來覆去不得成眠。

【評析】

(1)牛運震曰：①參差字工細，左右字從此二字生出。②流字字法妙。③求之不得，中間加一轉筆，委婉紆折。④求之思服，一事分作兩層，意思便厚。⑤末二句筆勢一颺一頓，一曲一直，唱歎深長，令人黯然消魂。⑥此謂君子思淑女也，若作宮人輾轉反側便無味。

(2)方玉潤曰：①跟上求字，忽生出不得一層，文心乃曲。②忽轉繁絃促音，通篇精神扼要在此，不然前後皆平沓矣。

(3)竹添光鴻曰：無「求之不得」四句，則全詩平疊直敘，無復曲折，忽於窈窕淑女前後四疊之間，插此四句，遂覺滿篇悠衍生動矣。

參差荇菜，左右采之❶。窈窕淑女，琴瑟友之。（三章）

【注釋】

❶采：即採之本字。

【評析】

(1)陳啟源曰：「友、樂二章，預計初得時事也。」此謂「琴瑟友之」「鐘鼓樂之」非追敘經過，而為計劃想像之結果。

參差荇菜，左右芼之❶。窈窕淑女，鐘鼓樂之。（四章）

【注釋】

❶芼：音冒ㄇㄠˋ，煮熟。本朱熹及姚際恆義。

【評析】

(1)孔穎達曰：以琴瑟相和，似人情志，故以友言之；鐘鼓鏗宏，非情志可比，故以樂言之。

(2)牛運震曰：①只友之、樂之二語已足，不更作渲染酣暢語，此之謂古淡之音。②兩疊無轉換而自然流鬯。③看他窈窕淑女，一連說了四遍，重疊反復，有津津亹亹之神。

(3)方玉潤曰：友字樂字，一層深一層，快足滿意而又不涉於侈靡，所謂樂而不淫也。

【總評】

(1)朱熹曰：孔子曰：「〈關雎〉樂而不淫，哀而不傷。」愚謂此言為此詩者，得性情之正，聲氣之和也。

(2)牛運震曰：①孔子曰：〈關雎〉樂而不淫，哀而不傷，二語已盡此詩之妙。不傷者，舒而不迫；不淫者，淡而不濃。細讀之，別有優柔中平之旨，潔淨希夷之神。②寫哀極緜曲之態，寫樂用平直之調。③輾轉反側，琴瑟鐘鼓，都是空中設想，虛處結情，解詩者以為實事，失之矣。

(3)崔述曰：①常女易得，賢女難求。深居幽邃之女，尤不易知。故有求之不得，輾轉反側之思。惟其求之也難，則其得之也喜。故有琴瑟之友，鐘鼓之樂，所謂陰陽和則萬物生，夫婦和則家道成者也。②〈關雎〉一篇，言夫婦也。即移之於用人，亦無不可。何者？夫之欲得賢女為婦，君之欲得賢士為臣，一也。果賢女與？必深居簡出而不自炫耀；果賢士與？必安貧守分而不事干謁。非寤寐求之，不能得也。故曰：「勞於求賢，逸於得人。」豈不信與？

葛覃

這是描寫出嫁婦女準備歸寧，回娘家省親的詩。

葛之覃兮❶，施于中谷❷，維葉萋萋❸。黃鳥于飛❹，集于灌木❺，其鳴喈喈❻。（一章）

【注釋】

❶葛：草名，蔓生，莖細長，莖之纖維，可織葛布。覃：音ㄊㄢˊ，延長。❷施：古讀與拖字同，拖蔓也。屈萬里先生說。或讀為亦ㄧˋ，移也。中谷：即谷中。❸萋萋：茂盛貌。❹黃鳥：較黃鶯體積為小之鳥，食粟，今俗名黃雀。余別有〈詩經黃鳥倉庚考辨〉一文載《詩經研讀指導》。于飛：正在飛。❺灌木：自根部叢生之木。❻喈：音ㄐㄧㄝ。喈喈：鳥鳴聲。

【評析】

(1)蘇轍曰：葛者，婦人之所有事也。詠歌其所有事，而又及其所聞見也。

(2)牛運震曰：①首三句寫葛幽蔚在目，後三句娟媚充悅。②飛、集、鳴三項，略一點逗，物色節候宛然如畫。
(3)方玉潤曰：追敘葛之初生，二句為一截，唐人多有此體。
(4)高葆光曰：好一幅春深山野圖！

葛之覃兮，施于中谷，維葉莫莫❶。是刈是濩❷，為絺為綌❸，服之無斁❹。（二章）

【注釋】

❶莫莫：茂盛貌。❷刈：音亦ㄧˋ，割。濩：音穫ㄏㄨㄛˋ，煮。❸絺：音痴ㄔ，細葛布。綌：音系ㄒㄧˋ，粗葛布。❹斁：音亦ㄧˋ，厭。

【評析】

(1)陳鵬飛曰：以為衣服，而服之無厭斁之心，女功之勤者，身親嘗之，所以能儉。
(2)陳傅良曰：知稼穡之勤者，飲食則念農功；知絲麻之勤者，衣服則思女功。親執其勞，所以心誠愛而不忍棄也。
(3)朱善曰：刈而後濩，濩而後績，績而後成布，成布而後為衣。其為之也有序，其服之也不厭，此所以為勤且儉也。
(4)牛運震曰：①正寫治葛，只「是刈」二句。②末句樸厚恬雅，一語中多少意思。
(5)方玉潤曰：治葛既成以至服之無斁，起下污澣。
(6)高葆光曰：是一幅耕織圖。

言告師氏❶，言告言歸。薄汙我私❷，薄澣我衣❸。害澣害否❹，歸寧父母❺。（三章）

【注釋】

❶言：語詞，下同。師氏：女師，古有教女之師，猶後世之保姆。❷薄：語詞，下同。汙：即污字，洗衣而揉搓之以去其污。私：謂平常穿之便服。❸澣：音緩ㄏㄨㄢˇ，洗濯。衣：指禮服。❹害：音義同何，ㄏㄜˊ。❺寧：安，謂問安。

【評析】

(1)輔廣曰：薄汙薄澣者，不為甚飾之辭。害澣害否者，又見其不苟之意。

(2)朱善曰：師氏，導我者也，則必每事而詢訪，見其不敢忘也。君子，宗主我者也，則必因師以致告，見其不敢褻也。父母，生我者也，則必及時而問安，見其不敢忘也。

(3)姚際恆曰：①此言「汙」「澣」與上絺綌之服又不必相涉，然而映帶生情，在有意無意間。此風人之妙致也。②此詩不重末章，而餘波若聯若斷，一篇精神生動處則在末章也。

(4)牛運震曰：①借澣衣歸寧作結，正為治葛點染生色，餘波迴照，有不即不離之妙。②歸寧大禮，寫來極風韻，極興頭。津津娓娓，活是嬌女戀母情致。

(5)方玉潤曰：三章歸寧正面。三言字，兩薄字，兩害字，說得何等從容不迫，的是大家閨範賢媛口吻。

【總評】

(1)輔廣曰：勤儉孝敬，固婦人之懿德，又能不以勢之貴富，時之久遠，而有所變遷焉，則尤見其德厚有常，而人所難及也。

(2)朱善曰：即為絺為綌，而知其能勤；即澣濯無斁，而知其能儉；因其言告師氏，而知其能敬；因其歸寧父母，而知其能孝。〈關雎〉之所謂淑，指其德之全體言也。此所謂勤儉孝敬，又各就其一事言也。

(3)牛運震曰：黃鳥鳴木，不必目睹其景，正好借作治葛以前襯托。澣衣歸寧，不必實有其事，恰好借作治葛以後烘染。即此可悟古人作詩參活不呆板處。

(4)崔述曰：詩之體，多重末章，而前特為原起。此篇本為歸寧而作，然不遽言歸寧，先言葛葉之生，時鳥之變，感物思親，此其時矣。而仍不遽歸也，乃藉師氏以請於夫，而云害澣害否，猶為不敢必之詞焉。其敬事而不敢顧其私，尊夫而不敢擅自主，為何如哉？歸寧父母，孝也，人子之至情也，猶不敢專如此，況其他乎？

(5)高葆光曰：在平淡的情況下，添入田野的美景，文情倍極幽倩，令人覺得絕不枯燥。

卷耳

婦人思念她丈夫在外行役之苦，想像他馬疲、僕病，也正登山望鄉呢！

采采卷耳❶，不盈頃筐❷。嗟我懷人❸，寘彼周行❹。（一章）

【注釋】

❶采：同採。采采：採而又採。卷耳：一年生草，葉形似鼠耳。叢生如盤，嫩葉可食。❷盈：滿。頃筐：斜口筐，前低後高，畚箕之屬。❸嗟：音ㄐㄧㄝ或ㄐㄩㄝ，歎詞。❹寘：同置。行：音杭ㄏㄤˊ。周行：周之國道，大道也。

【評析】

(1)朱善曰：卷耳易采也，頃筐易盈也，然采之又采而不盈頃筐何也？蓋託言其心在乎君子，而不在乎物也，於是舍之而寘彼大路之旁焉。其心之專一而不暇乎它，可知也。

(2)牛運震曰：①我懷人隱約其詞，不能質言，妙。②閨思妙旨，唐人詩「提籠忘采桑（普賢按：應為葉），昨夜夢漁陽。」似從此化出。

(3)方玉潤曰：因采卷耳而動懷人念，故未盈筐而寘彼周行，已有一往情深之概。

陟彼崔嵬❶，我馬虺隤❷。我姑酌彼金罍❸，維以不永懷❹。（二章）

【注釋】

❶陟：音至ㄓˋ，登。嵬：音韋ㄨㄟˊ。崔嵬：形容山高之狀。❷虺：音灰ㄏㄨㄟ。隤：音頹ㄊㄨㄟˊ。虺隤：馬疲累致病。

❸姑：姑且。罍：音雷ㄌㄟˊ，酒器。金罍：金屬之罍。❹維：語詞。

【評析】

(1)牛運震曰：妙在數虛字，寫得愁苦岑寂，情緒顛倒，真得白描之神。

(2)方玉潤曰：下三章皆從對面著筆，思想其勞苦之狀。

陟彼高岡，我馬玄黃❶。我姑酌彼兕觥❷，維以不永傷。（三章）

【注釋】

❶玄黃：病貌。❷兕：音四ㄙˋ，野牛。觥：音工ㄍㄨㄥ。兕觥：用野牛角做的酒器，或其蓋作牛首形之酒器。

【評析】

(1)牛運震曰：①懷傷不辭，但求不永，可謂微婉之極。②中間疊二長調，意興玲瓏，咏歎盡致。

陟彼砠矣❶，我馬瘏矣❷。我僕痡矣❸，云何吁矣❹！（四章）

【注釋】

❶砠：音居ㄐㄩ，石山之戴土者。❷瘏：音圖ㄊㄨˊ，病。❸痡：音夫ㄈㄨ，病。❹吁：《爾雅》注引此作盱，音虛ㄒㄩ，張目遠望。

【評析】

⑴輔廣曰：馬病不能進，猶可資於人也。僕病不能行，則斷不能往矣。此亦甚之之詞。

⑵牛運震曰：①添出僕痡是加一倍寫法。②四矣字急調促節。

⑶方玉潤曰：末乃極意摹寫，有急管繁絃之意，後世杜甫「今夜鄜州月」一首脫胎於此。

【總評】

⑴牛運震曰：①一篇寥冷無聊之況中有一段說不出的光景，而意思含蓄纏綿無盡。②七我字，婉而摯。

⑵姚際恆曰：二章言山高，馬難行；三章言山脊，馬益難行；四章言石山，馬更難行。二、三章言馬病，四章言僕病，皆詩例之次敘。

⑶崔述曰：愛之至，故欲其自寬。無錦衾角枕之思，而但有夙夜風霜之慮，是其情發乎正而不流於昵，可以為訓於後世矣。是故二南之首以〈關雎〉者，男先乎女之義也。次以〈葛覃〉，婦敬夫也。又次以〈卷耳〉，婦愛夫也。愛易而敬難，故先敬而後愛，能如是之敬愛其夫，夫之所以寤寐求而琴瑟友也。《易傳》所謂夫夫婦婦而家道正，正家而天下定者，此也。

⑷俞平伯曰：當攜筐采綠者徘徊巷陌，迴腸盪氣之時，正征人策馬盤旋，度越關山之頃，兩兩相映，境殊而情卻同，事異而怨則一。所謂「向天涯一樣纏綿，各自飄零」者，或有當詩人之旨乎！

樛木

這是一篇原始的祝福詩，可以用在喜慶日子合唱的樂歌。

南有樛木❶，葛藟纍之❷。樂只君子❸，福履綏之❹！（一章）

【注釋】

❶樛：音糾ㄐㄧㄡ，樹木下曲曰樛。❷藟：葛屬。纍：音雷ㄌㄟˊ，纏繞攀援。❸樂只：猶言樂哉。❹履：祿。綏：安。

此句謂福祿使君子安寧。

【評析】

(1)牛運震曰：樂字渾妙。福履字新。

南有樛木，葛藟荒之❶。樂只君子，福履將之❷！（二章）

【注釋】

❶荒：掩蓋。❷將：扶助。

【評析】

(1)汪應蛟曰：人之所樂，天之扶助也。

南有樛木，葛藟縈之❶。樂只君子，福履成之❷！（三章）

【注釋】

❶縈：音迎ㄧㄥˊ，纏繞。❷成：成就。

【評析】

(1)鄒泉曰：旋繞之周為縈。成者，言諸福之物可致之祥，莫不畢至，有純全悠久之意。

(2)顧起元曰：成言自始至終，自大至小，其福無不成就。

【總評】

(1)顧夢麟曰：三章大旨，以稱願不已為義。黃才伯謂稱者，稱其所已然德也；願者，願其所未然福也。

(2)牛運震曰：換字不換調，一節深一節，風體往往有此。

(3)方玉潤曰：三章只易六字，而往復疊陳，慇懃之意自見。

(4)糜文開曰：《詩經》三百篇的基本形式是：(1)篇三章，(2)章四句，(3)句四字的四十八字詩。而三章多疊咏；僅其用韻之字更換。〈樛木〉篇三章，首章以纍、綏兩字為韻，次章易以荒、將二字，三章再易為縈、成二字，是其範例。而《詩經》用韻之句末一字往往相同，用韻之字則在其前一字，〈樛木〉篇用韻之句末字均為「之」字，用韻之六字，則在之字前一字，此《詩經》用韻之特色，後世僅《楚辭》承襲之。

螽斯

這是一篇祝福多子多孫的詩歌。

螽斯羽❶，詵詵兮❷；宜爾子孫振振兮❸！（一章）

【注釋】

❶螽：音終ㄓㄨㄥ。螽斯：蝗屬，青色多子之蟲，能以股擦翅作聲。羽：翅。❷詵：音森ㄙㄣ。詵詵：形容羽聲之眾多。❸爾：指螽斯。振：音真ㄓㄣ。振振：眾盛貌。

螽斯羽，薨薨兮❶；宜爾子孫繩繩兮❷！（二章）

【注釋】

❶薨：音烘ㄏㄨㄥ。薨薨：形容羽聲眾多。❷繩繩：連續不絕貌。

螽斯羽，揖揖兮❶；宜爾子孫蟄蟄兮❷！（三章）

【注釋】

❶揖：音緝ㄑㄧˋ。揖揖：形容羽聲眾多。❷蟄：音直ㄓˊ。蟄蟄：盛多貌。

【總評】

(1)呂大臨曰：螽斯將化，其羽比次而起；已化而齊飛有聲；既飛復斂羽而聚。歷言眾多之狀，其變如此也。

(2)陸深曰：〈螽斯〉之詩與〈樛木〉三章，皆詞氣和平，文義回互，反覆而吟詠之，則深涫醲郁之化，自溢於音響節奏之餘。以聲詩言之，三疊之類也；以聲樂言之，三闋之類也。而古調從可識矣。

(3)牛運震曰：子孫說螽斯，奇。疊字為調，節短韻長。

桃　夭

這是一篇祝賀嫁女的詩。

桃之夭夭❶，灼灼其華❷。之子于歸❸，宜其室家。（一章）

【注釋】

❶夭夭：少好貌。❷灼灼：鮮明貌。華：古花字。❸之子：此子，謂出嫁之女子。歸：女子出嫁曰歸。于歸：正在出嫁。

【評析】

(1)輔廣曰：婦人之賢，莫大於宜家。使一家之人，相與和順，而無一毫乖戾之心，始可謂之宜矣。

(2)牛運震曰：①只夭夭二字，寫桃花便如少女。②宜字穩妙。

(3)方玉潤曰：豔絕，開千古詞賦香奩之祖。

桃之夭夭，有蕡其實❶。之子于歸，宜其家室。（二章）

【注釋】

❶蕡：音墳ㄈㄣˊ，大。有蕡：即蕡然。

【評析】

(1)毛萇曰：蕡，實貌，非但有華色，又有婦德。

(2)朱道行曰：凡華豔者鮮實，桃夭不然，春開夏結，其實多而味美，故曰有蕡其實。彼于歸者之有子似之。

桃之夭夭，其葉蓁蓁❶。之子于歸，宜其家人。（三章）

【注釋】

❶蓁：音珍ㄓㄣ。蓁蓁：茂盛貌。

【評析】

(1)牛運震曰：華、實、葉三層，句法三變。

(2)方玉潤曰：意盡首章，葉、實則于歸後事，如綠葉成陰子滿枝，亦以見婦人貴有子也。

【總評】

(1)朱善曰：淑以其德之蘊於中者言，宜以其效之著於外者言。惟其有是德，故可必其有是效也。

(2)姚際恆曰：桃花色最豔，故以取喻女子，開千古詞賦咏美人之祖。

(3)牛運震曰：美「之子」也，淺淡寫便自嫵媚。

(4)崔述曰：此篇語意平平無奇，然細思之，殊覺古初風俗之美，何者？婚娶之事，流俗之所豔稱，為壻黨者，多以婦之族姓顏色為貴，而詩示之，〈碩人〉之詩是也。為婦黨者，多以壻之富盛安樂為美，而矜言之，韓奕之詩是也。俗情類然，蓋雖賢者有不免焉。今此詩都無所道，祇欲其宜家宜室宜家人，其意以為婦能順於夫，孝於舅姑，和於妯娌，即為至貴至美，此外都可不論，是以無一言及於紛華靡麗者，非風俗之美，安能如是？

(5)方玉潤言：〈關雎〉從男求女一面說，此從女歸男一面說，互相掩映，同為美俗。以如花勝玉之子而宜室宜家，可謂德色雙美，豔稱一時。

兔罝

這是讚美武夫的詩。

肅肅兔罝❶，椓之丁丁❷。赳赳武夫❸，公侯干城❹。（一章）

【注釋】

❶肅肅：糾結嚴密貌。罝：音居ㄐㄩ，網。兔罝：捕兔網。❷椓：音琢ㄓㄨㄛˊ，擊。丁：音爭ㄓㄥ。丁丁：擊木橛以固定兔罝之聲。❸赳：音糾ㄐㄧㄡ。赳赳：勇武貌。❹公侯：指國君。干城：干即盾，所以護身。城以阻敵。盾與城皆禦敵捍衛之物，故以之比武夫。

【評析】

(1)鄭玄曰：干也城也，皆以禦難也。此罝兔之人賢者也。有武力可任為將帥之德，諸侯可任以國守，扞城其民，折衝禦難於未然。

(2)嚴粲曰：可為公侯之干城，言勇而忠也。

(3)牛運震曰：一兔罝耳，卻用肅肅字摹神，真有部伍森嚴氣象。干城字借用，奇。

(4)方玉潤曰：肅肅二字寫出軍容嚴肅之貌。

肅肅兔罝，施于中逵❶。赳赳武夫，公侯好仇❷。（二章）

【注釋】

❶施：佈置。逵：音奎ㄎㄨㄟˊ，或作馗，九達之道。指兔之行道似龜背，故曰馗。中逵：逵中。❷仇：匹。好仇：猶言良伴。

【評析】

(1)孔穎達曰：毛以為赳赳然有威武之夫，有文有武，能匹耦於公侯之志，為公侯之好匹。

(2)鄒泉曰：九逵，兔所往來之地，故設罝於此。好仇，即元首明，股肱良，有是君，有是臣之謂。所謂聖人有作，此其為聖人之耦；有王者起，此其為王者之佐是也。

(3)方玉潤曰：此層深。

肅肅兔罝，施于中林❶。赳赳武夫，公侯腹心❷。（三章）

【注釋】

❶中林：林中。❷腹心：可與公侯同心同德，為公侯可靠而得力之人。

【評析】

(1)范處義曰：腹心，言公侯之謀臣，所謂作朕心膂是也。詩人偶見施兔罝者於中林幽深之處，而肅肅然嚴整，不以人所不聞不見而少懈，由是知其赳赳然勇而不欺，移此心以為公侯之腹心，有何不可？

(2)嚴粲曰：謂機密之事，可與之謀慮，言勇而智也。

(3)牛運震曰：腹心二字想見盛世君臣忠信一體，令人忼慨激昂。

(4)方玉潤曰：此層更深。

【總評】

(1)歐陽脩曰：捕兔之人，布其網罟於道路林木之下，肅肅然嚴整，使兔不能越逸，以興周南之君，列其武夫為國守禦，赳赳然勇力，使奸民不得竊發。而此武夫者，外可以扞城其民，內可以為公侯好匹，其忠信又可倚以為腹心。以見周南之君，好德樂善，得賢眾多，所任守禦之夫猶如此也。

(2)蘇轍曰：丁丁，人所聞也；中逵，人所見也；中林，聞見所不及也，而猶肅肅焉，則敬其事也至矣。

(3)呂祖謙曰：曰干城，曰好仇，曰腹心，其詞浸重，亦歎美無已之意也。

(4)牛運震曰：美舉賢於兔罝也，讀之有深穆雄武之氣。

(5)方玉潤曰：干城、好仇、腹心，即從上肅肅字看出。落落數語可賅〈上林〉、〈羽獵〉、〈長楊〉諸賦。竊意此必羽林衛士扈蹕游獵，英姿偉抱，奇傑魁梧，遙而望之，無非公侯妙選。詩人咏之，亦以為正氣鍾靈特盛乎此耳。

芣苢

這是農村婦女們利用休閒相約採集車前子時合唱的民歌。

采采芣苢❶，薄言采之❷；采采芣苢，薄言有之。（一章）

【注釋】

❶芣：音浮ㄈㄡˊ。苢：音以ㄧˇ。芣苢：即車前子，可入藥。❷薄言：語詞。

【評析】

(1)黃佐曰：首章方去采時事也。蓋以門庭之內，幸無係累；而機杼之外，尚有餘閒，乃相與采此芣苢。始焉眩於求也，薄言采之；既而真於遇也，薄言有之。

采采芣苢，薄言掇之❶；采采芣苢，薄言捋之❷。（二章）

【注釋】

❶掇：音奪ㄉㄨㄛˊ，拾。❷捋：音勒ㄌㄜˋ，取其子。子在地者拾之，未落者捋之。

【評析】

(1)黃佐曰：此章正是采芣苢時事也。既求而得之矣，於是穗可拾也，薄言拾其穗。於是子可取也，薄言取其子。掇之捋之，兼收竝蓄，始取諸物而有餘矣。

采采芣苢，薄言袺之❶；采采芣苢，薄言襭之❷。（三章）

【注釋】

❶袺：音結ㄐㄧㄝˊ，以衣貯物而執其下襬。❷襭：音協ㄒㄧㄝˊ，以衣貯物而掖其下襬於腰帶間。

【評析】

(1)黃佐曰：此章既采而攜以歸時事也。采之既多，非掬之所能容，以衣貯之而執其衽於手中；非手之所能執，以衣貯之而扱其衽於帶間。袺之襭之，可謂不厭矣。

【總評】

(1)劉瑾曰：自采之至襭之，有無多寡之序如此。

(2)黃佐曰：芣苢，微物也，而相與采之。采物細事也，而相與賦之。家室和平之樂，固溢於采物之餘；而廣大自得之風，自暢於行歌之外。成周太和氣象，不亦可想見哉！

(3)吳師道曰：此詩終篇言樂，不出一樂字。讀之自見意思。

(4)陸深曰：案此詩凡三章，章四句，四言，總之為四十八字。內用采采字凡十三，芣苢字凡十二，薄言字凡十二，除為語助者，才餘五字耳。而敘情委曲，從事始終。與夫經行道途，招邀儔侶，以相容與之意，藹然可掬。天下之至文也，即此亦可以見和平矣。

(5)牛運震曰：①采采薄言，疊說連下，輕倩流逸，寫出少婦遊春嬉笑成隊光景。②淺淺寫卻自一團興致。

(6)方玉潤曰：此詩自鳴天籟，一片好音，讀者試平心靜氣涵泳，恍聽田家婦女三三五五於平原繡野風和日麗中，群歌互答，餘音裊裊，若遠若近，忽斷忽續，不知其情之何以移，而神之何以曠！今世南方婦女登山採茶，結伴謳歌，猶有此遺風云。

漢廣

這是愛慕漢水游女，而自歎無從追求的戀歌。

南有喬木❶，不可休思❷；漢有游女❸，不可求思。漢之廣矣，不可泳思；江之永矣❹，不可方思❺！（一章）

【注釋】

❶喬木：樹枝上竦之木。❷休：休息。思：語詞，下同。喬木不能蔭下，故不可休息。❸游女：出遊之女。證之揚雄〈羽獵賦〉有「漢女潛水」句，是亦可釋為游泳之女。❹永：長。❺方：筏，編竹木以渡水者。

【評析】

(1)牛運震曰：①後四句只將不可求意思，繚繞往復，神味深長。②漢廣不可泳，江永不可方，言游女有江漢之隔，婷婷獨立，可望而不可即也。正與古詩「盈盈一水間，脈脈不得語」相似。③三十二字中若有人舉目木末，低頭水涯，低徊夷猶，黯然消魂。

(2)方玉潤曰：中間插入游女，末忽揚開，極離合縹緲之致。

翹翹錯薪❶，言刈其楚❷；之子于歸，言秣其馬❸。漢之廣矣，不可泳思；江之永矣，不可方思！（二章）

【注釋】

❶翹：音喬ㄑㄧㄠˊ。翹翹：叢生貌。錯：雜。❷言：語詞，下同。刈：音亦ㄧˋ，割。楚：木名，荊屬。❸秣：音莫ㄇㄛˋ，飼。馬：古音ㄇㄨˇ。

【評析】

(1)歐陽脩曰：願秣其馬，此悅慕之詞，猶古人言雖為執鞭，猶欣慕焉者是也。

(2)牛運震曰：言秣其馬，寫得情款繾綣之至。

翹翹錯薪，言刈其蔞❶；之子于歸，言秣其駒❷。漢之廣矣，不可泳思；江之永矣，不可方思！（三章）

【注釋】

❶蔞：音縷ㄌㄩˇ，蒿。❷駒：馬之小者。

【評析】

(1)牛運震曰：三疊三唱，不易一字，妙。有千迴萬轉之致。

(2)方玉潤曰：後二章刈楚刈蔞，乃寫正面，仍帶定游女，妙在有意無意之間。

【總評】

(1)牛運震曰：意思無多，而風神特遠。氣體平夷，而聲調若仙。湘君洛神，此為濫觴矣。

(2)方玉潤曰：①〈漢廣〉三章疊咏，一字不易，所謂一唱三歎，有遺音者矣。②終篇忽疊咏江漢，覺烟水茫茫，浩渺無際。廣不可泳，長更無方，唯有徘徊瞻望，長歌浩歎而已。

(3)白川靜曰：〈漢廣〉是具有神婚儀式的祭禮詩歌，因此第二章以下取結婚歌謠的形式。「翹翹錯薪」，將嫩果當柴奉獻神靈，載著束薪，人們遠送女神出發成婚，秣馬駒，祝福她的神婚快樂。人神終難接近，唯有懷抱終生之憾，咨嗟詠歎，與女神依依作別。

「南有喬木，不可休思；漢有游女，不可求思」，神樹不可撫觸，神女不可追求，空留下縹緲的神姿給俗人讚誦。女神沿流而逝，越去越遠，人們在慕戀女神的氣氛下，再三發出「漢之廣矣，不可泳思；江之永矣，不可方思」，這麼意味雋永，餘韻繞梁的樂歌來。

汝墳

婦人喜其丈夫出征歸來，而詩人描摹她心理，作詩以記其事。

遵彼汝墳❶，伐其條枚❷。未見君子❸，惄如調飢❹。（一章）

【注釋】

❶遵：循。汝：水名，在今河南省。墳：涯岸。❷條：枝。枚：幹。❸君子：婦人指其丈夫。❹惄：音溺ㄋㄧˋ，思念。調：音周ㄓㄡ，朝。朝飢：謂極餓。

【評析】

(1)孔穎達曰：〈釋詁〉云：惄，思也。〈釋言〉云：惄，飢也。然則惄之為訓本為思耳。但飢之思食，意又惄然，故又以為飢。惄是飢之意，非飢之狀，故《傳》言飢意。《箋》以為思義，相接成也。以思食比思夫，故《箋》又云如朝飢之思食。

(2)牛運震曰：①汝墳伐枚，感物候動離思也。如唐人詩「茨姑葉爛別西灣」。②惄訓思，思之情狀惄然也。③調飢，朝飢也。朝飢最難忍，如朝飢，體貼入微。借飢形思，妙。

(3)方玉潤曰：調飢寫出無限渴想意。

遵彼汝墳，伐其條肄❶。既見君子，不我遐棄❷。（二章）

【注釋】

❶肄：斬而復生之條幹。❷不我遐棄：即「不我棄」。

【評析】

(1)黃櫄曰：此篇之意，其所以起興者，皆在於條枚條肄之句。枝曰條，幹曰枚，旁之斬而明年復生曰肄。託此以見其行役之久也。方其夫行役之時，見其人之伐其條枚，則思念之情，不能自已。今又見伐其條肄矣，歷時若是之久矣，庶幾見其不遠棄我也。詩人之意，大抵如此。蓋言其歲復歲，而君子行役未歸也。

(2)黃佐曰：別離之久而遂契闊之約，即是不遐棄也。

(3)牛運震曰：不我遐棄極踴躍，想見媚婦依士喜而不忘神情。

(4)方玉潤曰：不我棄，寫出無限欣幸意。

魴魚赬尾❶，王室如燬❷。雖則如燬，父母孔邇❸。（三章）

【注釋】

❶魴：音房ㄈㄤˊ，赤尾魚。赬：音稱ㄔㄥ，赤色。❷王室：謂周朝。燬：焚。如燬：形容戰亂之狀。崔述謂指驪山亂亡之事。❸孔邇：甚近。謂父母為最親近之人，應留戀侍奉。

【評析】

(1)沈守正曰：二年行役，夫婦相見，形容色澤，必有改常者，故以赬尾喻之，而歎所以致此者，以王室之如燬銷鑠之也。

【總評】

(1)輔廣曰：未見君子，惄如調飢，思望之情也；既見君子，不我遐棄，喜幸之意也；雖則如燬，父母孔邇，慰勉之辭也。未見而思，既見而喜，發乎情也；終勉之以正，止乎禮義。此可見其性情之正矣。

(2)馬瑞辰曰：幸君子從役而歸，而恐其復往之辭也。

(3)高葆光曰：明明是怕丈夫走，她偏用父母來藉口攀留。題目頗屬正大。薄倖兒的野心，自然拴住。公而忘私，固是美德；但兒女私情，恆人難免。明慧的女郎，此種行徑，究出性情之正。

(4)普賢曰：首章言婦人在家勞作，沿河砍柴，雖在勞動之時，仍然要想起出征的丈夫：久不見面，思念之情，如飢似渴。次章言由伐枚而至伐肄，已是經年，而丈夫仍不見歸來，不知是否已變了心，致她忐忑不安。正在疑懼參半之際，丈夫翩然歸來，所以次章寫出見面之後，才知丈夫對她的愛情不渝，欣喜之情，溢於言表。但又恐其再次出征，不知又要害她苦守空房若干年月，所以末章就說出為王服役固然重要，但父母至親，也不應該忽略，而應常在面前侍奉。其實是她自己希望丈夫能常相廝守，卻託言父母，妙極！以魴魚的赤尾，喻京城如被火燒般的危急，姚際恆謂「喻民之勞苦」亦通。

麟之趾

這是一篇祝福或讚美公侯子孫昌盛的詩。

麟之趾❶，振振公子❷。于嗟麟兮❸！（一章）

【注釋】

❶麟：相傳為仁獸，又是靈獸，世不常出。趾：足。足有指稱趾，無指稱蹄。❷振：音珍ㄓㄣ。振振：盛多貌。公子：指公侯之子孫。❸于：借為吁。吁嗟：美歎曰嗟，傷歎亦曰嗟。

【評析】

(1)鄭玄曰：喻公子有似於麟。

(2)陸璣曰：麟色黃，員蹄，音中鐘呂，行中規矩；行必擇地，詳而後處；不群居，不侶行；不入陷阱，不罹羅網。王者至仁則出。

(3)嚴粲曰：于嗟麟兮指公子，猶楚狂接輿稱仲尼曰鳳兮也。

(4)牛運震曰：麟之趾三字包兩層意，簡雋。首二句以麟趾興公子，謂公子如麟趾也。于嗟麟兮，言公子直是麟，所謂人中之麟也。翻進一層，妙。

(5)王靜芝曰：麟之趾者，亦即麟而已，不必另具趾之義，更不必另尋趾之義。麟既為祥瑞，麟趾所及，即祥瑞所至，故以比公子。公子若麟，則振振興起，可讚歎矣。全章無何特殊意義，惟藉麟以比公子，以讚歎耳。

麟之定❶，振振公姓❷。于嗟麟兮！（二章）

【注釋】

❶定：頂之假借，額頭。❷公姓：公之子孫。

麟之角❶，振振公族❷。于嗟麟兮！（三章）

【注釋】

❶角：麟有一角。❷公族：公之子孫。

【總評】

⑴牛運震曰：三句三折，簡峭而深永。

⑵姚際恒曰：詩因言麟，而舉麟之趾、定、角為辭。詩例次序本如此，不必論其趾為若何，定為若何，角為若何也。又，趾子、定姓、角族，第取協韻，不必有義。

⑶方玉潤曰：大凡詩家咏物，一意而分數層，體例然耳。至詩中大旨，則姚氏際恒云：「蓋麟為神獸，世不常出，王之子孫，亦各非常人，所以興比而歎美之耳。」杜詩云：「高帝子孫盡隆準，龍種自與常人殊。」可為此詩下一註腳。

⑷顧炎武曰：古人之詩，言盡而意長，歌止而音不絕也，故有句之餘，有章之餘。句之餘若上篇所謂一字二字之語助是也；章之餘如于嗟麟兮、其樂只且、文王蒸哉之類是也。記曰言之不足，故長言之；長言之不足，故嗟歎之。凡章之餘皆嗟歎之辭，可以不入韻，然合三數章而歌之，則章之末句未嘗不自為韻也。

召南十四篇

鵲巢

這是一篇敘述貴族嫁女的詩。

維鵲有巢❶，維鳩居之❷。之子于歸❸，百兩御之❹。（一章）

【注釋】

❶維：語詞。鵲：鳥名。❷鳩：鳲鳩，即布穀。❸歸：女子出嫁為歸，今謂「得到歸宿」。❹兩：輛。御：迎。

【評析】

(1)牛運震曰：鵲巢鳩居，不必有其事。《詩》之取興，正如《易》之取象爾。

維鵲有巢，維鳩方之❶。之子于歸，百兩將之❷。（二章）

【注釋】

❶方之：有之。或讀為放，依也。❷將：送。

【評析】

(1)孔穎達曰：言迓之者，夫自以其車迎之。送之則其家以車送之。故知壻車在百兩迎之中，婦車在百兩將之中矣。

維鵲有巢，維鳩盈之❶。之子于歸，百兩成之❷。（三章）

【注釋】

❶盈：滿，謂陪嫁過來之人員與妝奩將新居充滿。❷成：謂完成婚禮。

【總評】

(1)薛應旂曰：迎以百兩，送以百兩，而諸姪娣爛其盈門，昏姻之禮，於是乎成，無曠義，無缺典也。

(2)普賢曰：這是一篇敘述嫁女的詩。由「百輛車」迎娶，知道應屬貴族。據嚴粲、毛奇齡、焦循、馬瑞辰等說，鵲每歲十月後遷巢，其空巢則由鳩鳥居之。詩中引此意思是說別人把新房佈置好，迎娶新人來住。但姚際恆卻有更精確的見解，他說：「按此詩之意，其言『鵲』、『鳩』者，以鳥之異類況人之異類也。其言『巢』與『居』者，以鳩之居鵲巢況女之居男室也。『百兩』，百為成數，極言其多；以為天子嫁女可，以為諸侯嫁女可，以為大夫嫁女可。」是頗有見地的。此詩雖是敘述貴族嫁女，但並沒像〈衛風・碩人〉篇一樣鋪張的描寫，只以「百輛」已說明一切，令人自然會想像到婚禮的熱鬧，這是舉一顯全的重點法。

采蘩

這是一篇讚美貴婦祭祀的詩。

于以采蘩❶？于沼于沚❷。于以用之？公侯之事❸。（一章）

【注釋】

❶于以：猶言于何，即往何處。楊遇夫《古書疑義舉例續補》有詳說。蘩：音煩ㄈㄢˊ，白蒿。凡艾，白色為皤蒿，春始生，及秋，香美可食。此采之以供祭祀。❷沼：池。沚：渚，小洲。❸事：祭祀之事。

【評析】

(1)牛運震曰：蘩至儉薄之物，借此寫祀典，較侈陳水陸者意特高。于沼于沚，詳細有致；公侯之事，鄭重有體。

于以采蘩？于澗之中❶。于以用之？公侯之宮❷。（二章）

【注釋】

❶澗：山夾水曰澗。❷宮：廟。

【評析】

(1)黃櫄曰：采蘩于沼沚，而用於諸侯之祀事；采蘩在澗中，而用於諸侯之宮廟，則夫蠲潔之德，亦可想而見之也。

(2)牛運震曰：連用「于以」，調法靈脫。

被之僮僮❶，夙夜在公❷。被之祁祁❸，薄言還歸❹。（三章）

【注釋】

❶被：首飾。僮：音童ㄊㄨㄥˊ。僮僮：形容首飾之盛多。❷夙：早。在公：為公事而采蘩。❸祁：音奇ㄑㄧˊ。祁祁：

眾多貌。❹薄言：語詞。還：音旋ㄒㄩㄢˊ。

【評析】

(1)牛運震曰：①不意敘笄粉沐中，寫得正大尊嚴如此。②借被寫德容，妙。筆意亦自整中帶暇。③倒點在公還歸，竦動有神。讀之令人精神直豎起來。

【總評】

(1)方玉潤曰：首二章事瑣，偏重疊咏之；末章事煩，偏虛摹之。此文法虛實之妙，與〈葛覃〉可謂異曲同工。

(2)縻文開曰：首二章問一句答一句，自是歌謠本色。

草蟲

婦人深切懷念她遠行的丈夫，想像一旦丈夫歸來，將會感到無限的喜悅。

喓喓草蟲❶，趯趯阜螽❷。未見君子❸，憂心忡忡❹；亦既見止❺，亦既覯止❻，我心則降❼。（一章）

【注釋】

❶喓：音腰ㄧㄠ。喓喓：蟲鳴聲。草蟲：蝗屬，俗名紡織娘，大小長短像蝗蟲，喜生活在茅草中。❷趯：音替ㄊㄧˋ。趯趯：跳躍。螽：音終ㄓㄨㄥ。阜螽：尚未生翅之幼蝗。❸君子：指丈夫。❹忡：音沖ㄔㄨㄥ。忡忡：憂慮不安貌。❺亦：發語詞。止：語尾詞。❻覯：音構ㄍㄡˋ，遇見。❼降：放下。我心則降：我心就放下了。

【評析】

(1)牛運震曰：①首二句寫得寂寞而生動。②蟲鳴螽躍，何關思婦？觸景生情，自然意遠。

(2)方玉潤曰：秋景如繪。

（二章）

陟彼南山❶，言采其蕨❷。未見君子，憂心惙惙❸；亦既見止，亦既覯止，我心則說❹。

【注釋】

❶陟：音至ㄓˋ，登。❷言：語詞。蕨：音厥ㄐㄩㄝˊ，羊齒類植物，嫩葉可煮食。❸惙：音綽ㄔㄨㄛˋ。惙惙：憂慮不安貌。❹說：音義同悅，喜悅。

（三章）

陟彼南山，言采其薇❶。未見君子，我心傷悲；亦既見止，亦既覯止，我心則夷❷。

【注釋】

❶薇：似蕨而高，嫩葉可煮食，即野豌豆苗。❷夷：平。

【評析】

(1)嚴粲曰：人喜悅則心平夷。

(2)淩濛初曰：其說既見方纔樂，正說未見則憂不能已也。

【總評】

(1)謝枋得曰：惙惙，憂之深不止於忡忡矣，傷則惻然而痛，悲則無聲之哀，不止於惙惙矣：此未見之憂，一節緊一節也。降則心稍放下，說則喜動於中，夷則心氣和平：此既見之喜，一節深一節也。此詩每有三節：蟲鳴、螽躍、采蕨、采薇之時，是一般意思；忡忡、惙惙、傷悲之時，是一般意思；則降、則說、則夷之時，是一般意思。

(2)朱謀瑋曰：草蟲、阜螽，深秋候也；采蕨、采薇，季春候也；秋暮而往，春暮未還，道里悠遠，吉凶莫卜，是以用憂。豈感物而興男女之思乎！

(3)方玉潤曰：由秋而春，歷時愈久，思念愈切。本說未見，卻想及既見情景，此透過一層法也。始因秋蟲以寄恨，繼歷春景而憂思。既未能見，則更設為既見情形，以自慰其幽思無已之心。此善言情作也。然皆虛想，非真實覯，《古詩十九首》「行行重行行」、「螻蛄夕鳴悲」、「明月何皎皎」等篇，皆是此意。

(4)普賢曰：本篇陳奐有別解，謂描寫古代女子對試婚制之憂慮者。惟據考證，周代未有試婚制之確切記載。

采蘋

這是一篇歌詠貴族少女出嫁前舉行祭祖的詩。

于以采蘋❶？南澗之濱；于以采藻❷？于彼行潦❸。（一章）

【注釋】

❶于以：往何處。蘋：水萍之大者。❷藻：水草。❸行潦：流動之水，指溪河而言。

【評析】

(1)鄭玄曰：古者婦人先嫁三月，祖廟未毀，教于公宮；祖廟既毀，教于宗室。教以婦德、婦言、婦容、婦功。教成之祭，牲用魚，芼用蘋藻，所以成婦順也。此祭女所出祖也。法度莫大於四教，是又祭以成之，故舉以言焉。蘋之言賓也；藻之言澡也。婦人之行尚柔順，自潔清，故取名以為戒。

(2)孔穎達曰：鄭以昏義教成之祭，言芼之以蘋藻。此亦言蘋藻，故知為教成祭也。

(3)牛運震曰：「于彼」一卸，便不板。

于以盛之❶？維筐及筥❷；于以湘之❸？維錡及釜❹。（二章）

【注釋】

❶盛：音成ㄔㄥˊ，將物放入容器。❷維：語詞。筥：音舉ㄐㄩˇ。竹器之方者曰筐，圓者曰筥。❸湘：烹。❹錡：音奇ㄑㄧˊ，三腳鍋。無足曰釜，有足曰錡。

【評析】

(1)輔廣曰：所用有常器，每事必躬親，先後有次序，皆嚴敬者之所為也。嚴敬則自然整飭如此。

于以奠之❶？宗室牖下❷；誰其尸之❸？有齊季女❹。（三章）

【注釋】

❶奠：放置祭品。❷宗室：大宗之廟。牖：音有ㄧㄡˇ，窗。牖下：窗前。❸尸：主。祭祀時設生人為尸，代受祭品。後世始改用畫像而廢尸。❹齊：讀如齋ㄓㄞ。有齊：齋然，莊敬也。季女：少女。指將出嫁之貴族女子。或謂此尸

為齊國少女之嫁來為婦者，則齊讀本音。

【評析】

(1)鄭玄曰：牖下，戶牖間之前，祭不出於室中者。凡昏事於女禮，設几筵於戶外，此其義也歟！祭事主婦設羹。教成之祭，更使季女者，成其婦禮也。

【總評】

(1)呂祖謙曰：采之盛之，湘之奠之，所為者非一端，所歷者非一所矣。煩而不厭，久而不懈；循其序而有常，積其成而益厚，然後祭事成焉。季女之少，若未足以勝此。而實尸此者，以其有齊敬之心也。

(2)輔廣曰：首章言未祭之前，采蘋藻之事；次章言既得蘋藻，而治以為菹之事；三章言祭時獻豆菹之事。少而能敬，非質之美而教之豫者不能。采蘩見其始終之敬，采蘋見其少而能敬。

(3)牛運震曰：①收尾一點，通體警動。②五「于以」，序次歷落，「誰其尸之」二句陡然變調，點出季女作結，章法奇絕。

(4)方玉潤曰：祭品及所采之地，治祭品及所治之器，祭地及主祭之人，層次井然，有條不紊。

(5)糜文開曰：《三百篇》以篇三章，章四句，句四字為基本形式。而一問一答又為民謠本色。本篇可舉為代表作。

甘棠

周宣王時，召伯勤政愛民，曾憩息甘棠樹下，百姓感激他的恩德，相戒愛護該樹而作此詩詠歌之。

蔽芾甘棠❶，勿翦勿伐❷，召伯所茇❸。（一章）

【注釋】

❶芾：音費ㄈㄟˋ。蔽芾：樹木茂盛掩覆之貌。甘棠：棠梨樹。❷翦：謂翦其枝葉。伐：謂伐其條幹。❸召伯：召穆公虎，助周宣王完成中興大業功臣之一。茇：音拔ㄅㄚˊ，草中止息。止息樹下，猶止息草中，故曰茇。

【評析】

(1)鄭玄曰：召伯聽男女之訟，不重煩勞百姓，止舍小棠之下，國人被其德，說其化，思其人，敬其樹。

(2)牛運震曰：第三句點召伯，頓挫出之，乃妙。若作召伯所茇，勿翦勿伐，便平直少味矣。

蔽芾甘棠，勿翦勿敗❶，召伯所憩❷。（二章）

【注釋】

❶敗：毀壞。❷憩：音氣ㄑㄧˋ，休息。

【評析】

(1)竹添光鴻曰：三章皆言勿翦者，勿斷其枝葉也。枝葉無有害，故能至於蔽芾也。敗：傷折也，不唯不以刀伐。

蔽芾甘棠，勿翦勿拜❶，召伯所說❷。（三章）

【注釋】

❶拜：拔。或作「攀樹使彎曲，如人屈身作拜」解。❷說：音稅ㄕㄨㄟˋ，舍止。

【評析】

(1)竹添光鴻曰：拜言攀枝如人之拜，低屈之也。勿屈非特勿敗而已。勿拜又輕於敗。

【總評】

(1)黃櫄曰：召伯之教，明於南國，斯民之所以思召伯者，非止不勞民力一事也。召伯之教，不惟當時不能忘，而後世亦有所不能忘。

(2)牛運震曰：三舉召伯，鄭重低徊，深情絕調。

(3)方玉潤曰：①他詩鍊字，一層深一層，此詩一層輕一層，然以輕而愈見其珍重耳。②召伯之政，其浹洽人心，深入肌髓者，固非一時一事，而人之所以珍重愛惜而獨不忍傷此甘棠樹者，必其當日勸農教稼，或盡力溝洫時，嘗出而憩止其下，其後農享其利，人樂其庥，每思召伯而不得見，唯此樹尚幢幢然繁蔭茂葉，蔥蒨如故，故不覺覩樹思人，以為此召伯常憩止處也，而忍伐而敗之哉！不唯不忍伐而敗之，即一屈抑之亦有所不忍，則其德之感人，為何如耶！夫民之不忍忘召伯者，一樹尚且如是，則其他更可知已。詩人咏之，亦即小以見大耳。

(4)竹添光鴻曰：善政民畏之，善教民愛之，召伯之教，入民深矣。民愛而思之，見其樹如見其人，故保護之無已也。

(5)高葆光曰：濃蔭密佈，正象徵著召公的深仁厚澤；枝葉婆娑，宛然是召公的慈顏笑貌。這詩完全從人民謳歌中顯示出召公的偉大人格及政績，也是截取精彩的鏡頭反映全體劇情美妙的技術。表面上好像樸素無華，其實是值得玩味的。所以經採詩人採來譜在音樂裡，竟成光芒不可磨滅的作品。

行露

這是一篇寫一強暴男子，不按正禮逼女為婚，女子拒絕的詩。

厭浥行露❶，豈不夙夜❷？謂行多露❸！（一章）

【注釋】

❶厭：音頁ㄧㄝˋ。浥：音邑ㄧˋ，溼貌。行露：道上之露水。❷夙：早。❸謂：畏之假借。連上句謂：「豈不有人想早夜行於道路，只因道路上多露，故不欲早行耳！」

【評析】

(1)鄭玄曰：言強暴之男，以此多露之時，禮不足而強來，不度時之可否，故云然。

(2)王質曰：首章或上下中間，或兩句三句，必有所闕；不爾，亦必闕一句。蓋文勢未能入雀鼠之詞。

(3)朱熹曰：女子有能以禮自守，而不為強暴所污者，自述己志，作此詩以絕其人。言道間之露方溼，我豈不欲早夜而行乎？畏多露之沾濡而不敢爾！蓋以女子早夜獨行，或有強暴侵陵之患，故託以行多露，而畏其沾濡也。

(4)王柏曰：〈行露〉首章與二章意全不貫，句法體格亦異，每竊疑之，後見劉向《列女傳》，乃知前章亂入無疑。

(5)牛運震曰：①章首似截去一句，別格冷韻。②得力在疊兩「行露」字，婉絕峭絕。③隱語拗調，三句中多少曲折。

(6)方玉潤曰：借行露比起，已將避嫌遠禍意寫足。以下乘勢翻入，毫不礙手。

(7)俞平伯曰：首章之文，毛興也。朱熹以為賦也。姚際恆則又以為比體。眾說紛紜，莫衷一是。今謂首章當從王柏之說；惟亦未必即是亂入，或本是一詩而中有闕文，以致前後相睽；大可不必妄解，而以賦比興三義附會之。

誰謂雀無角❶？何以穿我屋？誰謂女無家❷？何以速我獄❸？雖速我獄，室家不足❹。（二章）

【注釋】

❶角：喙，鳥嘴。❷女：音義同汝，下同。此句謂「誰謂汝於我無求為室家之好？」下同。❸速：促。獄：訴訟。

❹不足：媒聘之禮不足。

【評析】

(1)輔廣曰：貞女自言，誰謂雀無角？何能穿我之屋？誰謂汝於我無求為室家之禮？何能召致我於獄？皆恐其或然而不敢忽之辭，尤見其恐懼戒謹之意。後兩句則又決絕之辭曰：正使汝真能召我於獄，然汝之求為室家之禮既有所不足，則我亦終不汝從也。

(2)牛運震曰：①陡接誰謂，咄咄逼人。②末二句說得豪門富戶，真不值一盼矣。足令狂子敗興。

誰謂鼠無牙？何以穿我墉❶？誰謂女無家？何以速我訟？雖速我訟，亦不女從。（三章）

【注釋】

❶墉：牆。

【評析】

(1)牛運震曰：①雀鼠罵得痛快而風流。②「室家不足」說得冰冷。「亦不女從」拒得激烈。

【總評】

(1)劉向曰：〈召南〉申女者，申人之女也。既許嫁於酆，夫家禮不備而欲迎之，女與其人言：夫婦者，人倫之始也，不可不正。夫家輕禮違制，不可以行。夫家訟之於理，女終以一禮不備，持義不往，而作詩曰：「雖速我獄，室家不足」，君子以為得婦道之儀，故舉而揚之，傳而法之，以絕無禮之求，防淫慾之行焉。

(2)孔穎達曰：〈行露〉，言召伯聽斷男女室家之訟也。男雖侵陵，貞女不從，是以貞女被訟，而召伯聽斷之。

(3)牛運震曰：平空撰出兩造對簿之辭，奇甚。孔《疏》所謂詩人假事而為之辭，甚得詩旨。定以為女子所自作，失之。

(4)普賢曰：此詩說是申女自作，無可證信。以原詩度之，大約是召伯聽訟地帶有力者欲強迫婚姻，女子不從，以致涉訟。男方反指女方賴婚，於是召伯親自質詢，女子不畏強暴，不受侵凌，侃侃答辯，終獲勝訴。故詩人就其答辯口吻，作詩以美之也。原詩正氣磅礴，意志堅決，表達了女子凜然不可侵犯的精神。三個比喻，化強硬的答辯詞為一篇完美的動人詩篇。

羔　羊

這是一篇讚美官吏燕居生活的詩。

羔羊之皮❶，素絲五紽❷。退食自公❸，委蛇委蛇❹。（一章）

【注釋】

❶羔：小羊。以羔羊皮為裘，乃大夫燕居之服。❷素絲：白色絲。兩皮之縫不易合，故織白絲為絛，施之縫中連結兩皮，並以為飾。紽：音駝ㄊㄨㄛˊ，數，指絲之數。素絲五紽：謂以白絲五紽飾裘。❸公：公署，公衙。此句謂退值歸家而進食。猶今言「下班回家吃飯」。❹蛇：音移ㄧˊ。委蛇：形容行路紆曲舒緩之狀。

【評析】

(1)韓嬰曰：素喻潔白，絲喻柔屈。詩人美大夫有潔白之性，柔屈之行，進退有度數也。

(2)呂祖謙曰：惟其出入皆可從迹，則仰不愧，俯不怍，而從容自得。

羔羊之革❶，素絲五緎❷。委蛇委蛇，自公退食。（二章）

【注釋】

❶革：皮。❷緎：音域ㄩˋ，四紽為緎。

羔羊之縫❶，素絲五總❷。委蛇委蛇，退食自公。（三章）

【注釋】

❶縫：音奉ㄈㄥˋ，謂兩皮相接合處。❷總：四緎曰總。

【總評】

(1)范處義曰：退食自公，再三言之者，總見人臣在公無私也。

(2)王鴻緒曰：退食自公二句，極寫從容自得光景。而其所以能從容自得如此者，由於朝廷無事也。合觀〈芣苢〉，可想見二南之時，一種太和元氣，洋溢於在朝在野之間。

(3)牛運震曰：①退食委蛇，寫出大臣風度。②後二章顛倒叶韻，亦自頓挫風神。③雍容和雅，朝會體故應爾。④〈序〉以為美大夫之節儉正直也。詩意妙在渾含不露，只於容止氣度描寫之。硬分五紽為節儉，委蛇為正直，殊非詩旨。

(4)姚際恆曰：此篇美大夫之詩，詩人適見其羔裘而退食，即其服飾、步履之間以歎美之；而大夫之賢不益一字，自可于言外想見。此風人之妙致也。

(5)方玉潤曰：三章迴環諷咏，有歷久無改厥度之意。

(6)普賢曰：每章前兩句寫出大夫的身分，後兩句寫出大夫風度悠閒自得。維其「退食自公」或「自公退食」，始能享此悠閒，是心安理得，張弛中道，誠為公務員之好楷模也。

殷其靁

這是一篇婦人想念其征夫的歌。

殷其靁❶，在南山之陽❷。何斯違斯❸，莫敢或遑❹！振振君子❺，歸哉！歸哉！（一章）

【注釋】

❶殷：雷聲。其：語詞。靁：雷本字。❷南山：終南山之簡稱。陽：山南曰陽。❸違：去。上斯字謂此人，下斯字謂此地。❹遑：閒暇。❺振振：信厚貌。

【評析】

(1)嚴粲曰：或者，間或之義。不敢或遑，則無一時之暇矣。

(2)劉辰翁曰：再言歸哉者，不敢必其即歸也。

(3)嚴粲曰：召南大夫之妻，感風雨將作而念其君子。言殷然之靁聲，在彼南山之南。何為此時違去此所乎？蓋以公家之事而不敢違暇也。所謂勸以義也。遂稱振振信厚之君子，歸哉歸哉，冀其畢事來歸，而不敢為決辭，知其未可以歸也。從事獨賢而無怨，惟信厚者能之。

(4)朱公遷曰：「靁」以興此人，「南山」以興此所，「在」字與「違」字相呼應，而「莫敢或遑」，又與殷殷舒緩之意應。

(5)朱善曰：何斯違斯，念其久也；莫敢或遑，閔其勞也；振振君子，美其德也；歸哉歸哉，望其至也。往役者，君子事上之義；思念者，婦人愛夫之情。二者固竝行而不相悖也。

(6)胡紹曾曰：室家之情，別則思，思則怨，而況以無定之蹤，值不遑之勢，第曰歸哉歸哉。稱其君子者，有素行之優；望其君子者，無意外之慮。可謂中正和平矣！

(7)牛運震曰：殷字妙，如聞靁聲。靁不可言在，「在南山之陽」，妙在確指其地。唐人詩「靁聲傍太白」似自此化出。

殷其靁，在南山之側。何斯違斯，莫敢遑息！振振君子，歸哉！歸哉！（二章）

殷其靁，在南山之下。何斯違斯，莫或遑處❶！振振君子，歸哉！歸哉！（三章）

【注釋】

❶處：居。

【總評】

(1)黃櫄曰：因聞靁而動其思念之情。南山之側，南山之下，皆是一意，但更其韻以協聲耳，不必求其異義也。

(2)輔廣曰：此詩念其勞，美其德，冀其早畢事以還歸，無棘欲，無怨辭，可謂得其情性之正矣。

(3)謝枋得曰：始不敢暇，中不敢止，終不敢暇居處，一節緊一節，此詩人之法度也。

(4)牛運震曰：山之下，山北也。山側山下，靁聲自遠而近，興意更緊。

摽有梅

這是詩人描寫適齡未婚女子待嫁心情的民歌。

摽有梅❶，其實七兮❷。求我庶士❸，迨其吉兮❹。（一章）

【注釋】

❶摽：音ㄆㄧㄠˇ，擊落。有：語詞，無義。❷七：七成。謂樹上留有果實七成。❸庶士：眾男士。❹迨：及。吉：吉時。

【評析】

(1)嚴粲曰：述女子之情，言擊落之餘，尚有殘梅。其實之在木者惟七，則其零落者多矣。於此眾士之中，其擇之以為昏姻，當及此時日之吉，惧良辰之難得而易失也。

摽有梅，其實三兮。求我庶士，迨其今兮。（二章）

摽有梅，頃筐塈之❶。求我庶士，迨其謂之❷。（三章）

【注釋】

❶頃筐：斜口筐，後高前低。塈：音系ㄒㄧˋ，取。❷謂：告語。「謂之」或為「會之」的假借。

【總評】

(1)牛運震曰：①三章一步緊一步。②媚而不豔，切而不怨，古詩「門前一樹棗」及「蹋地喚天」等語，較此粗而激矣。③此自女子之情，詩人為之寫其意耳。開後世閨怨之祖。

(2)普賢曰：周代禮俗，男子三十當娶，女子二十當嫁。婚姻大事，必備禮而行之，以昭鄭重。然逾齡失婚男女，無力備禮者，可於仲春之月相會，奔者不禁，男女婚嫁，得以及時也！此詩刻劃逾齡待嫁女子心情，入木三分。《古詩十九首》：「傷彼蕙蘭花，含英揚光輝；過時而不採，將隨秋草萎。」則是象徵手法了。

小星

這是寫公務員晝夜奔忙，自歎勞碌命的詩。

嘒彼小星❶，三五在東。肅肅宵征❷，夙夜在公。寔命不同❸。（一章）

【注釋】

❶嘒：音慧ㄏㄨㄟˋ，明貌。❷肅肅：疾貌。征：行。❸寔：同實，下同。

【評析】

(1)牛運震曰：①三五在東，寫得歷歷如畫。②寔命不同，語似含怨，乃所以為不怨也。

嘒彼小星，維參與昴❶。肅肅宵征，抱衾與裯❷。寔命不猶❸。（二章）

【注釋】

❶參：音申ㄕㄣ。昴：音卯ㄇㄠˇ。皆星名。❷衾：音琴ㄑㄧㄣˊ，被子。裯：音綢ㄔㄡˊ，被單，或謂短內衣。❸猶：若。不猶：即不若，不如。

【總評】

(1)韓嬰曰：任重道遠者，不擇地而息；家貧親老者，不擇官而仕。

(2)姚際恒曰：山川原隰之間，仰頭見星，東西歷歷可指，所謂「戴星而行」也。前人以為妾媵作者，以「抱衾與裯」一句也，予正以此句疑其非。何則？進御於君，君豈無衾裯，豈必待其衾裯乎！眾妾各抱衾裯，安置何所？蓋「抱衾裯」云者，猶後人言「襆被」之謂。

(3)方玉潤曰：肅肅宵征者，遠行不逮，繼之以夜也。夙夜在公者，勤勞王事也。命之不同，則大小臣之不一，而朝野勞逸之懸殊也。既知命不同而仍克盡其心，各安其分，不敢有怨天心，不敢有怨王事，此何如器識乎？此詩雖以命自委，而循分自安，毫無怨懟詞，不失敦厚遺旨，故可風也。

(4)糜文開曰：舊稱妾曰小星，本《毛詩》義。詩〈序〉：「小星，惠及下也。夫人無妬忌之行，惠及賤妾，進御於君，知命有貴賤，能盡其心矣。」朱熹《集傳》從其說。《韓詩》則以小星喻小人在朝。姚際恆定為小臣行役之作。俞平伯《讀書札記》採姚說，並曰：「〈小星〉一詩既文義昭然，何來〈小序〉謬說？又何故鄭玄從之而後人亦從之耶？此緣諸說根本已謬，故枝葉不得不謬。根本謬者何？他們以《詩》為孔子六經之一，以為是有功能、有作用的東西。《詩》之功用何在？美刺正變是也。有美斯有刺，有正斯有變，故風雅俱分正變。風之正，二南是也；其變，十三國風是也。正風有美無刺，故盡是后妃夫人之德化。〈周南〉每篇必曰后妃，而〈召南〉每篇必曰夫人，而且必定是美詩。所以『小星』不得不喻群妾，而『三五』不得不喻夫人。所以明明是怨詛而硬派作感謝，此所以把宵征見星，抱衾與裯曲解作燕昵之事。故我們讀《詩》，當以虛明無滓之心臨之，斯為第一要義；考據和論辨反是第二義也。」而胡適在〈談談詩經〉一文中，則說「〈小星〉一詩，是寫妓女生活的最古記載」，我們覺得與「抱衾與裯」等句也不相合，而仍以姚際恆、俞平伯之說為是。

江有汜

這是長江上游的民歌。寫一男子所戀女子嫁人，男子失戀。初尚好強，說她不嫁自己會後悔，最後卻苦痛得以悲歌代泣，大聲的號叫了。

江有汜❶，之子歸❷，不我以❸；不我以，其後也悔。（一章）

【注釋】

❶汜：音四ㄙˋ，水決復入。朱熹定為在江陵一帶。❷之子：此子，子指女子。歸：女子出嫁曰歸。❸以：與，共。

【評析】

(1)黃佐曰：江水東注，而猶有復入之汜，以興之子初不與己偕行，而其後有復回之志。

(2)牛運震曰：①疊一句作逗，別調。②託興甚奇，亦以相反見義。

江有渚❶，之子歸，不我與❷；不我與，其後也處❸。(二章)

【注釋】

❶渚：音主ㄓㄨˇ，水中小洲，時隱時現，有變化，冀其改變心意。❷與：共。❸處：朱駿聲謂假借為癙。癙：憂病。較悔更深一層。

江有沱❶，之子歸，不我過❷；不我過，其嘯也歌❸。(三章)

【注釋】

❶沱：音ㄊㄨㄛˊ，江水別出不再流回。是之子絕無回轉之意矣。❷過：過訪。❸嘯：音孝ㄒㄧㄠˋ，蹙口作聲，以舒憤懣之氣。

【評析】

(1)牛運震曰：嘯歌二字拆用得妙。

【總評】

(1)牛運震曰：調促急而意纏綿。

(2)方玉潤曰：前二章作或然之想，末一章寓無聊之心。

野有死麕

林地獵人，用獵獲的麞與鹿為禮，結識了綺年玉貌的美麗姑娘。

野有死麕❶，白茅包之❷。有女懷春❸，吉士誘之❹。（一章）

【注釋】

❶麕：音君ㄐㄩㄣ，麞，形似鹿而小，色黃黑，頭無角，牝之牙露出口外，足善走。❷白茅：多年生草，高一二尺，葉細長而尖，春時先葉開花，簇生莖頂，有白毛密生，長二寸許。❸懷：思。懷春：當春日而有所懷思。❹吉士：美士。

【評析】

(1)牛運震曰：懷春二字蘊藉，寫閨情最雅相。

林有樸樕❶，野有死鹿。白茅純束❷，有女如玉。（二章）

【注釋】

❶樕：音素ㄙㄨˋ。樸樕：小木。❷純：音屯ㄊㄨㄣˊ，或作屯。純束：純聚而包束之。

【評析】

(1)牛運震曰：①只如玉二字，便有十分珍惜。②有女如玉，似歇後句，不更著一語，妙，雋永無盡。

(2)王靜芝曰：此一章重覆上章之義，而變換寫法，文字絕美。以有女如玉作結，尤感餘波蕩漾。

舒而脫脫兮❶，無感我帨兮❷，無使尨也吠❸。（三章）

【注釋】

❶舒：徐緩。脫：音對ㄉㄨㄟˋ。脫脫：遲緩貌。❷感：即撼，動。帨：音稅ㄕㄨㄟˋ，帨巾，一曰蔽膝。繫巾於腰，下垂逾膝，所以蔽前者。❸尨：音旁ㄆㄤˊ，犬。

【評析】

(1)牛運震曰：①舒而脫脫三句，可謂微氣低聲矣。②古詩「雞鳴狗吠，兄嫂當知之」與「無使尨吠」同旨。

(2)方玉潤曰：言拒之之辭，意微而婉。

(3)顧頡剛曰：朱熹《詩集傳》云：「此章乃述女子拒之之辭，言姑徐徐而來，毋動我之帨，毋驚我之犬，以甚言其不能相及也，其凜然不可犯之意蓋可見矣！」這樣一說，於是懷春之女就變成了貞女，吉士也就變成了強暴之男，情投意合就變成了無禮劫脅。最可怪的，既然作凜然不可犯之拒，何以又言姑徐徐而來？

(4)王靜芝曰：敘寫極盡生動之能事。如見其人，如聞其聲。

【總評】

(1)姚際恆曰：此篇是山野之民相與及時為昏姻之詩。昏禮，贄用雁，不以死；皮、帛必以制。皮、帛，儷皮、束帛也。今死麕、死鹿乃其山中射獵所有，故曰「野有」，以當儷皮；「白茅」，潔白之物，以當束帛。所謂「吉士」者，其「赳赳武夫」者流耶？「林有樸樕」，亦「中林」景象也。總而論之：女懷，士誘，言及時也；吉士，玉女，言相當也。定情之夕，女屬其舒徐而無使帨感、犬吠，亦情慾之感所不諱也歟？一章，詩人咏男；二章，詩人咏女；三章，詩人述女之辭。

(2)胡適曰：〈野有死麕〉一詩最有社會學上的意味。初民社會中，男子求婚於女子，往往獵取野獸，獻與女子。女子若收其所獻，即是允許的表示。此詩第一第二章說那用白茅包著的死鹿，正是吉士誘佳人的贄禮也。

何彼襛矣

周平王的外孫女嫁到召南地方去，用她母親出嫁時的花車去送親，南國詩人作詩諷刺她說：新娘既豔若桃李，車服又很華盛，只可惜少了些肅敬雍和的氣氛啊！

何彼襛矣❶！唐棣之華❷。曷不肅雝❸？王姬之車❹。（一章）

【注釋】

❶襛：音農ㄋㄨㄥˊ，穠之假借，形容茂密。❷棣：音弟ㄉㄧˋ。唐棣：即棠棣，其花或白或紅，六月中實熟，大如李，可食。華：古花字。❸曷：音義同何。肅：敬。雝：和。曷不肅雝：謂「怎不肅敬而雝和啊！」❹王姬：周王之女，周，姬姓，故稱王姬。此指周平王之女嫁於齊國者。

【評析】

(1)牛運震曰：首句飄然而來。

何彼襛矣！華如桃李。平王之孫❶，齊侯之子❷。（二章）

【注釋】

❶平王：周幽王之子名宜臼。平王之孫：周平王兒子的子女，周平王女兒的子女，都可稱平王之孫。所以這「孫」字，包括孫兒、孫女、外孫、外孫女在內。❷齊侯之子：指齊國國君的子女。

【評析】

(1)孔穎達曰：上章言唐棣之華，此章不言木名，直言華如桃李，則唐棣之華，如桃李之花也。

(2)牛運震曰：華如桃李，倒句妙，有意味。

其釣維何❶？維絲伊緡❷。齊侯之子，平王之孫。（三章）

【注釋】

❶維：是。❷伊：是。緡：音敏ㄇㄧㄣˇ，釣竿之線。維絲伊緡：即用絲做的釣魚繩。

【評析】

(1)牛運震曰：①絲緡取興亦新。②後二章不更提肅雝，只將平王孫、齊侯子顛倒咏歎。言如此貴胄而可以不肅雝乎？諷意悠然，高遠之極。

【總評】

(1)陳僅曰：風詩連章音調大半以重複引伸見長。然重複之中，仍自有變化……有前後半章與上下章分配成類，作合錦體者，如何彼襛矣之類。

(2)普賢曰：此詩首次兩章都是讚美口吻，只「曷不肅雝」一句嵌骨頭話，便讓人體味出語帶有譏刺之意。因為為人最忌有驕氣，更何況一個新娘而有驕縱之態？「曷不肅雝」句，正微微透露出這位新娘有挾貴以驕人的氣燄。三章以絲緡喻婚姻，又微露夫婦之道以為警告，可見全詩的一貫含蓄，詩人的忠厚之心，讀者細加玩味，當能覺察此詩的妙處。

詩中以釣魚隱喻獲得幸福的婚姻，以兩股細絲組合成緡（釣絲）喻夫婦的和諧相處。夫婦的幸福生活，就靠這合作無間的一線之牽來尋求。這是詩人勸告新娘不要以貴盛驕其夫家的委婉表達。

騶虞

這是歌詠國君田獵，讚美掌鳥獸之官騶虞克盡厥職的詩。

彼茁者葭❶，壹發五豝❷。于嗟乎騶虞❸！（一章）

【注釋】

❶茁：音卓ㄓㄨㄛˊ，草生壯盛貌。葭：音佳ㄐㄧㄚ，蘆葦。❷壹發：獵車一次出發。豝：音巴ㄅㄚ，母豬。獸二歲亦曰豝。❸于：同吁。于嗟：讚歎之聲。騶：音鄒ㄗㄡ。騶虞：古時為天子或國君掌鳥獸之官。

【評析】

(1)牛運震曰：平空贊歎騶虞，意自深妙。

彼茁者蓬❶，壹發五豵❷。于嗟乎騶虞！（二章）

【注釋】

❶蓬：草名，葉似柳，有鋸齒。❷豵：音宗ㄗㄨㄥ，豕生一歲曰豵。

【總評】

(1)牛運震曰：陡出騶虞，較〈麟之趾〉篇少一折，奇調遠想。

(2)方玉潤曰：末句與「于嗟麟兮」相似而實不同。彼通章以麟為比，故末句單歎麟兮不為突。此詩發端未題騶虞，末句不得突出為比，故知騶虞斷非獸名也。

邶鄘衛三風

〈邶〉〈鄘〉〈衛〉三風皆衛國之詩。鄭玄《詩譜》云：「武王伐紂，以其京師封武庚；三分其地，置三監，使管叔、蔡叔、霍叔尹而教之。自紂城而北謂之邶，南謂之鄘，東謂之衛。」成王時紂子武庚與管、蔡作亂，周公平之。既平，以衛封武王弟康叔，兼領邶鄘之地，都於朝歌（今河南淇縣）。傳至懿公，為狄所滅，戴公東徙渡河，處於漕邑（今河南滑縣），文公時又徙居楚丘（今河南滑縣東）。其地皆衛之本土。王國維《古史新證》，以為邶包括後之燕地，鄘則及於魯境，則衛國東境及於今山東省，北境包括河北省南部地也。

《漢書・地理志》云：「河內本殷之舊都，周既滅殷，分其畿內為三國，《詩》風邶鄘衛國是也。」又云：「邶鄘衛三國之詩，相與同風：邶詩曰：『在浚之下』，鄘曰：『在浚之郊』；邶又曰：『亦流于淇』『河水洋洋』，鄘曰：『送我淇上』、『在彼中河』，衛曰：『瞻彼淇奧』、『河水洋洋』。」三國之詩，言城邑皆及浚，詠河流均涉淇與河，而其詩所歌者，又皆衛事。且《左傳》衛北宮文子引〈邶風・柏舟〉「威儀棣棣」二句，而稱為衛詩；吳季子在魯觀樂，工為之歌邶鄘衛，季子謂為衛風。故馬瑞辰、朱右曾諸人，皆以為古〈邶〉〈鄘〉〈衛〉乃一篇，後人分而為三，其說殆是。蓋邶鄘衛三地腔調本有分別，及康叔兼領其地，久漸混同，編《詩》者欲存邶鄘舊名（一如魏之與唐，檜之與鄭等），而其詩又不易分，故統名之曰「邶鄘衛」耳。後世析而言之，一若〈邶風〉均採自邶，〈鄘風〉均採自鄘，〈衛風〉均採自衛者，其實不然。

今本〈邶風〉十九篇，〈鄘風〉十篇，〈衛風〉十篇，三風共三十九篇。三十九篇之年代，鄭玄《詩譜》以為起自西周夷王（公元前九八四年起）下迄東周襄王（公元前六二四年止）。經近人考證，大多是從公元前七五〇年左右至公元前六〇〇年左右之作品。最早應是衛武公時之詩。

邶風十九篇

柏舟

這是衛國一位有操守的忠臣，被小人排斥後，滿懷憂憤，無可告語時所作的抒情詩。

汎彼柏舟❶，亦汎其流❷。耿耿不寐❸，如有隱憂❹。微我無酒❺，以敖以遊❻。（一章）

【注釋】

❶汎：音犯ㄈㄢˋ，同泛，漂浮貌。柏舟：柏木所造之舟。❷亦：語詞。流：流水。❸耿：音哽ㄍㄥˇ。耿耿：憂貌。又小明貌，謂失眠時睜眼有光。❹隱：痛。❺微：非。❻敖：出遊。

【評析】

(1)李樗曰：仁人之所憂者，憂國也，不可以酒解也，亦非敖遊之所能釋也。

(2)徐光啟曰：不曰隱憂，而曰如有隱憂，極善形容憂根之意。

(3)姚際恆曰：柏舟，自喻也。舟不必柏，言柏者，取其堅也。

(4)牛運震曰：①投閒置散，千古同歎。②耿耿之義，如物不去，如火不熄，不寐人深知此苦。③「如有」二字白描入神。④末二句似歇後語，住而不住，妙。⑤惟酒解憂，詩意卻謂雖酒亦不能解，已翻進一層。又以反語出之，言我非無酒，自猜自疑，意更含蓄。

(5)竹添光鴻曰：①以柏舟之汎流水中，比己有濟世之才而不見用也。②曹孟德云「何以解憂？惟有杜康」即此意，卻以反語出之，筆極屈曲，意極含蓄。

(6)俞平伯曰：以柏舟喻飄泊之思，以不寐見隱憂之深。「微我無酒」二句，極言憂思之難銷，猶宋詞所謂「借酒澆愁，奈愁濃於酒，無計銷鑠」矣。

我心匪鑒❶，不可以茹❷；亦有兄弟，不可以據❸。薄言往愬❹，逢彼之怒。（二章）

【注釋】

❶匪：同非，下同。鑒：鏡。❷茹：納。謂鑒之照物，不擇妍媸，皆納其影也。❸據：依。❹薄言：語詞。愬：音義同訴。

【評析】

(1)何楷曰：上章言上不得於君，此章言下不得於僚友。

(2)牛運震曰：①寫出忠臣孑危苦衷。②逢字妙。本是因愬得怒，卻說愬值其怒。寫戆拙失志人，真有此情。③為余造怒，怨得深細；逢彼之怒，怨得卑苦。

(3)竹添光鴻曰：往愬兄弟以我憂，則反怒我曰：「生斯世為斯世。」屈子亦云：「女嬃之嬋媛兮，申申其詈予。」蓋賢者不遇，不能隨世俯仰，庸人視以為執拗，雖至親亦厭薄之。衰世之俗，古今皆然。

我心匪石，不可轉也；我心匪席，不可卷也❶。威儀棣棣❷，不可選也❸。（三章）

【注釋】

❶卷：音義同捲。❷威儀：容止。棣：音弟ㄉㄧˋ。棣棣：富盛而嫺習貌。謂威儀雍容嫺習而有常度。❸選：算之假借，數也，謂數算其缺失。或釋選為選擇，謂己志高潔，不因環境之惡劣而改變其氣節。（無他途可選）亦通。

【評析】

(1)鄭玄曰：言己志堅平，過於石席。

(2)輔廣曰：心之不可轉，不可卷，言其有常也。威儀之不可選，言其皆善也。惟其存諸中者有常而不可移，故形於外者皆善而不可揀也。

(3)嚴粲曰：兄弟見怒，欲己改行以趨時，仁人於是自誓而言心不可轉，不可卷，此不以兄弟之沮而易其守也。威儀不可有所選擇而自貶以苟合，此處群小之間而雍容不失其常度也。

(4)牛運震曰：①匪石不轉，匪席不卷，正自道其不能變節從俗也。②平心自理，卻語語含憤。③披瀝伸訴，纏綿疊複，〈離騷〉、〈惜誦〉、〈抽思〉之旨。

(5)竹添光鴻曰：此四句（按：我心匪石四句）乃深一層語，不是尋常自反之言，其介石之守，勁草之心，見乎詞矣。

憂心悄悄❶，慍于群小❷。覯閔既多❸，受侮不少。靜言思之❹，寤辟有摽❺。（四章）

【注釋】

❶悄悄：憂貌。❷慍：音運ㄩㄣˋ，怒。慍于群小：言為眾小人所恨怒。❸覯：音夠ㄍㄡˋ，遭逢。閔：病。❹言：語詞。靜言：猶靜而。❺寤：覺醒。辟：音闢ㄆㄧˋ，擗字之省，拊心貌。摽：音ㄆㄧㄠˇ。有摽：摽然，拍擊。

【評析】

⑴王安石曰：君子與小人異趣，其為小人所慍，固其理也。故曰「憂心悄悄，慍于群小」。小人得志得為讒誣以病君子，君子既病矣，則又從而侮之，故曰「覯閔既多，受侮不少」。其曰既多不少者，以著小人之眾也。

⑵牛運震曰：①悄悄字寫得幽細。②慍于群小，一篇本意，至此方點出。③寤辟有摽，寫憂極慘切，妙在靜言思之，以閒恬出之，意思便蘊藉。

⑶竹添光鴻曰：摽與辟分淺深次第。寤辟第拊心自傷，至於有所摽擊，則恨極而捶胸矣。

日居月諸❶，胡迭而微❷？心之憂矣，如匪澣衣❸。靜言思之，不能奮飛❹！（五章）

【注釋】

❶居、諸：語詞。❷胡：何。迭：音蝶ㄉㄧㄝˊ，更迭。微：微暗不明，指日蝕月蝕而言。❸匪澣衣：謂垢污不濯之衣。❹奮飛：振奮羽翼飛去。

【評析】

⑴蘇轍曰：君子與小人，常迭相勝，然而小人而不得其志者，常也。君子而不遂，如日月而微耳。是以憂之不去於心，如衣垢之不澣，不忘濯也。憂患即深思奮飛以避之而不能矣。

⑵嚴粲曰：我心之憂，如不澣濯其衣，言處亂君之朝，與小人同列，其忍垢含辱如此。

⑶牛運震曰：①憂極不能自遣，算到奮飛一著，真煩騷無聊之至。②願為雙黃鵠，奮翅起高飛，古之憂患人，於此躊躇多少！

【總評】

⑴牛運震曰：騷愁滿紙，語語平心厚道，卻自悽婉欲絕柔媚出。一部〈離騷〉之旨，都括其內。

⑵竹添光鴻曰：此詩首章統言仁而不遇之情境。二章言孤立而無所依。三章言不枉己而從人。四章極言小人之阨。卒章憂君之不明，以表己純忠眷眷之誠。夫君之不明，非必闇弱也，往往聰明之主，一念嗜好有所不謹，為小人所迎合，遂不覺而用之。小人既用，迎合愈巧，而君子猶不轉，而不卷。是以君心愈疏，而小人日思所以病侮之，而國遂不可為矣。

⑶俞平伯曰：五章之詩，始以舟之汎汎，動飄泊之懷；終以鳥之翻飛，興無可奈何之歎。其結構層次，實至井然。

⑷高葆光曰：這首詩一二三章全是悲哀的陳訴，到第四章方說出他的倒楣全是見慍于群小的關係，是畫龍點睛。妙在不輕意說出，到在將要結尾的時候，方行點明。不但可以解去讀者疑團，且使全篇脈絡震動活躍。而寤辟有摽句，更將他的難過情形，形容盡至。「心之憂矣，如匪澣衣」，更將主觀的意象，用客觀的事實達出，倍極沉痛。

這首詩寫痛苦處，倒有幾分像〈離騷〉。所不同的，〈離騷〉的辭句較為典麗，而此詩則美在質樸。〈離騷〉有浪漫的情調，而此詩只是寫實。但全不失為千古難得的動人的好詩。

⑸普賢曰：〈邶風・柏舟〉的作者，其遭遇與屈原同。其宛轉申訴，纏綿悱惻，表現了高度的技巧，也簡直是屈原〈離騷〉的雛形。二人忠心謀國，慍于群小，遭讒受挫相同，且不見諒於骨肉親人（一為兄弟，一為胞姊）亦相同。屈原既自稱眾醉獨醒，〈柏舟〉的「微我無酒，以敖以遊」，也不願借酒來解憂。其作品連句法也有相似的表現，例如二者的也字調；而〈柏舟〉的「日居月諸，胡迭而微？」呼日月而問其何以

迭有虧損，不放光明，這種喻意，也和〈離騷〉的「何昔日之芳草兮，今直為此蕭艾也？」等香草美人的篇章同其象徵手法。尤其〈柏舟〉的最後兩句：「靜言思之，不能奮飛」，這不屑於敖遊，而要振翅奮飛的意願，竟引起屈原凌空飛騰，上下求索，直叩天門的幾大段瑰奇的幻想來。我們就稱〈柏舟〉的作者，是屈原的前身，又有何不宜？（參看《中外文學》第八卷八期所載拙著〈詩經比較研究——楚辭篇〉）

綠衣

詩人檢出一套葛布做的綠衣黃裳，穿在身上，便想到他去世的妻子，就做了這首淒涼哀感的動人詩篇。

綠兮衣兮，綠衣黃裡❶。心之憂矣，曷維其已❷！（一章）

【注釋】

❶裡：裡面的衣服，亦即下裳。就內外言，衣外裳內；就上下言，則衣上裳下。❷曷：何時。已：止。連上句謂：憂傷何時才能休止！

綠兮衣兮，綠衣黃裳。心之憂矣，曷維其亡❶！（二章）

【注釋】

❶亡：通忘。

綠兮絲兮，女所治兮❶。我思古人❷，俾無訧兮❸！（三章）

【注釋】

❶女：同汝。治：猶製，謂縫製。❷古人：指亡妻。❸俾：音必ㄅㄧˋ，使。訧：音尤ㄧㄡˊ，過失。詩人想到亡妻在世時，遇事規勸，使他不犯過錯。

絺兮綌兮❶，淒其以風❷。我思古人，實獲我心❸！（四章）

【注釋】

❶絺：音蚩ㄔ，細葛布。綌：音系ㄒㄧˋ，粗葛布。❷淒：涼。其：語詞。❸獲：得。

【總評】

(1)姚際恆曰：先從「綠衣」言「黃裡」，又從「綠衣」言「絲」，又從「絲」言「絺綌」，似乎無頭無緒，卻又若斷若連，最足令人尋繹。

(2)普賢曰：我們看這篇〈綠衣〉，詩〈序〉說：「〈綠衣〉，衛莊姜傷己也。妾上僭，夫人失位，而作是詩也。」注疏者便在顏色上下工夫，說黃是正色，綠是間色，黃貴綠賤，現在綠衣黃裳，是上下失序，所以喻賤妾上僭，夫人失位。但喻者借物以喻意，必有實物，其喻方貼切，是必有綠衣黃裳之流行也。首次兩章以「綠衣黃裡」、「綠衣黃裳」為喻則可，三章「綠兮絲兮，女所治兮」朱《傳》以絲比少女，就牽強了。鄭《箋》、孔《疏》則以為綠衣禮制所無，非實物，故認為「綠衣」係「褖衣」之誤。《箋》云：「褖衣黑，皆以素紗為裡，今褖衣反以黃為裡，非其禮制也，故以喻妾上僭。」因為綠衣為禮制所無，所以鄭玄認為綠字是褖字之誤。孔《疏》說：「詩者詠歌宜因其所有之服而言，不宜舉實無之綠衣以為喻。」但鄭玄仍以禮制所無之「褖衣黃裡」為喻，豈非自相矛盾？成為擅改經文以賣弄自己的淵博而已。現在我們把「古人」作詩人之故妻解，以綠衣為實物，不改經文一字，而全詩情詞一貫，通體晶瑩，毫無渣滓存留其間，欣賞起來，便覺真切感人，充溢著文學的情趣了。

燕燕

衛國國君送他妹妹遠嫁南國，分別時無限兄妹離別之情。最後更用讚美其妹並自勉的話來結束，讀之令人感到無限溫厚之情。

燕燕于飛❶，差池其羽❷。之子于歸❸，遠送于野。瞻望弗及，泣涕如雨。（一章）

【注釋】

❶于飛：在飛。❷差池：猶參差，不齊。❸歸：女子出嫁曰歸。

【評析】

(1)孔穎達曰：既至于野，與之訣別，己留而彼去，稍稍更遠。瞻望之，不復能及。故念之泣涕如雨然也。上二句謂其將行；次二句言己在路；下二句言既訣之後。

(2)牛運震曰：①燕燕，雙燕也。不說雙燕卻疊言之，意妙。②瞻望說及，妙。

燕燕于飛，頡之頏之❶。之子于歸，遠于將之❷。瞻望弗及，佇立以泣。（二章）

【注釋】

❶頡：音協ㄒㄧㄝˊ。頏：音杭ㄏㄤˊ。鳥飛而上曰頡，飛而下曰頏。❷將：送。

【評析】

(1)嚴粲曰：燕之飛或頡或頏，亦常相隨逐也。

(2)陳僅曰：瞻望弗及，佇立以泣，送別情景，二語盡之。後人求出此範圍，不過故作豪語耳，於真性情轉無交涉。

(3)牛運震曰：佇立二字畫。

燕燕于飛，下上其音。之子于歸，遠送于南❶。瞻望弗及，實勞我心。(三章)

【注釋】

❶南：指南國。

【評析】

(1)輔廣曰：「泣涕如雨」，初別時也；「佇立以泣」，已別而久立以泣也；「實勞我心」，既去而思之不忘也。

(2)朱公遷曰：飛相上下，聲相應和，皆不忍相違之意。

(3)牛運震曰：下上字活用，妙。句法亦有穿梭走丸之勢。不說泣涕，更婉痛，一往情深，不覺神醉。

仲氏任只❶，其心塞淵❷。終溫且惠❸，淑慎其身❹。先君之思❺，以勗寡人❻。(四章)

【注釋】

❶仲氏：衛君稱其妹之辭。任：誠篤。只：語詞。❷塞：實。淵：深。謂其心誠實而深遠。❸終溫且惠：既溫和且柔順。❹淑：善。❺先君：指衛君之先君。之：是。❻勗：音旭ㄒㄩˋ，勉。寡人：衛君自稱。二句謂「為念先父的

大恩德，時時勗勉我寡德人」。蓋衛君寄望其妹之意也。

【評析】

(1)牛運震曰：仲氏許多好處，卻從別後想出。其心塞淵，淑慎其身，句法一正一倒。

【總評】

(1)牛運震曰：①「先君之思，以勗寡人」，正大篤厚之旨。悲而婉，都從厚意流出。②前三章空寫別情，末章實敘仲氏，情之所繫，涕泣心勞，正因乎此。此詩意章法貫串處。

(2)方玉潤曰：前三章不過送別情景，末章乃追念其賢，愈覺難舍。且以先君相勗而竟不能長相保，尤為可悲。語意沉痛，不忍卒讀。

(3)普賢曰：詩〈序〉說這是「衛莊姜送歸妾」的詩，查《左傳》隱公三年及四年所載，衛莊公娶齊女曰莊姜，美而無子；又娶陳女厲嬀，幸其女弟戴嬀，生子完，莊姜以為己子。嬖妾生子州吁，有寵而好兵。莊公卒，太子完立，是為桓公。桓公立十六年，州吁弒桓公而自立。鄭玄就合詩〈序〉與《左傳》之意說：「莊公薨，完立而州吁殺之。戴嬀於是大歸。莊姜遠送之于野，作詩以見己志。」但《左傳》並無戴嬀大歸的話。考《史記．衛康叔世家》云：「陳女女弟亦幸於莊公，而生子完。完母死，莊公令夫人齊女子之，立為太子。」可見戴嬀是死於莊公卒前，而其子立為衛桓公時，戴嬀早已不在人世，又何能於桓公立十六年為州吁所弒之後而大歸呢？司馬貞《史記索隱》更依鄭《箋》之誤而云：「女弟，戴嬀也。子完，為州吁所殺，戴嬀歸陳，詩燕燕于飛也。」是與《史記》所載不合。而詩〈序〉所云，既不見《左傳》，而《史記》又明載戴嬀早死。是此詩之作，非莊姜送戴嬀甚明。故崔述曰：「余按此篇之文，但有惜別之意，絕無感時悲遇之情，而詩稱『之子于歸』者，皆指女子之嫁者言之，未聞有稱『大歸』為『于歸』者。恐係衛女嫁於南國，而其兄送之之詩，絕不類莊姜戴媯事也。」

詩中前三章皆以「燕燕于飛」起興。因燕子常常成雙成對，追逐相隨，已經寓有預祝女子出嫁，夫唱婦隨，和諧相處之意。雖然女子出嫁是好事，但想到從此兄妹將分別，不能時相見面，手足之情，難免傷感，此固是人情之常。末章先稱讚其妹之品德，再期望以後仍能得其妹之勉勵，亦是送行時應有之文章。而且推尊「先君」，更有「承祖訓」「不忘本」之意。立意既很得體，感情亦甚敦厚，堪稱符合詩教之佳作。

日月

這是一篇婦人受丈夫虐待而哭訴的詩。

日居月諸❶，照臨下土❷。乃如之人兮❸，逝不古處❹。胡能有定❺？寧不我顧❻！

（一章）

【注釋】

❶居、諸：均語助詞。❷下土：地上。❸乃如：轉語詞，即「而像」意。之人：是人，即這個人。❹逝：發語詞。古處：以古時夫婦之道相處。或古訓故，謂相處如故。❺胡：何。此句謂其心志何能有定。意即心志不定。❻寧：乃。

【評析】

(1)郝敬曰：呼日月者，詩之情境，以比夫婦，非專為告訴日月也。

(2)牛運震曰：①日月關愁苦人何事？仰面伸訴，無聊之極。②乃如之人，不忍斥言，卻自厭絕。③說日月照臨，正是責望之深。胡能有定，自以其誠祈請於日月也。哀怯激切，此即騷人九天為正之旨。

日居月諸，下土是冒❶。乃如之人兮，逝不相好。胡能有定？寧不我報❷！（二章）

【注釋】

❶冒：覆蓋。❷報：報答。

【評析】

(1)毛萇曰：盡婦道而不得報。

(2)鄭玄曰：其所以接及我者，不以相好之恩情，甚於己薄也。

日居月諸，出自東方。乃如之人兮，德音無良❶。胡能有定？俾也可忘❷！（三章）

【注釋】

❶德音：稱他人之言為德音，乃自謙之辭，非真有德之意。無良：「無善」意。❷俾：音必ㄅㄧˋ，使。此句謂使我成為可忘卻之人。

【評析】

(1)牛運震曰：癡想自寬，卑乞可憐。

日居月諸，東方自出。父兮母兮❶，畜我不卒❷。胡能有定？報我不述❸！（四章）

【注釋】

❶父兮母兮：即父啊母啊！人們遇到痛苦，總是呼天呼父母。❷畜：音旭ㄒㄩˋ，喜好。卒：終。謂丈夫不能始終喜歡她，故呼父母而訴之也。❸述：《韓詩》作術，道也。不述：即不合正道。或：不述謂不欲稱述，以見敦厚。亦通。

【評析】

(1)劉瑾曰：日居月諸，呼日月而訴之；父兮母兮，呼父母而訴之也。猶舜號泣于旻天于父母之意。

(2)朱公遷曰：始責其不以古道處我，終責其不循義理以報我。性情之厚而發於正者也。呼日月而怨其夫，則有望焉者也；呼日月而呼父母，則絕意於夫，無所望也。

(3)牛運震曰：埋怨父母極無理卻有至情。所謂疾痛慘怛未嘗不呼父母也。

【總評】

(1)劉瑾曰：每章章末二句，皆有望之之意。

(2)牛運震曰：此篇怨而幾於憤矣，然猶不失為厚。

(3)方玉潤曰：一訴不已，乃再訴之；再訴不已，更三訴之；三訴不聽，則惟有自呼父母而歎其生我之不辰，蓋情極則呼天，疾痛則呼父母，如舜之泣于旻天，于父母耳。此怨極也，而篇終乃云「報我不述」，則用情又何厚哉！

(4)普賢曰：此詩之特點，在每章首句，呼日月而訴之，末章更呼及父母，以見其無可宣洩之沉痛。《史記・屈原賈生傳》：「夫天者，人之始也；父母者，人之本也，人窮則反本。故勞苦倦極，未嘗不呼天也；疾痛慘怛，未嘗不呼父母也。」等於此詩的說明。

終風

這是夫婿輕薄而狂暴，婦人自傷遇人不淑的詩。

終風且暴❶，顧我則笑。謔浪笑敖❷，中心是悼❸。（一章）

【注釋】

❶終：既。❷謔：音虐ㄋㄩㄝˋ。謔浪笑敖：戲謔，無敬愛之意。❸悼：傷痛。

【評析】

(1)顧夢麟曰：謔而浪，非常謔也。笑而敖，非誠笑也。

(2)朱熹曰：然亦有顧我而笑之時，但皆出于戲慢之意，而無敬愛之誠。

(3)姚際恆曰：「顧我則笑」，即起下「謔浪笑敖」。意謂其笑也不由于正，乃謔浪笑敖也。

(4)牛運震曰：①夫婿輕薄兒，寫無情狂態如畫。②中心是悼，自是平心厚道人語，不肯為怨怒，卻深於怨怒也。

終風且霾❶，惠然肯來❷。莫往莫來，悠悠我思❸。（二章）

【注釋】

❶霾：音埋ㄇㄞˊ，風揚沙土落如雨。❷惠然：和順貌。❸悠悠：思之長。

【評析】

(1)朱道行曰：終日風暴，揚塵滿目，如霧雨然，皆終風之變怪也。惠然肯來，與顧我則笑一例，不出自根心，倏忽轉移，狂態曲盡；悠悠我思，發端於悼。

(2)牛運震曰：①此仍以謔浪來耳，偏說惠然，妙。②不說悼字，更深渾。③惠然肯來，當深幸之，卻以莫往莫來截住，故作決謝語，妙。鬱苦之情，意外翻奇，正是萬難割置處。

終風且曀❶，不日有曀❷。寤言不寐❸，願言則嚏❹。（三章）

【注釋】

❶曀：音亦ㄧˋ，陰而風。❷不日：不見日光。❸言：語詞，下同。❹願：思。嚏：音替ㄊㄧˋ，噴嚏。今人謂他人念我，我則噴嚏，與古俗略似。

【評析】

(1)輔廣曰：寤則憂而不能寐，思之則感傷。氣閉而成疾，其憂危甚矣。

(2)牛運震曰：①真有搔癢不著光景。②思則氣塞而逆，嚏字寫得妙。③不日有曀，有如字，言不見晴日，但有陰曀而已。如此解有十分厭苦之意。

曀曀其陰，虺虺其靁❶。寤言不寐，願言則懷❷。（四章）

【注釋】

❶虺：音灰ㄏㄨㄟ。虺虺：雷聲。❷懷：憂傷。

【評析】

⑴孔穎達曰：言曀復曀，則陰曀之甚也。
⑵呂祖謙曰：驟雨迅雷，其止可待；至於曀曀之陰，虺虺之雷，則殊未有開霽之期也。
⑶牛運震曰：①沉鬱一片騷情。②虺虺字奇，確盍靁聲，最是難寫也。
⑷王靜芝曰：不曰「終風且……」而曰「曀曀其陰」，形容陰暗淒淡之甚也。又加「虺虺其靁」，形容狂暴之甚也。比其夫如此之狂暴，則誠不能入寐，誠令人思之而傷感不已也。四章章首乍改，氣象一變，哀傷愈厲，感歎愈深。

【總評】

⑴普賢曰：這詩用象徵手法描摹出她丈夫的狂暴來，簡直是變態心理的虐待狂，使人不寒而慄，而她居然能忍受，還要眼睜睜地躺在床上想他，想得打起噴嚏來。她的打噴嚏，本是受到乍陰乍晴的生活，乍陰乍晴的天氣的影響所致，但她還以為丈夫也在想她，而她才會打噴嚏呢。她這樣的死心眼，真是溫柔敦厚之至。她的遇人不淑，令人覺得有無限的可憐。這詩刻劃夫婦兩人性格，差不多已塑造出典型來了。

擊　鼓

這是衛國人民被徵召去遠征陳宋兩國之後，又戍守邊疆，久不得歸，思念家室的詩。

擊鼓其鏜❶，踊躍用兵❷。土國城漕❸，我獨南行❹。（一章）

【注釋】

❶鏜：音湯ㄊㄤ，擊鼓聲。❷踊：音勇ㄩㄥˇ。踊躍：跳躍奮起。兵：兵器。❸土國：作水土之工事於國都。漕：衛邑，在今河南滑縣。城漕：修治漕城。❹南行：下章之陳與宋，皆在衛國之南，故曰南行。

【評析】

(1)李樗曰：土國城漕，非不勞苦，而猶處於境內；今我之在外，死亡未可知也。

(2)牛運震曰：①直從戰陣說起。②土國城漕襯筆，是加倍法。③土國即城漕，複文一虛一實爾。④獨字怨得深。

從孫子仲❶，平陳與宋❷。不我以歸❸，憂心有忡❹。（二章）

【注釋】

❶孫子仲：人名，當時領兵之將。❷平：平其禍亂。陳、宋：國名。陳國在今河南開封以東及安徽北部之地；宋在今河南商丘以東及江蘇銅山以西之地。兩者皆在衛國之南。❸以：與。不我以歸：即不與我歸。❹有忡：忡然，憂貌。

【評析】

(1)鄭玄曰：與我南行，不與我歸期。兵，凶事，懼不得歸豫憂之。

(2)方玉潤曰：此軍獨留，是以有憂。

爰居爰處❶？爰喪其馬❷？于以求之❸？于林之下❹。（三章）

【注釋】

❶爰：于焉之合聲，在何處，下同。糜文開有詳釋，見〈詩經字詞用法二則〉，載《大陸雜誌》。數爰字或釋為「於是」，則為直述句。❷馬：古音讀母ㄇㄨˇ。❸于以：往何處。❹下：古音讀虎ㄏㄨˇ。

【評析】

(1)顧起元曰：三爰字有聊且之意，行伍居處，自有常所，此則任情所適，非行伍中所常居處之所矣。

(2)歐陽脩曰：王肅以下三章，衛人從軍者與其室家訣別之詞，云我此行未有歸期，亦未知於何居處，於何喪其馬。若求我與馬，當於林下求之。蓋為必敗之計也。

(3)牛運震曰：寫得無情無緒，筆意蕭閒寥落。

(4)方玉潤曰：解散情形，不堪設想。

死生契闊❶，與子成說❷。執子之手：「與子偕老。」（四章）

【注釋】

❶契：音切ㄑㄧㄝˋ，合。闊：離。契闊：謂死生離合，即死生遠離之意。生而不能見，死則永長別。❷成說：謂約誓，有言在先。

【評析】

(1)嚴粲曰：我往者初昏之時，與子成其約誓之言，執子之手，期於偕老，不謂今者便為死生之別。怨辭也。

(2)朱道行曰：死生離合，決不相忘。此成說也。執手二句即成說時丁寧，但有生合無死離，其矢願如此。

(3)牛運震曰：①此卻追敘始出門時，篇法倒得妙。②陡下死生契闊四字，悲酸異常。③纏綿悽惻，在三「子」

字。④按語勢當作「執子之手，與子成說」，卻故歷亂其辭，更見慘苦之至。

(4)方玉潤曰：有此一章追敘前盟，文筆始曲。

于嗟闊兮❶，不我活兮❷。于嗟洵兮❸，不我信兮❹。（五章）

【注釋】

❶于：同吁。于嗟：歎詞。❷此句謂不與我共同生活。❸洵：音旬ㄒㄩㄣˊ，遠。❹信：古同伸。不我信：謂不能實踐舊約。

【評析】

(1)嚴粲曰：歎從今之間闊，不得相依以生活也。又歎夫婦相違遠，不得伸其偕老之志。其怨深矣。

(2)牛運震曰：連用「不我」字，怯聲愴調。

(3)方玉潤曰：連用「于嗟」字，反轉上意，毫不費力，此種最宜學。

【總評】

(1)曾鞏曰：非獨爰居爰處之章為從軍者訣別之辭，一篇之意，皆如此。

(2)徐常吉曰：首章言南行之事，二章本南行之故，三章陳怠慢之狀，皆自征行之苦而言也。四章追思室家之約，五章恐違室家之約。皆自思家之情而言也。

(3)牛運震曰：悲壯哀軟情緒迭出。

(4)方玉潤曰：夫國家大役，無過土工城漕，然尚為境內事，即征伐敵國，亦尚有凱還時。惟此邊防戍遠，永斷歸期，言念室家，能不愴懷？未免咨嗟涕洟而不能自已。此戍卒思歸不得詩也。

凱風

這是兒子感念慈母養育深恩，自責無所成就，不能安慰老娘的詩。

凱風自南❶，吹彼棘心❷。棘心夭夭❸，母氏劬勞❹。（一章）

【注釋】

❶凱風：南風。南風和煦，以喻母愛。❷棘：小棗叢生者。棘心：指棘初生之嫩芽，以其幼嫩，以喻人子。❸夭夭：少好貌。形容棘心之茁壯。❹劬：音渠ㄑㄩˊ。劬勞：勞苦。

【評析】

(1)朱道行曰：以凱風比母氏顧養，恩同天地之施。言吹心，比襁褓之誠求；言夭夭，比孩抱之色笑也。

(2)牛運震曰：棘如何有心？吹彼棘心，寫風性入微。

凱風自南，吹彼棘薪❶。母氏聖善❷，我無令人❸。（二章）

【注釋】

❶棘薪：謂棘已長大為薪者。❷聖：叡智。❸令人：善人。

【評析】

(1)嚴粲曰：棘心，喻子之幼小；棘薪，喻子之成立。凱風吹彼棘心至於成薪，可見長養之功。而所吹之棘非美材，僅堪為薪。猶母氏養我七子，至於成人，可見聖善之德。而我七子無令善之人也。子之成立，猶母之德。故於棘薪言聖善。聖者，明達之稱；善者，賢淑之稱。

(2)朱道行曰：聖善其母，而自謂無令，是風美而材不美，徒負此吹耳。

(3)牛運震曰：①棘薪二字約得妙。②母氏二句一篇本意。

爰有寒泉❶？在浚之下❷。有子七人，母氏勞苦。（三章）

【注釋】

❶爰：于焉之合聲，在那裡。泉水清冷，故曰寒泉。❷浚：音俊ㄐㄩㄣˋ，衛邑，在今山東濮縣境。

【評析】

(1)鄭玄曰：寒泉在浚之下，浸潤之使浚之民逸樂，以興七子不能如也。

(2)牛運震曰：子母一顛倒，自責更深，不說無令人，更含蓄。

睍睆黃鳥❶，載好其音❷。有子七人，莫慰母心。（四章）

【注釋】

❶睍睆：音現ㄒㄧㄢˋ晚ㄨㄢˇ，美好貌。❷載：語詞。

【評析】

(1)孔穎達曰：言黃鳥有睍睆之容貌，則又和好其音聲，以興孝子當和其顏色，順其辭令，自責言黃鳥之不如也。

(2)方玉潤曰：言婉而意愈深。

【總評】

(1)孔穎達曰：經皆自責之辭，將欲自責，先說母之勞苦。故首章二章上二句，皆言母氏之養己，以下自責耳。

(2)王靜芝曰：本詩七子自疚，非真不能孝其母也。惟以愈能孝母，故見母之勞而愈自疚，乃思更盡其孝道，以慰母心也。

(3)糜文開曰：〈凱風〉表現了慈母的養育深恩是值得我們推崇的。詩中和煦的凱風與清涼的寒泉成對比。凱風的和煦固然吹棘成薪，寒泉的清涼來滋潤土壤，同樣不可缺少。植物的生長，凱風與寒泉同其功。所以父母溫暖的愛護誠可感，冷峻的管教尤為可貴。

此詩以凱風寒泉喻母恩，成為《三百篇》的名作。唐詩人孟郊活用此意成〈遊子吟〉：「誰言寸草心，報得三春暉」之句，遂為千古絕唱。

雄雉

這是一篇婦人懷念宦遊在外的丈夫之詩。頗有「悔教夫壻覓封侯」的感懷。

雄雉于飛❶，泄泄其羽❷。我之懷矣❸，自詒伊阻❹。（一章）

【注釋】

❶雄雉：雄野雞。于飛：在飛。❷泄：音異ㄧˋ。泄泄：鼓翼貌。❸懷：思念。❹詒：同遺，遺留。伊：其。阻：借為慼，憂戚。此句謂婦人沒有阻止丈夫遠行，是給自己留下此憂戚。

【評析】

(1)輔廣曰：我之懷矣，指其夫也；自詒伊阻，不以怨人也。

(2)朱公遷曰：物得自由，人不如物，故以起興。

(3)嚴粲曰：丈夫久役，其妻怨曠，言雄雉于飛，泄泄然舒張其羽。雄者飛而雌者留，喻其夫從役而己留在家也。

(4)牛運震曰：①雄雉託興，是思婦語氣。②矣字黯然永歎。③自詒伊阻，埋怨得不近情理，卻自深妙。

雄雉于飛，下上其音。展矣君子❶，實勞我心。（二章）

【注釋】

❶展：誠。

【評析】

(1)嚴粲曰：燕燕言下上其音，謂雙燕相追逐而飛鳴也。此言雄雉下上其音，則止是一雉之音，或下或上也。

(2)朱公遷曰：上章託物，為君子之行役勞苦而起興；此章託物為己之思念勞役而起興也。

(3)牛運震曰：①實字有堅響沉力。②語帶怨而媚，所謂怨慕也。

瞻彼日月，悠悠我思。道之云遠❶，曷云能來❷？（三章）

【注釋】

❶云：句中助詞，下同。❷曷：何時。

【評析】

(1)鄭玄曰：日月之行，迭往迭來。今君子獨久行役而不來，使我心悠悠然思之，何時能來？望之也！

(2)嚴粲曰：視日月之往來，則君子之從役，積時已久矣。使我心悠悠然長思之。道路之遠如此，不知何時能歸乎？

(3)牛運震曰：風神蘊藉。優遊閑遠。不必作十分怨曠語，意象自深。

百爾君子❶，不知德行？不忮不求❷，何用不臧❸！（四章）

【注釋】

❶百爾：猶凡爾，即「所有」之意。君子：此君子指在官者。❷忮：音至ㄓˋ，嫉害。求：貪求。❸用：以。臧：善。

【評析】

(1)胡安國曰：不忮則能懲忿；不求則能窒慾。

(2)陳傅良曰：忮心生於忿怒，求心生於貪慕。故人之恥貧賤患難者，能不忮，則或入於求；能不求，則或入於忮。故忮者常生於嫉人；求者常生於枉己。

(3)朱公遷曰：仁則不忮，義則不求。此所謂德行也。思君子之詩多矣，而未有及於德行者，此雄雉之所以為賢也。

(4)徐光啟曰：不敢望其歸，而但願其以善處得全，〈王風〉「苟無饑渴」，亦此意。

(5)牛運震曰：①卒章勸以善而冀其全身遠害也。然情愈摯，思愈苦，則世變可知矣。②「不忮不求，何用不臧」，真學問，真情媚。

【總評】

(1)朱善曰：〈雄雉〉四章，前三章皆所謂發乎情；後一章乃所謂止乎禮義。蓋閨門之內，以愛為主，則雖思之之切，是亦情之正也。惟其思之也切，故其憂之也深；惟其憂之也深，故其勉之也至。忮求者，皆取禍之道也。必能不忮害，不貪求，乃可以自免於患矣。噫！不忮不求，此孔門克己之術，求仁之方，而行役之婦人能言之，其亦可謂賢也已！

(2)牛運震曰：①優柔婉轉，正大深厚，閨閣之詩，少此氣體。②「實勞我心」，「悠悠我思」，從「自詒伊阻」生來，卻為末章含蓄起勢，此通篇結構貫串處。

(3)普賢曰：這是丈夫遠遊求仕不歸，其妻念之，憂思不已之詩。前四章均以雄雉于飛起興，已經暗寓男子逍遙遠方而無歸期之意。由「自詒伊阻」句，可知當初是婦人鼓勵其夫外出尋求功名。而今日空閨獨守，寂寞憂思，都是自惹的。言下無限悔恨！詩〈序〉謂「刺衛宣公」，朱熹《集傳》不採，以為婦人思其君子從役於外之詩。今玩味詩文，改「從役」為「宦遊」，當更貼切。

三章以日月的流轉不息，來喻她憂思之不盡，較之「問君能有幾多愁？恰似一江春水向東流」更令人有無可奈何之感。最後（第四章）以她個人的痛苦經驗，勸告世上宦遊人，不要貪圖功名富貴，不要眼紅高官厚祿，淡泊和樂的家庭生活豈不更有情趣！

匏有苦葉

這是一篇描寫女子待嫁春心的詩。而詩中表現她的涉世處事，均有分寸，合於禮義。

匏有苦葉❶，濟有深涉❷。深則厲❸，淺則揭❹。（一章）

【注釋】

❶匏：音袍ㄆㄠˊ，即瓠，葫蘆，涉水用具，使漂浮防溺，有「腰舟」之稱。苦：舊解謂瓠葉苦不可食。王先謙據《易林》讀苦為枯，葫蘆葉枯則其實已乾而輕，可摘下作腰舟之用。❷濟：水名，即泲水。涉：徒步渡河曰涉。此處用作名詞，即渡頭。❸厲：大帶之垂者。❹揭：音器ㄑㄧˋ，舉。二句謂水深則以帶繫匏於腰間以防溺，水淺則荷匏於肩背。

【評析】

(1)毛萇曰：遭事制宜，如遇水深則厲，淺則揭矣。男女之際，安可以無禮義，將無以自濟也。

(2)朱道行曰：深則厲，淺則揭，亦各有宜，彼男女昏姻，少長良賤，豈無其宜，而得私相暱就耶！

(3)方玉潤曰：借涉水以喻涉世，提出深淺二字作主，以見涉世須當有識量度時務，知其淺深而後行，是全詩總冒。

有瀰濟盈❶，有鷕雉鳴❷；濟盈不濡軌❸，雉鳴求其牡❹。（二章）

【注釋】

❶瀰：音迷ㄇㄧˊ。有瀰：瀰然，水盛貌。濟盈：泲水盈滿。❷鷕：音咬ㄧㄠˇ，雉鳴聲。有鷕：鷕然。雉：野雞。❸濡：沾濕。軌：車軸頭。❹牡：雄性之禽獸。此指雄雉。

【評析】

(1)方玉潤曰：雉鳴句引起鳴雁歸妻意，濟盈句引起人涉卬否意。一反一正，大開大合，章法脈絡，原自井然，一絲不亂。

(2)王靜芝曰：本章之詞，今日鄉里之間，似此者亦甚多，如男大當婚，女大當嫁；如東邊太陽西邊落。雖但道常理，實寓真理不可磨滅之義。

雝雝鳴鴈❶，旭日始旦❷。士如歸妻❸，迨冰未泮❹。（三章）

【注釋】

❶雝：音庸ㄩㄥ。雝雝：鳴聲之和。❷旭日：初出之日。始旦：旭日初升。❸歸：嫁。此處歸妻，等於迎娶。❹迨：及。泮：音畔ㄆㄢˋ，泮有散、合二義，此處以「合」義較佳。（參閱普賢與外子縻文開合撰之《詩經欣賞與研究》初集，頁三二四）

【評析】

(1)牛運震曰：和大醇雅，一片祥靄之氣。

(2)方玉潤曰：昏媾須時。

招招舟子❶，人涉卬否❷。人涉卬否，卬須我友❸。（四章）

【注釋】

❶招招：以手招呼貌。❷卬：音昂ㄤˊ，我。❸須：等待。

【評析】

(1)毛萇曰：人皆涉，我友未至，我獨待之而不涉。以言室家之道，非得所適，貞女不行；非得禮義，昏姻不成。

(2)徐鳳彩曰：上章於迨字見不迫，此章於須字見不苟。

(3)牛運震曰：①異想遠神。②招招二字畫景。③人涉卬否，疊一筆，跌逗風神。④末章從深涉濟盈生出，文意蟬聯相因，結構甚妙。

【總評】

(1)牛運震曰：一篇寓言隱語，衹士如歸妻二語略露本旨。正自玲瓏含蓄。

(2)方玉潤曰：詳味詩詞，其製局離奇變幻，措詞譎詭隱微，若規若諷，忽斷忽連，直是一篇諷世座右銘。

(3)高葆光曰：此詩在形式上幾乎全用比體說明一種抽象事實，文意頗為顯豁。當中騰轉蓄折，陣勢亦極雄肆。結尾與首章互相呼應。

(4)王靜芝曰：四章由首至尾，皆以涉水為貫。故知為河濱之地，鄉里所唱，有關生活守則之歌謠也。

谷風

這是棄婦怨訴之詩。為妻者育兒持家，克盡婦道。眼看可以有福共享時，丈夫卻另娶新歡。糟糠之妻，被逼下堂。棄婦臨行時，一方面怨訴丈夫的忘恩負義，一方面還說了些痴情話，成為一篇最感人的敘事詩。

習習谷風❶，以陰以雨❷。黽勉同心❸，不宜有怒。采葑采菲❹，無以下體❺？德音莫違❻：「及爾同死❼。」（一章）

【注釋】

❶習習：連續不絕。谷風：大風，謂由山谷吹來盛怒之風。❷以陰以雨：又陰又雨，無晴朗開霽之日。谷風陰雨比

喻其夫之暴怒無休止。❸黽：音敏ㄇㄧㄣˇ。黽勉：勉力。❹葑：音封ㄈㄥ，蕪菁，根可食。菲：蘿蔔。❺以：及。下體：謂葑菲之根。此二句謂采葑采菲，能不及其根乎？以喻夫婦當有始有終，不當愛華年而棄衰老也。❻德音：語言，謂他人之言曰德音，美之而已，非真有德也。❼此謂其夫當初所發之誓言為「及爾同死」。

【評析】

(1)牛運震曰：①葑菲之不遺下體，興德音之莫違。②「不宜」二字最婉摯，宛然閨房商約語。③同死者較偕老字更痛切。

(2)方玉潤曰：以陰陽失調興起，同心是夫婦常理。惟同心乃可同死。

行道遲遲，中心有違❶。不遠伊邇❷，薄送我畿❸。誰謂荼苦❹？其甘如薺❺。宴爾新昏❻，如兄如弟。（二章）

【注釋】

❶中心：心中。違：怨恨。❷伊：語詞。邇：近。❸畿：音基ㄐㄧ，門限。❹荼：苦菜。❺薺：音ㄐㄧˋ，甘菜。❻宴：樂。

【評析】

(1)陳鵬飛曰：物莫苦於荼，婦人見棄，其情甚苦，則荼反甘於薺矣。

(2)朱公遷曰：此章見棄之時，不忍絕意於夫，而夫則絕意於己也。

(3)牛運震曰：①陡接被遣，揭過中間多少情節，後卻縷縷補出。詩主言情，不專敘事，故應如是。②寫去婦出門情況，看不得想不得。③遲遲有違，意極蘊藉。④突下誰謂二字，飄宕動人。⑤豔羡新昏，便已十分酸痛，覺「那聞舊人哭」一語，不消說得。⑥不說中心之苦，卻說荼苦之甘；不說故夫相待之薄，卻說待新昏之厚。言外隱照，筆底含蓄。

涇以渭濁❶，湜湜其沚❷。宴爾新昏，不我屑以❸。毋逝我梁❹，毋發我笱❺。我躬不閱❻，遑恤我後❼？（三章）

【注釋】

❶涇：音經ㄐㄧㄥ。涇、渭：二水名，在今陝西省，涇水清，渭水濁。渭水流至高陵縣境與涇合。以：使。涇水喻新婦，言涇水與渭水相比，自顯渭水之濁。然當其靜止沉澱後亦覺清澈。故下云「湜湜其沚」。蓋因新婦之來致使棄婦顯其色衰，而棄婦亦曾年輕貌美也。❷湜：音時ㄕˊ。湜湜：水清貌。沚：音止ㄓˇ，水止時。此喻棄婦年輕時亦曾貌美。❸屑：潔。不我屑以：不以我為潔。❹逝：往。梁：魚梁，即堵魚壩。❺發：打開。笱：音苟ㄍㄡˇ，以竹為器而承梁之空以取魚之具。❻躬：本身。閱：容納。❼遑：暇。恤：憂。二句謂「連自己都不見容，那還顧得了走後的家事？」

【評析】

(1)蘇轍曰：梁笱皆所設以取魚，逝人之梁，而發人之笱，因人之成功之謂也。新昏因舊室之成業，不知其成之難，則將輕用之，我雖見棄，猶憂其後之不繼也。故告而止之。既而曰我躬且不容，何暇恤我後哉？知告之無益之詞也。

(2)牛運震曰：①忽然憤氣使性，忽然平心安命，總是哀怨纏結，逼成無聊難堪也。②毋逝我梁，毋發我笱，明知與新昏無干，卻不得不借此以寫鬱憤。「人賤物亦鄙，不足迎後人」，古之被遣婦，於此迴盡愁腸也。

(3)方玉潤曰：推言見棄之地，在色衰，不在德失。

(4)高葆光曰：第三章是此詩最精彩處。(毋逝我梁，毋發我笱)一片癡情，未能斬斷！既而理智清醒(我躬不閱，遑恤我後)是她的徹悟處。她的癡情可憐，她的徹悟可悲！一轉一折，已把自己悽楚的內心，繾綣的情緒，道出無遺。

(5)王靜芝曰：其難捨難別之情，與不得不捨，不得不別之情，真纏綿悱惻也。

就其深矣，方之舟之❶；就其淺矣，泳之游之。何有何亡❷，黽勉求之❸。凡民有喪，匍匐救之❹。(四章)

【注釋】

❶方：筏。❷亡：音義同無。❸以上六句為棄婦敘述與其夫共同生活時，操持家務之情形：於大小難易諸事處理之方法；於家中所需各物添置之情況。❹匍：音僕ㄆㄨˊ。匐：音福ㄈㄨˊ。匍匐：手足並行。形容急切之狀。此二句為對鄰里救助之情形。

【評析】

(1)顧起元曰：治家睦鄰，皆就相夫說。而睦鄰又治家中餘事，見其無所不盡也。有則慮其亡，而不以有為足；無則冀其有，而不以無為辭。正黽勉求之處。

(2)牛運震曰：①何有何亡，家常本分，語最婉厚。②此自述其婦德之實也，一篇領要處。

(3)方玉潤曰：自道勤勞，見無可棄之理。

不我能慉❶，反以我為讎。既阻我德❷，賈用不售❸。昔育恐育鞫❹，及爾顛覆❺；既生既育❻，比予于毒。（五章）

【注釋】

❶慉：音蓄ㄒㄩˋ，養。❷阻：卻，拒絕。德：美德。❸賈：音古ㄍㄨˇ，賣物。二句蓋棄婦自謂有如許美德而不被接納，則如美好之貨物不得銷售。❹育：生育。鞫：撫養。（詳解見與外子糜文開合撰之《詩經欣賞與研究》初集，頁一四九至一五〇）❺顛覆：絕嗣。《商書・微子》：王子弗出，我乃顛隮。註：顛隮指殷亡後無人主殷祀言。普賢按：隮：墜也。顛隮，即此處之顛覆。❻育：撫育成人。

【評析】

(1)牛運震曰：①低徊呻吟，斷續幾不成聲。②怨懟之切，在連用我字及爾字予字。

我有旨蓄❶，亦以御冬❷。宴爾新昏，以我御窮。有洸有潰❸，既詒我肄❹。不念昔者，伊余來塈❺。（六章）

【注釋】

❶旨：美。蓄：蓄菜，即乾菜。❷御：禦。❸洸：音光ㄍㄨㄤ。有洸：洸然，武貌。有潰：潰然，怒色。❹詒：音宜ㄧˊ，遺，給予。肄：音亦ㄧˋ，勞。❺塈：音系ㄒㄧˋ，息。婦三月廟見，然後執婦功，故婦初來曰息。

【評析】

(1)曾鞏曰：人之於物，得新可以捐故。然厚者猶有所不忍，夫婦義當偕老，乃姑以御窮而已，其薄惡可知。

⑵輔廣曰：末二章又可見其怨而不怒。

⑶朱道行曰：洸潰，因夫新昏，揭此以與宴爾相形，不勝苦樂之別。

⑷牛運震曰：①以我御窮，深怨刻骨。②有洸有潰，所謂怒也。收處遙應〈谷風〉四語意思，結構完密。③以我為讎，以我御窮，怨極矣，收法卻又柔厚。④倒煞昔者，篇終含蓄無限。⑤前後三宴爾新昏，刺目傷心。

⑸方玉潤曰：無聊賴中，忽念及瑣細事，愈覺可傷。

【總評】

⑴沈守正曰：首章言夫婦之常道，下反覆陳己見棄之情事，中以德色為主，夫重色，所以棄；己有德，所以悲。

⑵輔廣曰：觀此一詩，比物連類，因事興詞，條理秩然有序，勤而不怨，怨而不怒，玩而味之，可謂賢婦人矣。而見棄於夫者，亦獨何哉！

⑶朱善曰：〈谷風〉雖棄婦所作，而觀其自序，有治家之勤，有睦鄰之善，有安貧之志，有周急之義，皆其節之可取者也。至於見棄矣，而拳拳忠厚之意，猶藹然溢於言辭之表，則是初無可棄之罪也。徒以其夫之安於新昏，不以為潔而棄之耳。然其言之有序而不迫如此，殆庶幾乎夫子所謂可以怨者矣。

⑷牛運震曰：①一篇棄婦詞，然不必其為婦人之作也。②哀怨切惻，長言繚繞，然總不失為厚。

⑸高葆光曰：她反覆詛咒，哀怨至深，但篇中始終未露出哭字淚字。她已柔腸寸斷，欲哭無淚。天荒地老，此恨何已！

⑹普賢曰：此詩刻劃出一個中國社會中國性格的典型棄婦。漢代的〈上山採蘼蕪〉雖是一首有名的古詩，但

偏於織縑素若干等功利觀念的諷刺，與此詩相較，不啻小巫之見大巫。唐人白居易的新樂府母別子篇，可當作此詩的續篇讀。白作犀利痛快，已不若此詩之敦厚。杜甫〈佳人〉詩中的名句「但見新人笑，那聞舊人哭」，也總不如此詩中「毋逝我梁，毋發我笱；我躬不閱，遑恤我後」的痴情語來得沉痛。

式微

衛國的女兒嫁給黎國的莊公，已經前往黎國，莊公卻不迎接她進城，弄得她進退失據。在這尷尬的局面下，她忍痛等待著，賦此詩以明志，博得了多少人的同情。

「式微式微❶，胡不歸❷？」「微君之故❸，胡為乎中路❹？」（一章）

【注釋】

❶式：發語詞。微：不明，指天黑。❷胡：何，下同。❸微：非。❹中路：中途。《魯詩》作中路，《毛詩》作中露。

「式微式微，胡不歸？」「微君之躬❶，胡為乎泥中？」（二章）

【注釋】

❶躬：馬瑞辰以為「窮」字之假借。窮：絕也。謂黎衛兩國的絕交。

【總評】

(1)牛運震曰：兩摺長短句重疊調，寫出滿腔憤懣。

(2)糜文開曰：式微的本事，有兩種不同的傳說：

《毛詩》以為衛宣公之世，狄人侵黎，黎侯棄其國出亡於衛，衛即置東境地中露、泥中二邑以寓之，其臣勸之曰：「衰微甚矣，何不歸哉？我若非以君之故，亦胡為而辱於此二邑哉？」

《列女傳》和《魯詩》，以為〈式微〉篇是黎莊夫人和她的傅母所作。黎莊夫人是衛侯之女，黎莊公之夫人。夫人既往，莊公不納，其傅母閔夫人賢，憐其失意，又恐其已見遣而不以時去，乃謂夫人曰：「夫婦之道，有義則合，無義則去。今不得意，胡不去乎？」而作詩曰：「式微式微，胡不歸？」夫人曰：「夫婦之道，一而已矣。彼雖不吾以，吾何可以離於婦道乎？」乃作詩曰：「微君之故，胡為乎中路？」終執貞壹，不違婦道，以俟君命。

魏源、王先謙均主此篇為黎莊夫人與其傅母所合作。我們亦採此說，並可視此篇為我國詩人聯句之先河。

旄丘

這是流亡於衛國的黎國君臣，責怨衛國諸臣不肯積極幫助他們復國的詩。

旄丘之葛兮❶，何誕之節兮❷；叔兮伯兮❸，何多日也❹！（一章）

【注釋】

❶旄：音毛ㄇㄠˊ。旄丘：前高後下之丘。葛：蔓生植物。❷誕：與覃通，延長。節：葛之節。❸叔、伯：呼衛之諸臣。❹此句謂「何日之多，時之久，而未見來救？」

【評析】

(1)朱熹曰：黎之臣子，自言久寓於衛，時物變矣，故登旄丘之上，見其葛長大而節疏闊，因託以起興：旄丘之葛，何其節之闊也！衛之諸臣，何其多日而不見救也？此詩本責衛君，而但斥其臣，可見其優柔而不迫也。

(2)鄒泉曰：此章即時物變之久，與衛臣救之緩也。以多日為言者，望之之意切也。

何其處也❶？必有與也❷。何其久也？必有以也❸。（二章）

【注釋】

❶處：安處。謂衛之諸臣何其安處坐視而不來救耶？❷與：猶以，原因。或釋為與國，謂等待與國之共同行動。❸以：原因。

【評析】

(1)王鏊曰：雖多日而不救，宜亦為之不安也。而今何以安處不來？使果結與而來，今亦可以至矣。而何以久而不至？知其不來而猶望其來，詩之曲盡也如此。

(2)牛運震曰：承上多日之意而引伸之，曲折委婉。語極忠厚平恕，然正使人無餘地自處。

(3)姚際恆曰：自問自答，望人情景如畫。

狐裘蒙戎❶，匪車不東❷。叔兮伯兮，靡所與同❸。（三章）

【注釋】

❶狐裘：指黎國大夫之服裝。蒙戎：散亂破敗。❷匪：非。此二句謂黎國大夫之服裝已破敗，但並非我黎國之車不東來相告也。❸同：同心協力。謂衛國群臣未有與我同心協力者。

【評析】

(1)毛萇曰：無救患恤同也。

(2)嚴粲曰：衛人不恤黎患，謂利害不切於己耳。不知脣亡齒寒，黎實衛之附庸，利害同之。衛人不思同患之義，是以有滎澤之敗。

(3)鄒泉曰：此章上二句驗己寓衛之久，下即其所以不救者諷之也。不與己同心，謂我有亡國之憂，而彼無憫恤之意；我有恢復之念，而彼無拯救之心是已。不言不肯救，而只言不與己同心。此正所謂微諷切之也。叔伯之不來，乃自不來耳，非真有與國之約、它故之臨也。

(4)牛運震曰：寫盡久客苦況，「匪車不東」似被冤屈作懟辨語，妙。

瑣兮尾兮❶，流離之子❷。叔兮伯兮，褎如充耳❸。（四章）

【注釋】

❶瑣：細。尾：末。瑣尾：言細小微末，指黎國君臣之地位，日漸卑微，不為衛國君臣所重視也。❷流離：漂散。流離之子：謂流離之人，指黎國君臣而言。❸褎：音右ㄧㄡˋ，盛服貌。又：褎當讀為裒，音抔ㄆㄡˊ，聚也，有充滿義。褎如：形容充耳。充耳：塞耳。意謂衛人塞耳不聞黎侯君臣之流離困苦。

【評析】

(1)朱熹曰：言黎之君臣流離瑣尾，若此其可憐也。而衛之諸臣，褎然如塞耳而無聞，何哉？至是然後盡其詞焉。流離患難之餘，而其言之有序而不迫如此，其人亦可知矣。

(2)輔廣曰：褎如充耳，責之也。自緩而疑，自疑而諷，自諷而責，是皆性情之正也。

(3)牛運震曰：一褎字寫聾人宛然。罵得痛切，卻妙在先作可憐態。

【總評】

(1)劉辰翁曰：一章「何多日也」，未有怨望之意也；二章「必有與也」「必有以也」，有望於衛，未怨也；三章「靡所與同」，微怨也；四章「褎如充耳」，不能不怨也。

(2)朱公遷曰：一章怪之，二章疑之，三章微諷之，四章直責之。旄丘責人而不刻，可謂賢矣。

(3)黃櫄曰：衛失國而齊救之，黎失國而衛不救。此齊之所以伯而衛之所以不振也。

(4)牛運震曰：①三「叔兮伯兮」，悚籲疾呼，當令衛人耳熱心動，抵過秦庭七日哭也。②不懟不怨，語吞吞吐吐，卻怨到盡頭，所以為深厚。

簡兮

衛國宮庭一位文武兼備的舞師，魁偉的體格，熟練的舞姿，深獲衛君的激賞，更博得貴族仕女的愛慕，發出一片的讚美聲。

簡兮簡兮❶，方將萬舞❷。日之方中❸，在前上處❹。（一章）

【注釋】

❶簡：大，魁偉。❷方將：正將。萬舞：文武綜合之舞名。武用干戚，文用羽籥。❸方中：正中。❹在前上處：在前列上頭。

【評析】

(1)牛運震曰：開端簡字括一篇之旨。

(2)普賢曰：首章敘明舞名、舞時和舞地。「簡兮簡兮」總括了萬舞的場面，開頭就覺氣派不凡。

碩人俁俁❶，公庭萬舞❷。有力如虎，執轡如組❸。（二章）

【注釋】

❶碩：大。俁：音雨ㄩˇ。俁俁：大貌。❷公庭：廟庭。❸轡：繮繩。組：織絲而成之繩組。此處形容繮繩之柔滑如組，操縱自如也。

【評析】

(1)朱公遷曰：人馬皆從容不急迫，故轡柔如此。

(2)朱道行曰：稱人曰碩，重其品也。俁俁：指形體，亦帶儀度說。如虎之力，因舞而見。執轡如組，亦其力能駕馭而周旋折旋不失其馳也。此以御之一節言才，舉此以見其餘耳。

(3)牛運震曰：有力如此，祇用以執轡，良驥鹽車，千古同歎。

(4)普賢曰：二章敘明舞師的雄姿，而且是在宮庭起舞，更提高了舞師的身分，「有力如虎」簡單四字，卻充滿了力的美。第四句以手握繮繩操縱自如，說明舞法的熟練。此謂武舞。

左手執籥❶，右手秉翟❷。赫如渥赭❸，公言錫爵❹。（三章）

【注釋】

❶籥：音越ㄩㄝˋ，樂器，以竹為之，似笛，六孔。❷翟：音笛ㄉㄧˊ，山雉，此謂雉羽。❸赫：音賀ㄏㄜˋ，赤色。渥：音臥ㄨㄛˋ，浸染。赭：音這ㄓㄜˋ，赤色。此言其面色之紅潤。❹公：衛君。〈邶〉、〈鄘〉皆衛風，故云。錫：賜。爵：酒器，此謂賜之以酒。

【評析】

(1)普賢曰：三章雖係文舞，仍有無限力量，以至面色紅潤似染，博得衛公的欣賞而賜酒。讀了二三章，頗似觀賞現代之芭蕾舞，時而雄壯，時而柔婉，然均充滿了「力」和「美」，充分表現了舞蹈的最高藝術，令人激賞。如此的一位舞師，怎不令仕女發生愛慕之情？於是有了第四章。

山有榛❶，隰有苓❷。云誰之思？西方美人❸。彼美人兮，西方之人兮！（四章）

【注釋】

❶榛：音珍ㄓㄣ，樹名，其實似栗而小。❷隰：音席ㄒㄧˊ，下濕之地。苓：甘草。❸西方美人：謂舞師來自西方。

【評析】

(1)牛運震曰：①末章忽以細媚淡遠之筆作結，神韻絕佳。②云誰一逗，心魂欲飛。③篇終颺筆作收，別情逸致。

(2)普賢曰：四章以「山有榛，隰有苓」以喻魁偉的男士，應配柔美的女子，率直地說出對這位舞師的私心戀情。最後兩句，反覆詠歎，更饒無限情致。

泉水

衛女嫁於他國而思歸寧不得。

毖彼泉水❶，亦流于淇❷。有懷于衛❸，靡日不思❹。孌彼諸姬❺，聊與之謀。（一章）

【注釋】

❶毖：音必ㄅㄧˋ，泉流貌。❷亦：語詞。淇：衛國水名。❸懷：思念。❹靡：無。❺孌：音ㄌㄩㄢˊ，美好貌。諸姬：衛與周同姓，諸姬謂媵從之諸姪娣。

【評析】

(1)鄭玄曰：泉水流而入淇，猶婦人出嫁於異國，我有所至念於衛，無日不思也。

(2)輔廣曰：讀首四句，便可見其思婦之思。蓋與泉水日流於衛而不息，此是興體中說得好者，極好玩味。凡人之情，營私背公，故不詢謀，惟恐人之或知也。衛女思歸，博謀於諸姬而無所隱，則其情之正大可知矣。

(3)牛運震曰：歸寧有何可謀？諸姬又何足與謀？聊者無聊也。聊字可憐。

出宿于泲❶，飲餞于禰❷。女子有行❸，遠父母兄弟。問我諸姑，遂及伯姊。（二章）

【注釋】

❶泲：音濟ㄐㄧˇ，水名。❷餞：餞行。設宴送行曰餞。禰：音你ㄋㄧˇ，水名。即大禰溝，在今山東菏澤縣西南。

❸行：嫁。

【評析】

(1)孔穎達曰：衛女思歸，言我欲出宿飲餞以嚮衛國，為覲問諸姑遂及伯姊而已，豈為犯禮也哉而止我也？

(2)范處義曰：女子既嫁，雖當遠父母兄弟，我今謀歸，止欲問父之姊妹與己之伯姊爾。舍兄弟而言姑姊，遠嫌也。

(3)牛運震曰：①二語寫得孤怯可憐。傷心語正不在多。②省問姑姊以通款洽也。寫閨閫情腸，極熱極厚。

出宿于干❶，飲餞于言❷。載脂載舝❸，還車言邁❹。遄臻于衛❺，不瑕有害❻。（三章）

【注釋】

❶干：地名。❷言：地名。❸載：則。脂：以油脂塗車軸。舝：音義同轄，車軸頭鍵，以鞏固車轂。轄不用則脫下，用則加之。此處作動詞，謂將車轄加於車軸頭。❹還：音旋ㄒㄩㄢˊ，返也。言：語詞。邁：行。此句謂歸返於衛。❺遄：音船ㄔㄨㄢˊ，速也。臻：音珍ㄓㄣ，至也。❻不瑕：不啊。

【評析】

(1)牛運震曰：只是空擬虛摹，卻自詳細有情。正說得高興，卻一筆收轉，所謂止乎禮義也。

我思肥泉❶，茲之永歎❷。思須與漕❸，我心悠悠❹。駕言出遊❺，以寫我憂❻。（四章）

【注釋】

❶肥泉：水名。❷永歎：長歎。❸須、漕：皆衛邑名。❹悠悠：言思之長。❺駕：駕車。言：以。❻寫：消除。

【評析】

(1)沈守正曰：思肥泉而永歎，思須漕而悠悠，不知何日出遊其地，以慰我靡日不思之憂哉？只如此序過，而不可歸之意自在矣。

(2)牛運震曰：咏歎作結，繾綣含蓄，淡婉入神。但言出遊，並不敢說歸字，真無聊之極，詞愈婉妙，意愈摯苦。

【總評】

(1)輔廣曰：思歸寧者，思之正也；謀及姪娣，謀之正也；恐害義理而卒於不歸，事之正也。始終一出於正。雖賢士且難之，況婦人乎？

(2)牛運震曰：本是義不可歸，卻始終不肯說出滿心打算，只用「不瑕有害」四字隱隱逗轉，末章又以淡寫輕描之筆結之。蘊藉柔厚，此為絕調。

北門

這是一個忠誠的公務員，工作繁重，生活艱苦，受盡家人的指責，因而自歎自慰的詩。

(一章)

出自北門，憂心殷殷❶。終窶且貧❷，莫知我艱。已焉哉❸！天實為之，謂之何哉？

【注釋】

❶殷殷：憂貌。❷終：既。窶：音具ㄐㄩˋ，謂居處狹陋。❸已焉哉：意即「算了吧」。

【評析】

(1)牛運震曰：①此及古詩「棄置勿復道」，皆極悲憤語，勿認作安命曠達。②終字莫字，十分蹙眉扼腕，卻用「已焉哉」一筆颺開，慨歎深長，頓挫含蓄。

(2)方玉潤曰：莫知二字是主。

(3)高葆光曰：把天大的事，推到上帝或命運上，自然一了百了。所以這位先生也就低頭忍受，永遠沒有出頭的日子，這是如何地可憐！

王事適我❶，政事一埤益我❷。我入自外，室人交徧讁我❸。已焉哉！天實為之，謂之何哉？（二章）

【注釋】

❶王事：公事。適：音直ㄓˊ，投擲。❷政事：職所治之事。一：猶今言一古腦兒，一切。埤：音皮ㄆㄧˊ，增。❸室人：家人。交：交互。讁：音折ㄓㄜˊ，責備。

【評析】

(1)李樗曰：室人徧讁，見其勞苦而窶貧，不能無怨。

(2)許謙曰：外不見知於君，而不得行其志；內為窶貧之故，而為室人之讁，困於內外極矣。乃一歸之於天，非知命樂天之君子，能如是乎？

(3)陳推曰：讁謂其貧不能養也。

(4)牛運震曰：連用數我字，氣餒而聲蹙。最苦是室人交徧讁我一句。

王事敦我❶，政事一埤遺我❷。我入自外，室人交徧摧我❸。已焉哉！天實為之，謂之何哉？（三章）

【注釋】

❶敦：厚。謂王事厚厚加在我身。或解為迫，亦通。❷遺：音未ㄨㄟˋ，加給。❸摧：刺譏之言。

【評析】

(1)方玉潤曰：室家勢利之情如畫，可謂摹寫殆盡。

【總評】

(1)朱善曰：投之以王事之重，遺之以國事之難，益之以家計之窘，賢者之處此亦難。而又家人之交讁，則是內不見知於妻子也。祿食不足以自存，則是外不見知於君上也。斯二者，人之所為乎？抑天之所為乎？然不得於天而不怨天，不合於人而不尤人，盡心竭力，以為其所當為，而無一毫忿悶之心，所以為賢。

(2)牛運震曰：怨極卻滿口作不怨語。

(3)方玉潤曰：北門，賢者安於貧仕也。此賢人仕衛而不見知於上者之所作。觀其王事之重，政務之煩，而能以一身肩之，則其才可想矣。而衛之君上乃不能體恤周至，使其終窶且貧，內不足以蓄妻子，而有交謫之憂；外不足以謝勤勞，而有敦迫之苦。重祿勸士之謂何？乃置若罔聞焉。此詩所以作也。然則衛之政事不從可知哉！夫以國士遇我者，以國士報之；以庸眾遇我者，以庸眾報之，亦屬事所當然。而詩乃隨遇安之，盡心竭力，為所當為，行所得行而已。迨至無可奈何則歸之於天，不敢怨懟於人，而可不謂之為賢乎？若使朱買臣、蘇季子二人處此，不知如何揣摩時勢，以求一售？必力爭夫世之所謂勢位富厚者以誇耀於妻嫂，不洩其憤焉不止，詎肯終受室人交謫哉？以彼方此，則品誼之懸殊為何如也……。

(4)高葆光曰：這首詩三章，每章前半段，都描寫這位先生的苦難環境。一章比一章深切緊迫。每章的後半段卻由他自己說出他能以忍受的心理。他的忿怒固然由他自己沖澹；但是他的可憐相，卻永遠留在人們的心裡。

(5)普賢曰：國家賢輔不但盡忠職守，而且還做份外的公事。生活卻清苦艱難，得不到家人的諒解，而被責罵、譏笑。自己毫無怨言，只謂天意安排，夫復何言？真可稱得上是「忠誠勤公，鞠躬盡瘁」了。今日一般未做事而先爭利者，讀此當有何感？

北風

這是一篇衛人為逃避亂政，相偕出走的詩。

北風其涼，雨雪其雱❶。惠而好我❷，攜手同行❸。其虛其邪❹？既亟只且❺！（一章）

【注釋】

❶雨：音玉ㄩˋ，落，下同。雱：音旁ㄆㄤˊ，雪落盛多之貌。❷惠：愛。好：音號ㄏㄠˋ，愛好。❸行：音杭ㄏㄤˊ。同行：謂一同離此而他去。❹虛：寬虛之貌。邪：音徐ㄒㄩˊ，緩慢。言行路緩慢。❺亟：音義同急。且：音居ㄐㄩ。只且：語詞。言已快速矣。二句謂人民有不可一朝居之感，欲速離去也。

【評析】

(1)李樗曰：詩人以風雪喻暴虐。如〈終風〉之詩曰「終風且霾」、「終風且曀」皆取於暴虐，此詩亦然。

(2)呂祖謙曰：好我同行，蓋泉涸，魚相與處於陸相呴以濕、相濡以沫之時也。

(3)牛運震曰：寫患難之交，有情有韻。

北風其喈❶，雨雪其霏❷。惠而好我，攜手同歸❸。其虛其邪？既亟只且！（二章）

【注釋】

❶喈：風疾聲。❷霏：音非ㄈㄟ，雪盛貌。❸歸：適彼土。

【評析】

(1)謝枋得曰：①北風怒而有聲，不止於涼矣。②雨雪霏霏而密，不止於雱矣。

莫赤匪狐❶，莫黑匪烏❷。惠而好我，攜手同車。其虛其邪？既亟只且！（三章）

【注釋】

❶狐：狐之毛黃赤色，故云。❷以上二句蓋諷執政之人。

【評析】

(1)牛運震曰：妙在莫字，便覺詭幻異常，鬼氣滿紙。

(2)方玉潤曰：妖孽頻興，造語奇闢，似古童謠。

【總評】

(1)李樗曰：夫去國豈人之本情哉？昔孔子去魯，曰遲遲我行也，去父母國之道也。今衛之暴虐而民亟去者，恐遲留於此而遭其禍，必有大不忍於此而奪其情也。

(2)黃櫄曰：觀此詩而見民情之不可失也。人君能發政施仁，則耕者皆欲耕於其野，商賈皆欲藏於其市，行旅皆欲出於其塗，賢者皆欲立於其朝，而尚忍去之哉！
(3)顧起元曰：借風雪以言其愁慘之狀，借狐兔以言其危亂之兆，非當時真有是事也。
(4)朱公遷曰：〈北風〉與〈魏風・十畝之間〉相似，然彼則其意舒其辭緩，猶之可也；此則危迫已甚矣。
(5)牛運震曰：幽慘悲蹙，卻帶秀媚之致。
(6)方玉潤曰：愚觀詩詞，始則氣象愁慘，繼則怪異頻興，率皆不祥兆，所謂國家將亡，必有妖孽也。赤狐黑烏，當時或有其怪，或聞是謠，皆不可知。總之，敗亡兆耳。故賢者相率而去其國也。
(7)竹添光鴻曰：邶有〈北風〉，猶魏之有〈碩鼠〉也。避虐與避貪，人情皆然，不待賢者而後能也。
(8)糜文開曰：《書》云：「時日曷喪？予及女偕亡。」與此詩皆對虐政而發，衛政之虐，雖不若商紂之甚，而「偕亡」與「同行」，人民對虐政反應之程度雖有別，其為傷痕文學則一也。

靜　女

這是描述男女約期相會的情詩。

靜女其姝❶，俟我於城隅❷。愛而不見❸，搔首踟躕❹。（一章）

【注釋】

❶姝：音抒ㄕㄨ，美色。❷俟：等待。城隅：城角，幽僻之處。❸愛：薆字之假借，《魯詩》作薆，隱蔽。❹踟：音吃ㄔ。躕：音廚ㄔㄨˊ。踟躕：徘徊。

【評析】

(1)牛運震曰：偏說靜女，意自深妙。後二句真有搔痒不著神理。

靜女其孌❶，貽我彤管❷。彤管有煒❸，說懌女美❹。（二章）

【注釋】

❶孌：音ㄌㄩㄢˊ，美好貌。❷貽：贈送。彤：音同ㄊㄨㄥˊ。彤管：舊說為赤管之筆。今人云乃塗紅漆之管，或云為鍼線管。或云管作籥笛解。或謂彤管乃與下章之荑同為一物，乃紅色管狀之初生植物。❸煒：音偉ㄨㄟˇ，赤貌。有煒：煒然。❹說：音義同悅。懌：音亦ㄧˋ。說懌：喜歡。

【評析】

(1)李樗曰：赤色之管可以悅人，如女色之美，可以悅懌。

自牧歸荑❶，洵美且異❷。匪女之為美❸，美人之貽。（三章）

【注釋】

❶牧：郊外。荑：音提ㄊㄧˊ，嫩茅之可生食者，味甘，狀似玉針，俗名茅針。❷洵：音旬ㄒㄩㄣˊ，誠然。❸女：音義同汝。

【評析】

(1)許謙曰：首言城隅，末言自牧，蓋不特俟於城隅，抑且相逐於野矣。

(2)牛運震曰：既曰女美，又曰匪女之為美，一拈一撇，筆意騰空翻轉，纏綿之情，摩挲益深。

【總評】

(1)牛運震曰：懷思贈答，寫男女之私政，極深婉閒雅。自是詩家高品。

(2)普賢曰：我們覺得此詩描寫情人心理，很能刻劃入微，值得欣賞。這靜女和〈關雎〉篇的淑女一樣文靜，但在文靜中又顯露著活潑而有風趣，「匪女之為美，美人之貽」兩句，最為傑出。

新臺

衛宣公晉為太子伋娶於齊，宣公聞其美，築新臺於黃河岸上而攔截之以為己婦。衛人惡其醜行，借齊女口吻作詩以刺之。

新臺有泚❶，河水瀰瀰❷。燕婉之求❸，籧篨不鮮❹。（一章）

【注釋】

❶新臺：衛宣公於黃河岸上迎齊女宣姜所築之樓臺。泚：音此ㄘˇ。有泚：泚然，鮮明貌。❷瀰瀰：水滿盛貌。❸燕婉：美好。❹籧：音渠ㄑㄩˊ。篨：音除ㄔㄨˊ。籧篨：形如大水缸之竹簍。朱熹《集傳》：「不能俯，疾之醜者也。蓋籧篨本竹席之名，人或編以為囷，其狀如人之臃腫而不能俯者，故又因以名此疾也。」鮮：善。胡承珙謂：不以壽終曰鮮。故屈萬里先生曰：「本求美貌之夫，乃逢此醜而不早死之人也。」

【評析】

(1)蘇轍曰：國人疾之而難言之，故識其臺之所在而已。

(2)牛運震曰：①燕婉之求二句，齊女意中語。②不說宣公淫而不父，卻以老夫女（普賢按：疑為「少」字）

妻為詞，醜極正自雅極。

新臺有洒❶，河水浼浼❷。燕婉之求，籧篨不殄❸。（二章）

【注釋】

❶洒：音崔ㄘㄨㄟ，高峻貌。《韓詩》作漼，鮮貌。又音洗ㄒㄧˇ，洗淨。❷浼：音免ㄇㄧㄢˇ。浼浼：平廣。❸殄：音忝ㄊㄧㄢˇ，絕。不殄：猶言不死。

【評析】

(1)牛運震曰：①泚、洒字畫出倒水樓臺。臺高水深此何地邪？而公然為鳥獸之行如此。②不殄猶言贅物餘氣，老而不死也。厭極之詞。

魚網之設，鴻則離之❶。燕婉之求，得此戚施❷。（三章）

【注釋】

❶鴻：為苦蠪之合聲。苦蠪即蟾蜍，俗名癩蝦蟆。詳聞一多〈詩新臺鴻字說〉。離：罹，遭遇。❷戚施：不能仰之醜疾。

【評析】

(1)牛運震曰：魚網鴻離，何不祥如是。後二句不平殊甚。

【總評】

(1)范處義曰：凡人之為不善，猶有羞惡之心，往往多祕其迹，懼為人所指目，雖其過未有隱而不形，然視宣公於河上鮮明高峻之臺，肆為燕婉之行，固有間矣。

⑵牛運震曰：言之欲嘔，然立意只是厚而措詞又何雅妙。

⑶普賢曰：《左傳》、《史記》均載「衛宣公為太子伋娶於齊而美，公悅而自娶之，更為太子娶他女。」《毛詩・序》曰：「〈新臺〉，刺衛宣公也。納伋之妻，作新臺于河上而要之，國人惡之，而作是詩也。」朱熹《詩集傳》採毛〈序〉，並云：「國人惡之，而作此詩以刺之。言齊女本求與伋為燕婉之好，而反得宣公醜惡之人也。」齊魯韓三家詩無異義。近人屈萬里等亦從之。齊女既成為宣公夫人，被稱宣姜。或以為此不過歌詠舊式婚姻所造成之騙局，亦即流傳歐亞的民間故事新郎變蟾的中國資料，這故事的發源地或即中國。但詩中特言河上新臺，則此詩非一般的諷刺，諷刺有特定的對象，《左傳》、《史記》簡略，未明言新臺，但《水經注》等書有古蹟作證，亦已可以採信。我們可以這樣假設，由於宣姜的騙局而有此〈新臺〉之詩，〈新臺〉詩原是民間歌謠，因其摹擬的動人，因而演生新郎變蟾的故事流傳於民間，年久而播遠，新郎變蟾的民間故事由中國流傳遍於歐亞。

這是中國古代民間歌謠「國風」對後世民間文學的影響可以試加發掘的線索之一。可能是春秋初年先有新郎變蟾故事的流傳，〈新臺〉篇採之入詩，故有此畫龍點睛之妙。

〈新臺〉是《詩經》中有上乘技巧的諷刺詩。對宣公不加責罵，從新娘心理出發，描寫英俊新郎忽然變成癩蝦蟆。癩蝦蟆形容宣公，印象新鮮而生動。前兩章畫龍，此下點睛，便把宣公寫活了。〈新臺〉確實是《三百篇》中的好詩，建立了民間文學諷刺詩的完美風格，冷言冷語，輕描淡寫，卻表現得活龍活現，為後世打油詩所宗。

二子乘舟

這是一篇上乘的送別詩。

二子乘舟，汎汎其景❶；願言思子❷，中心養養❸。（一章）

【注釋】

❶汎汎：漂浮貌。景：古影字。或謂景同憬，遠行也。❷言：語詞。願：思念。願言思子：謂念而思子。❸中心：心中。養養：同漾漾，憂不知所定貌。

【評析】

(1)牛運震曰：孤帆遠影，凝望生憐。

二子乘舟，汎汎其逝❶；願言思子，不瑕有害❷。（二章）

【注釋】

❶逝：往。❷不瑕：不啊。不瑕有害：乃祝福語。祝其一路順風，一路平安，不致遭遇災害。

【總評】

(1)糜文開曰：詩〈序〉云：「〈二子乘舟〉，思伋壽也。衛宣公之二子，爭相為死，國人傷而思之，作是詩也。」事載《左傳》桓公十六年及《史記・衛康叔世家》等書。所敘經過極為慘烈，但與詩文難於符合。清代考證學家惠周惕、崔述、姚際恆等都持異議。民國以來，以〈小序〉解《詩》的束縛既經擺脫，而部分學者，求詩旨於史事的習慣仍未除，且有以整套史事說十五國風的馬振理的《詩經本事》產生，更有以整個《三百篇》為吉甫一人所作，均與吉甫生平事蹟有關的異想出現。其實，我們何必定要把史事和這篇詩連在一起？只當是篇送別即景詩來體味就很恰當：二人乘舟遠行，詩人河濱送別，即景成詩，滿懷的離情別緒，充溢在字裡行間。最後「不瑕有害」，則是以祝福語作結。他說：「我祝你們一路順風，一路平安！」這樣來欣賞，豈不正是一篇上乘的送別詩嗎?!

鄘風十篇

柏舟

一個女子已有了愛人，而她母親卻逼她另嫁他人。她誓死不從，做此詩表明心跡。

汎彼柏舟❶，在彼中河❷。髧彼兩髦❸，實維我儀❹。之死矢靡它❺。母也天只❻！不諒人只❼！（一章）

【注釋】

❶汎：漂浮。柏舟：柏木所造之舟。❷中河：河中。❸髧：音旦ㄉㄢˋ，髮垂貌。髦：音毛ㄇㄠˊ，髮垂至眉。即今所謂「前劉海兒」。兩髦：前劉海兒中間分開，垂於兩眉之上。古禮男童兩髦，父母去世才改裝。❹維：是。儀：匹配。❺之：到。矢：發誓。靡：無。它：即他。靡它：沒有別的。❻也、只：均語詞。母也天只：呼母呼天也。❼諒：諒解。

【評析】

(1)牛運震曰：①實字摯而勁。②突作誓詞，妙。單一句峭決之至。③天字推尊之至，然正怨到極處。④怨得沉痛，嬌女聲口，貞婦情性。

汎彼柏舟，在彼河側。髧彼兩髦，實維我特❶。之死矢靡慝❷。母也天只！不諒人只！

（二章）

【注釋】

❶特：匹，雄性之畜曰特。❷慝：音特ㄊㄜˋ，忒之假借。靡慝：無所改變。

【評析】

(1)朱公遷曰：自誓之意，以漸而深。

(2)牛運震曰：稱母而不稱父，女子以母為親也。

【總評】

(1)牛運震曰：質實清警，結語柔懇有韻。

(2)糜文開曰：詩〈序〉云：「〈柏舟〉，共姜自誓也。衛世子共伯蚤死，其妻守義，父母欲奪而嫁之，誓而弗許，故作是詩以絕之。」按《史記．衛叔康世家》云：「釐侯卒，太子共伯餘立為君，共伯弟和……襲攻共伯於墓上，共伯入釐侯羨（音延，墓道）自殺。……。」其說與詩〈序〉異。〈序〉既稱世子，證知共伯未及繼位為君前已死。若依《史記》說，則共伯被殺時，年壽當近五十，共姜之年亦必相若。如是，則共伯既不得謂之早死，共姜之父母亦無迫共姜再嫁之理也。

歷來解此篇為寡婦誓不改嫁之詩。然詩中並未言及這「髧彼兩髦」者已死，只說他「實維我儀」，口氣中此人未死，不像寡婦所說的話。所以我們仔細玩味原詩，只是女兒已有結婚對象，早經訂了婚（或定了情），後來母親要逼她另嫁他人，所以她向母親表白，說出：「寧可獨身相守，非他不嫁，到死不變心」

的一番話來。

牆有茨

衛國宮廷，淫亂不檢，穢行醜聞，屢見不鮮，恬不知恥。宣公既烝於庶母夷姜，又奪其子媳宣姜於新臺。而宣公歿，齊人又使公子頑烝於宣姜。此詩或以為刺宣公（王先謙），或以為刺宣姜再失身於公子頑（詩〈序〉）。總之，衛宮淫亂，三世不安，詩既曰：「中冓之言，不可詳也；所可詳也，言之長也。」則難於實指何事，亦不必實指何事也。

牆有茨❶，不可埽也❷。中冓之言❸，不可道也；所可道也，言之醜也。（一章）

【注釋】

❶茨：音此ㄘˇ，蒺藜，或謂茅茨，鄉間土牆上多覆以茅茨以保護之。❷埽：同掃。❸中冓：室中。

【評析】

(1)孔穎達曰：言人以牆防禁一家之非常，上有蒺藜之草，欲埽去之，反傷牆而毀家。以興國君以禮防制一國之非法，中有淫昏之行，欲除滅之，反違禮而害國也。

(2)牛運震曰：一醜字說得盡情真羞惡。正說明不可道之義，卻用轉語，意味便自深長。

牆有茨，不可襄也❶。中冓之言，不可詳也；所可詳也，言之長也。（二章）

【注釋】

❶襄：除去。

【評析】

(1)牛運震曰：昭伯之烝宣姜，蓋齊人使之，其故非可一二竟也，故曰言之長。

牆有茨，不可束也❶。中冓之言，不可讀也❷；所可讀也，言之辱也。（三章）

【注釋】

❶束：束而去之，言其淨盡。❷讀：說。不可讀：不可說。

【總評】

(1)范祖禹曰：埽之則傷牆，道之則傷君。必不得已而道之，則不可復詳。必不得已而詳之，則不可復讀。詩人之意，本不欲道，疾之而不能不道。既道而復以為恥，又悔而相戒也。

(2)牛運震曰：平詞緩調，深文毒筆。

(3)普賢曰：衛詩以諷刺著名者二篇，〈新臺〉的譏笑挖苦，〈相鼠〉的惡語咒罵，各盡其致。終不如〈牆有茨〉之猶存忠厚而不忍道。然不忍道，更見其疾首痛心，故牛運震稱之為毒筆也。

君子偕老

這詩是衛人讚宣姜服飾之盛，容顏之美，可惜她的遭遇與品德，不足以相配。辭婉而意深，隱約透露其諷刺之旨。

君子偕老❶。副笄六珈❷。委委佗佗❸，如山如河❹。象服是宜❺。子之不淑❻，云如之何！（一章）

【注釋】

❶君子：指丈夫。偕老：一起活到老。朱熹謂有共生同死意。❷副：覆，用頭髮編成蓋在頭上之首飾。笄：音基ㄐㄧ，橫插之頭簪。珈：音加ㄐㄧㄚ，加於副笄上之玉製飾物，乃笄飾之最盛者，所以別尊卑。侯伯夫人六珈。❸委：音尾ㄨㄟˇ。佗：音駝ㄊㄨㄛˊ。委委佗佗：形容走路緩慢從容之貌。❹如山如河：描寫其氣象如山之安重，如河（黃河）之弘廣。❺象服：王后及夫人之禮服，上畫有日月鳥羽等文彩。❻不淑：不善。王國維釋為不幸。

【評析】

(1)蘇轍曰：能與君子偕老，乃可以有副笄六珈；委委佗佗，緩而有禮，如山河之崇深，乃可以有象服。今宣姜之不善，將如是服何哉！

(2)范處義曰：詩人謂昔之夫人所以能與君子偕老，被服副笄六珈之貴，以奉祭祀者，以其德見於容，委委然婉膩，佗佗然和易。其立如山，其潤如河，象所被之服，得其宜稱。今宣姜無淑善之德，何以稱其服也！

(3)朱公遷曰：此章言服飾之盛，而德不相稱為可責。

(4)牛運震曰：①寫出美人風度。②開端四字標清題目，便見用意處。③如山如河句亦淵然凝然。④子字輕賤之甚。⑤云如之何作商量語，妙。最難堪。

(5)方玉潤曰：先從象服說起，何等嚴重！末乃落到不淑，起下二章意。

玼兮玼兮❶，其之翟也❷。鬒髮如雲❸，不屑髢也❹。玉之瑱也❺，象之揥也❻，揚且之

晳也❼，胡然而天也❽！胡然而帝也❾！（二章）

【注釋】

❶玼：音此ㄘˇ，鮮盛貌。❷翟：音狄ㄉㄧˊ，畫雉羽為飾之衣，王后六服之一。❸鬒：音診ㄓㄣˇ。鬒髮：稠黑之髮。❹髢：音替ㄊㄧˋ，假髮。❺瑱：音ㄊㄧㄢˋ，塞耳之玉器。❻揥：音替ㄊㄧˋ。象之揥：象牙所製之搔頭簪。❼揚：額頭寬廣。且：音居ㄐㄩ，語詞。晳：音希ㄒㄧ，潔白。❽胡然：何以如此。天：天仙。❾帝：帝子。二句謂「何以如此像天仙？何以如此像帝子？」蓋諷刺宣姜其德與其服飾之不稱。

【評析】

(1)輔廣曰：其者指宣姜而言，「玼兮玼兮，其之翟也」，言服之美也。「鬒髮如雲，不屑髢也」，言質之美也，足乎己無待於外也。「玉之瑱也，象之揥也」，言飾之美也。「揚且之晳也」，言色之美也。服飾容貌之美盛，如天如帝然，是豈可以徒居哉！

(2)朱公遷曰：此章言服飾容貌之盛，若可疑，又可畏。

(3)牛運震曰：①玼兮倒出，便含驚異。②鬒髮如雲，寫得光彩動人。③連用也字調，逸氣欲飛，不嫌排疊。④胡天胡帝，贊歎得不倫，妙。直令受之者置身無地。⑤如山如河，胡天胡帝，寫得正大尊嚴，是洛神賦，不是美人賦。

(4)方玉潤曰：其嚴妝也如是，儼若天神帝女之下降。

瑳兮瑳兮❶，其之展也❷。蒙彼縐絺❸，是紲袢也❹。子之清揚❺，揚且之顏也❻。展如之人兮❼，邦之媛也❽。（三章）

【注釋】

❶瑳：音ㄘㄨㄛˇ，鮮白貌。❷展：音站ㄓㄢˋ，展衣，亦王后六服之一，色白。❸蒙：覆蓋。縐：葛之者。絺：音吃ㄔ，精細之葛布。或云縐絺謂有皺紋之葛布。❹紲：音謝ㄒㄧㄝˋ。袢：音凡ㄈㄢˊ。紲袢：貼身素淨內衣。❺清揚：眉目清明。❻顏：顏面。❼展如：誠然。❽媛：音願ㄩㄢˋ，美女。

【評析】

(1)嚴粲曰：宣姜服展衣之禮服，目視清明，眉上揚起，而又顏角豐滿，如此人乃邦家之美女也。歎息不滿之意，見於言外矣。

(2)朱公遷曰：此章言服飾容貌之盛，若可喜，而實可惜也。

(3)黃佐曰：稱其有傾一國之色，而譏其無母一國之德也。

(4)牛運震曰：贊不容口，卻自可憐可惜。

(5)方玉潤曰：其淡裝也如是，不過國色之嬌姿，二面對觀，褒貶自見。

【總評】

(1)孔穎達曰：由夫人失事君子之道，故陳此夫人既有服飾之盛，宜與君子俱至於老，反為淫泆之行而不能與君子偕老，故刺之。

(2)嚴粲曰：此詩惟述夫人服飾之盛，容貌之尊，不及淫亂之事，但中間有「子之不淑」一言，而譏刺之意盡見。

(3)呂祖謙曰：首章之末，云「子之不淑，云如之何」，責之也。二章之末，云「胡然而天也，胡然而帝也」，問之也。三章之末，云「展如之人兮，邦之媛也」，惜之也。辭益婉而意益深矣。

(4)牛運震曰：①「子之不淑」二語略逗諷刺之旨，他則侈陳服飾容貌之美，工麗非常，而正意更覺逼露，手筆結構絕高。②想奇、格奇、調奇、語奇，純是一片壯麗，純是一片空靈。

(5)方玉潤曰：全篇極力摹寫服飾之盛，而發端一語忽提君子偕老，幾與下文詞義不相連屬。豈知全詩題眼即在此句，貞淫褒貶悉具其中。是詩也春秋法寓焉矣。至其藻采之工，音節之妙，則姚氏際恆謂為神女感甄之濫觴；山河天帝，廣攬遐觀，驚心動魄，傳神寫意，有非言辭所能釋者。

桑中

這是一句問、一句答的對口山歌，三章最後相同的三句是眾聲齊唱的和聲。正是里巷歌謠男女相與詠歌的樣品。桑中、上宮、淇水之上，都是朝歌附近衛國仕女郊遊勝地。這詩內容就是以郊遊為背景，對一個自吹善交女友的男子予以戲謔嘲弄的集體創作。

爰采唐矣❶？沬之鄉矣❷。云誰之思❸？美孟姜矣❹。期我乎桑中❺，要我乎上宮❻，送我乎淇之上矣❼。（一章）

【注釋】

❶爰：于焉二字之合聲。即「在何處」。唐：蒙菜。❷沬：音妹ㄇㄟˋ，衛邑名，即妹邦，今屬河南淇縣境。❸云：語詞。之：是。❹孟姜：姜姓長女。❺期：約會。桑中：衛國小地名。❻要：音腰ㄧㄠ，邀約。上宮：衛國小地名。❼淇：衛國水名。

【評析】

(1)牛運震曰：容與纏綿，豔情欲流。「云誰之思」，吞吐有情。末句扯長，更覺風韻嫋嫋。

爰采麥矣？沬之北矣。云誰之思？美孟弋矣❶。期我乎桑中，要我乎上宮，送我乎淇之上矣。（二章）

【注釋】

❶弋：音亦ㄧˋ。孟弋：弋姓長女。

爰采葑矣❶？沬之東矣。云誰之思？美孟庸矣❷。期我乎桑中，要我乎上宮，送我乎淇之上矣。（三章）

【注釋】

❶葑：音封ㄈㄥ，蘿蔔。❷孟庸：庸姓長女。

【總評】

(1)牛運震曰：三疊一字不換，低徊往復，亹亹有神。

(2)普賢曰：前人解詩，不知爰字與焉字同樣可作構成問句的疑問詞來用。所以不知此詩為有和聲合唱的對答山歌。各章前四句的一句問一句答，與〈召南・采蘋〉篇同。因此詩義也得以迎刃而解。後三句三章完全相同，則為和聲合唱的章餘，較〈采蘋〉又多加了一種風格，而成為國風民謠道地的樣品。

鶉之奔奔

這是衛人慨歎公子頑與宣姜淫亂的詩。

鶉之奔奔❶，鵲之彊彊❷。人之無良，我以為兄❸。（一章）

【注釋】

❶鶉：鳥名，即鵪鶉。奔奔、彊彊：皆形容雄鳥乘雌鳥之背交尾時拍翅之聲。鄭《箋》謂寫居有常匹，飛則相隨之貌，以刺宣姜與頑非匹偶而相從。❷彊：音姜ㄐㄧㄤ。彊彊：解見❶。《禮記》引此詩作「鵲之姜姜，鶉之賁賁」。❸我：詩人以惠公口吻作詩，故「我」為惠公自稱。而兄則指惠公之異母兄公子頑，即昭伯。

【評析】

(1)孔穎達曰：言鶉則鶉自相隨，奔奔然；鵲則鵲自相隨，彊彊然。各有常匹，不亂其類。今宣姜為母，頑則為子，而與之淫亂，失其常匹，曾鶉鵲之不如矣。又言人行無一善者，我君反以為兄而不禁之也，惡頑而責惠公之辭。

鵲之彊彊，鶉之奔奔。人之無良，我以為君❶。（二章）

【注釋】

❶君：國小君。蓋國君之夫人為小君，亦稱君。此指宣姜而言。

【評析】

(1)牛運震曰：①無良字不忍說，然已盡。②一團忸怩，惻然見羞惡之心。

【總評】

(1)孔穎達曰：二章皆上二句刺宣姜，下二句責公不防閑也。

(2)牛運震曰：①極醜詆之詞，卻自占絕頂雅妙，任他人千百思正無著筆處。②奔奔彊彊，惡狀也。《禮記》可證詩意，以鶉鵲之不善，興人之無良。③朱《傳》為惠公之言以刺之，妙得詩旨。

(3)普賢曰：宣姜是衛宣公的夫人，公子頑是衛宣公的庶子，宣公死了，宣姜的兒子太子朔立，是為惠公。這時宣姜卻又嫁給公子頑為妻，這是惠公的恥辱。但惠公怎好指責他母親宣姜和異母兄頑，只好忍而不言。可是詩人卻看不過去，便用惠公的口吻，代他作詩來宣洩心中的隱痛了。

定之方中

狄人攻破衛國，殺死衛懿公，衛人立戴公於漕邑。不久戴公死，衛人立其弟文公。齊桓公率諸侯兵替衛築城於楚丘，文公乃遷都之。這詩就是敘寫文公遷都楚丘後建築宮室，經營農桑畜牧，以興衛國之事。

定之方中❶，作于楚宮❷。揆之以日❸，作于楚室❹。樹之榛栗❺，椅桐梓漆❻，爰伐琴瑟❼。（一章）

【注釋】

❶定：星名，即營室星。方中：黃昏時正在天中。定星於夏曆十月望後至十一月初黃昏出現中天。古人以定星出現

時可經營房屋。❷于：當讀如為，下同。楚宮：楚丘之宗廟。❸揆：音葵ㄎㄨㄟˊ，量度。古人建築房屋立一竿以測度日影，以定方向。故謂揆之以日。❹室：居室。❺樹：種。榛：音針ㄓㄣ。榛、栗：二種樹名。❻椅桐梓漆：四種樹名，可作琴瑟。❼爰：乃，於是。砍伐四種樹之木料以作琴瑟。

【評析】

(1)范祖禹曰：美其新造，而志於永久。

(2)劉瑾曰：此章上四句言其得天時地利之宜，下三句言其久遠預備之計。

(3)朱善曰：遷國之初，城郭不可以不完，宮室不可以不修，器用不可以不備。文公遷楚邱也，以言其城郭，則既賴諸侯之師以成之矣；以言其宮室，則自戴公野處而至於今，成之不可不亟也。而文公為民力之不可或傷，則寧待其時而不速；為國法之不可或廢，則寧從其制而不苟。若乃器用之所資，其所需者非一事，乃於是而種木焉。以創造之初，其潤色之功，正有待於十年之後，非其心之塞實淵深，不足以致此。若文公者，其亦可謂賢矣。

(4)牛運震曰：①直從築室敘起，老致。②測星揆日，起法大樣。③帶點樹木，閒情勝致。④末特注明一筆，妙。榛栗不更注，古文參差處。

升彼虛矣❶，以望楚矣❷。望楚與堂❸，景山與京❹。降觀于桑❺，卜云其吉❻，終然允臧❼。（二章）

【注釋】

❶虛：同墟，大丘。❷楚：楚丘。❸堂：楚丘附近邑名。❹景山：大山。京：高丘。或謂景為山名，京為丘名。❺

降：由高處下至平地。桑：桑林。桑葉飼蠶，故觀察之以視生產情況。❻卜云其吉：卜之乃得吉辭。❼允：信，真。臧：善。此句謂：「果然是個好地方。」

【評析】

(1)鄭玄曰：文公將徙，登漕之虛以望楚邱。觀其旁邑，及其邱山，審其高下所依倚，乃後建國焉。慎之至也。

(2)孔穎達曰：形勢得宜，蠶桑茂美，可以居民矣。人事既從，乃命龜卜之，云從其吉，終然信善焉。

(3)朱公遷曰：上章揆之以日，是定其基地。此言景者，未定居時覽山川之形勢。

(4)朱善曰：望者，登高而望形勢也。景者，測景以正方面也。觀者，觀之以察其土宜也。卜者，問焉以決其吉凶也。始之以望景觀卜，所以求得乎善也。繼而終然允臧，則是果獲乎善也。

(5)徐鳳彩曰：此作室以前事也。登故城以望楚邱，自遠以觀其大勢。望楚而兼及於堂，而夾輔之勢成。景山而兼及於京，而山邱之位正。然後降而觀桑，桑盛則土美可知。又協以神謀，見處事之慎也。

(6)牛運震曰：①點次升降，望景迤聯相生，錯整相間。結構節奏最工。②插入禱卜之詞，有情有韻。③追本作室以前事，敘法活變，便無板直之嫌。

靈雨既零❶，命彼倌人❷，星言夙駕❸，說于桑田❹。匪直也人❺，秉心塞淵❻，騋牝三千❼。（三章）

【注釋】

❶靈：善，祥瑞。零：飄落。❷命：衛文公下命令。倌：音官ㄍㄨㄢ，小臣，主駕者。❸言：語詞。夙：早。此句謂星尚未落時即早起而駕，勤勉之狀也。❹說：音稅ㄕㄨㄟˋ，停息。❺匪：彼。直：正直。❻秉心：存心。塞：誠實。

淵：深沉。此句言文公存心誠實，思慮深遠。❼騋：音來ㄌㄞˊ，馬七尺以上曰騋。牝：音聘ㄆㄧㄣˋ，雌馬。

【評析】

(1)黃一正曰：惟其秉心塞淵，則所行皆切實深遠之事。故不特勤於農桑，而且使馬之蕃庶，至騋牝者三千矣。

(2)方應龍曰：因靈雨而說桑田，恐積衰之民，易於懈怠。而久敝之後，不宜再殃。故勤者勸之，惰者激之，此為國家根本之慮，萬民衣食之謀。故以塞淵接下。三千騋牝，亦舉一端以驗富庶，非專指此事也。

(3)牛運震曰：①一幅賢侯課雨圖。②靈雨既零，冷然而來。③零雨字幻妙。杜詩「好雨知時節」乃靈雨字註腳也。④一「既」字多少慶幸，後世喜雨詩，不如此一字得神。⑤點綴作室以後事，烘染工絕。⑥秉心塞淵，一篇緊要根據，卻以帶筆點出，妙。⑦一結筆力最超。

【總評】

(1)沈守正曰：營建時不忘惜民，樹木又取有用，無非遠慮。而營建以前，恁地詳審；纔營建了，又恁地勤民，皆是秉心塞淵處。故舉騋牝，以見富庶。見得操心之要如此。

(2)牛運震曰：①高秀幽雅，點染映照處，有不可思議之妙。②築室樹木，望勢測景，問卜課農，以及主德馬政，點敘錯綜，卻自有倫有體，不板不亂，章法絕精。

(3)王鴻緒曰：嘗讀〈康誥〉、〈酒誥〉、〈梓材〉三篇，而歎武王之訓康叔也，開國承家之道，可謂至矣。及後子孫不克祇遵先王之懿訓，而敗德是聞，馴至政散民流，鶴軒致滅。文公仗齊桓之力，乃築楚邱。史稱其輕賦平罪，身自勞，與百姓同苦，以收衛民。今觀〈定之方中〉一詩，占天時，審土宜，盡人力，規模宏遠，經營具備。而尤以農桑為立國之本，戎馬為富彊之資。巡行不怠，蕃育有方。使康叔開國之模，復見於播遷之後。而詩人推本自塞淵中來，可見一心為萬事根本，衛業所由重興也。及春秋之季，孔子適衛，殷然思所以富之教之，夫孰非文公生聚之所貽歟！

(4)普賢曰：衛文公名燬，他出生於淫亂的衛國，身世並不光明，遭遇也不幸運。他是宣公的孫子，他的祖母夷姜原是宣公的庶母，宣公烝於夷姜，生了他父親昭伯，和他的伯父伋與黔牟。而他的母親宣姜卻原是齊國女兒嫁給他伯父伋做妻子而給他祖父宣公霸佔為夫人（故稱宣姜）。後來他祖父死了，齊國又強迫他父親昭伯與宣姜配為夫婦的。昭伯和宣姜生了兩男三女，大兒子叫申，小兒子就是他。所以他祖母原是他的曾祖母，他的母親又原是他的祖母，這樣亂糟糟的身世，很不光明。就為他祖父宣公的亂搞，他是在衛國的內亂外患中出生的，國內躭不住，他只得逃亡到齊國去避亂，所以他的遭遇也不幸運。

他母親宣姜的遭遇也不幸運，但她為人不正派，給衛國種下了大禍的根源。她和宣公生了兩個兒子，大的叫壽，小的叫朔。她想奪取原應做她丈夫的伋的太子之位給她自己的小兒子。就和小兒子朔一起向宣公說太子伋的壞話，宣公便設計叫強盜去襲殺太子。她的大兒子壽知道了，勸太子避禍，太子不肯。壽便搶先去替死，結果伋與壽兩兄弟都被強盜殺了。這樣兄弟爭死的壯烈事蹟，感動了衛國人，因此宣公死後由朔繼立為惠公，大家出來反對，衛國便開始內亂，並引起了外患。惠公卒，由惠公的兒子——好鶴無度，令鶴乘軒的懿公——繼立，衛國竟亡在狄人手裡。

衛文公雖然身世不光明，遭遇不幸運，可是他為人正直，心地光明，眼光遠大，刻苦勤勞，做事切實，終於在他手裡挽回了衛國的國運。狄人殺懿公滅衛，衛國只有遺民七百三十人得宋桓公之助渡過黃河，立他的哥哥申為戴公，暫避於漕邑。戴公不久便死了，於是才輪到他從齊國回來主持國政。他得到齊桓公的援助，幫他打退狄人，在楚丘重建宮室，復國中興。張其昀《中華五千年史春秋前編》評文公說：「可謂十年生聚，十年教訓，終收救亡圖存，轉弱為強之效。」文公從收集到的遺民七百三十人著手，二十年間，走上了人民富庶，國防鞏固的大道，其季年便得兵車三百乘。八十餘年後孔子到了衛國，所見仍是一片熙熙攘攘的熱鬧情景，不禁驚歎道：「庶矣哉！」（《論語・子路》）而小小的衛國，自文公復國以後，在七國爭戰之時，尚能獨存，一直延續到秦始皇併吞六國之後，文公再造之功真不小。

文公母子，同為不幸者，其不同只在一念之差。宣姜一念讒太子伋，而衛以滅亡；文公一念的「秉心塞淵」，而衛國復興，延續了四百五十年的國運（《史記》考證，衛君角廢於二世元年，衛紀絕）。方玉潤曰：「愚於是嘆人生自有秉彝，非關氣類。衛之亡也，以其母；而其興也，在其子。雖曰天道，福善禍淫，本自無常，亦足見人君撥亂反正，尤宜有要。不禁反覆咏嘆，三致意於其際焉！」

蝃蝀

衛宣公為太子伋娶齊女，於河上築〈新臺〉迎之，據為己妻，是為宣姜。衛人作〈新臺〉詩刺之。這詩就是詩人同情宣姜的遭遇，代她答新臺之事，以申其委屈之情。

蝃蝀在東❶，莫之敢指❷。女子有行❸，遠父母兄弟。（一章）

【注釋】

❶蝃蝀：音帝東，虹。虹之映現，朝西而暮東。❷古代相傳虹為天地之淫氣，不可用手指之，指則獲禍。❸行：女子出嫁曰行。

【評析】

(1)牛運震曰：莫之敢指，恥之也，非畏之也。敢字下得分寸。

(2)方玉潤曰：天地淫邪之氣，忽雨忽晴，東西無定，以比宣公，可謂巧譬而喻。

朝隮于西❶，崇朝其雨❷。女子有行，遠兄弟父母。（二章）

【注釋】

❶隮：音基ㄐㄧ，同躋，升也。此謂虹忽然出現，如自下而升。❷崇：終。自旦至食時為終朝。

【評析】

(1)嚴粲曰：女子出適於人，自當與父母兄弟相遠。所貴得禮之正耳。彼蝃蝀淫氣，暫見而旋滅，不能為雨，猶違禮相從，暫合而易離也。

(2)牛運震曰：①崇朝其雨，猶言其雨崇朝也。倒句法。②此二章以不正之氣興女子不正之行也。

乃如之人也❶，懷昏姻也❷！大無信也❸；不知命也❹？（三章）

【注釋】

❶乃如：轉語詞。之人：是人。此為鄙視其人之語。❷懷：思。思婚姻之事，以有所圖也。❸大：讀為太。此句責其太無信用。❹命：指父母之命。責其難道不知雙方婚姻，都應遵守父母之命？今何竟成此毀命之舉？糜文開曰：「命與名通。《廣雅．釋詁》三：『命，名也。』此言宣公不知與其有翁媳的名分在啊！」亦通。

【評析】

(1)張彩曰：前猶託諷，此章則直刺之。

(2)牛運震曰：①公然唾罵矣。措詞卻自莊雅。妙在癡重迂闊，不甚緊切。「懷昏姻也」語極雅妙。淫女孽根，正在於此。②硬排四「也」字，句老橫之極。

【總評】

(1)朱公遷曰：一章賤之，二章惡之，三章深責之。

(2)牛運震曰：一二章婉諷，末章直斥。苦心厚道，情見乎詞。

(3)普賢曰：此詩一二兩章比，三章賦。比者，以虹比衛宣公之暴淫，人莫敢指責，更似朝虹之驟雨為患。一個女子的出嫁，遠離了父母兄弟，失卻保障，只有任人擺佈的分了。三章直賦其事，中言竟有這樣惡劣的人，對自己兒媳強行婚配，真是太沒有信用了。不知雙方的父母之命到那兒去了？還剩一點做人的道理嗎？我宣姜還有什麼辦法呢？

相鼠

這是一篇刺人無禮，連鼠都不如的詩。

相鼠有皮❶，人而無儀❷；人而無儀，不死何為？（一章）

【注釋】

❶相：視。❷儀：禮儀。

【評析】

(1)鄭玄曰：人以有威儀為貴，今反無之，傷化敗俗，不如其死無所害也。

相鼠有齒，人而無止❶；人而無止，不死何俟❷？（二章）

【注釋】

❶止：容止。❷俟：音四ㄙˋ，等待。

相鼠有體❶，人而無禮；人而無禮，胡不遄死❷？（三章）

【注釋】

❶體：肢體。❷胡：何。遄：音船ㄔㄨㄢˊ，快速。

【總評】

(1)歐陽脩曰：鼠有皮毛以成其體，而人反無威儀容止以自飾其身，曾鼠之不如也。人不如鼠，則何不死爾？此甚嫉之之辭也。三章之意皆然，更無他意。

(2)范處義曰：鼠雖微物，猶有皮以被其外，猶有齒以養其內，猶具四體以全其形。今在位之人，無威儀容止，不知有禮則生，無禮則死。是人不如鼠也。疾惡之甚，以見清議之不可犯，遷善改過不可不力也。

(3)嚴粲曰：凡獸皆有皮齒體，獨言鼠。舉卑污可惡之物，以惡人之無禮也。

(4)牛運震曰：①痛呵之詞，幾於裂眦。②取興不倫，措語令人難堪，為頑梗人說法不得不爾。

(5)普賢曰：這篇講禮之重要，可以說是一篇說教詩。《荀子．禮賦》云：「非日非月，為天下明。城郭以固，三軍以強。粹而王，駁而伯，無一焉而亡。性不得則若禽獸，性得之則甚雅似者與？匹夫隆之則為聖人，諸侯隆之則一四海者與？」可見禮之於人於國是何等重要！一個不懂禮儀的人，活在世上所做所為，小則損人，大則害國。所以本詩痛罵不懂禮者「不死何為」「不死何俟」；最後簡直就是逼他趕快死掉，免得活著做個害群之馬，擾亂社會。但所謂「禮」，是因時因地而異，有些在從前認為是合乎禮的，在今日卻成了「吃人的禮教」；在今日認為是合乎禮的，在從前簡直就是大逆不道。東西方的禮也有所不同。不過大家都應該按照「禮」去做，卻是古今中外所公認的道理。

干旄

這是寫衛國一位貴族乘車去看他情人的詩。

孑孑干旄❶，在浚之郊❷。素絲紕之❸，良馬四之❹。彼姝者子❺，何以畀之❻？（一章）

【注釋】

❶孑：音結ㄐㄧㄝˊ。孑孑：特出貌。干：通杆。干旄：旗杆上飾以犛牛尾之旗。❷浚：衛邑名。❸素：白色。紕：音皮ㄆㄧˊ，聯繫。❹四之：一車四馬，兩服在中，兩驂在左右外側。❺姝：美色。❻畀：音必ㄅㄧˋ，給予。此言愛而欲有以贈之。

孑孑干旟❶，在浚之都❷。素絲組之❸，良馬五之❹。彼姝者子，何以予之？（二章）

【注釋】

❶旟：音餘ㄩˊ，一種畫著或繡著鸞鵰之類的旗。❷都：城邑。❸組：組織，聯合。❹五之及下章之六之，為押韻並形容其馬之多。

孑孑干旄❶，在浚之城。素絲祝之❷，良馬六之❸。彼姝者子，何以告之❹？（三章）

【注釋】

❶旄：一種杆頭用五色鳥羽為飾的旗。❷祝：聯屬，縫合。❸六：讀如陸ㄌㄨˋ，釋見上章❹。❹告：音故ㄍㄨˋ，告訴，講說。

【總評】

(1)牛運震曰：三「何以」躊躇有神。

(2)姚際恆曰：郊、都、城，由遠而近也；四、五、六，由少而多也。詩人章法自是如此，不可泥。以首章「四馬」為主，五、六則從「四」陪說。

載馳

此詩為許穆夫人（穆姬）所作。許穆夫人係衛宣姜和公子頑（昭伯）所生，嫁給許穆公。狄人攻破衛國殺死衛懿公，衛人立公子申為戴公。不久戴公死，衛人又立公子燬為文公（戴、文二公皆穆姬之兄。詳見〈定之方中〉總評(4)）。穆姬因祖國遭此浩劫，要回衛國去弔唁，並為衛國計劃向大國求援。但許國人反對她的行動，派大夫來攔阻她。於是她就將滿腔憂憤發為此詩而成名作。

載馳載驅❶，歸唁衛侯❷。驅馬悠悠❸，言至于漕❹。大夫跋涉❺，我心則憂。（一章）

【注釋】

❶載……載：一邊……一邊……。❷唁：音宴ㄧㄢˋ，慰問。衛侯：文公。❸悠悠：形容路途之遙遠。❹言：而。漕：

衛國小地名。狄滅衛後，衛君暫居之地。❺大夫：指許國之大夫。國君夫人父母既歿，不得復歸。今許穆夫人歸寧，於禮不合，故許國大夫跋涉而來，以阻許穆夫人之返衛，致許穆夫人頗為擔心憂急也。

【評析】

(1)牛運震曰：只驅馬悠悠一語，便有心急道遠、野曠馬遲之慨。

既不我嘉❶，不能旋反❷。視爾不臧❸，我思不遠？既不我嘉，不能旋濟❹。視爾不臧，我思不閟❺？（二章）

【注釋】

❶嘉：善。❷旋反：回返。謂回心轉意。❸視：比較。臧：善。❹旋濟：回返而濟渡。指轉回許國。❺閟：音閉ㄅㄧˋ，謹慎。

【評析】

(1)牛運震曰：兩疊停頓，委折吞吐含蓄；正為控于大邦胚胎，取神清空如話，婉宕多姿。

陟彼阿丘❶，言采其蝱❷。女子善懷❸，亦各有行❹。許人尤之❺，眾穉且狂。（三章）

【注釋】

❶阿丘：一邊偏高之山丘。❷言：語詞。蝱：音忙ㄇㄤˊ，貝母，可製藥，主療鬱結疾。❸懷：思念。❹行：音杭ㄏㄤˊ，道路。此句謂各人有各自的路（各人的想法不同）。❺許：許國。國都在今河南許昌。尤：責怪。

【評析】

(1)范處義曰：蝱可以療鬱結之疾，夫人思歸，中懷鬱結，故欲采蝱以療之。既而自謂我女子所懷之事，亦欲各行其志耳。許人何為以我為過，豈皆幼穉狂惑，不能知我之志乎？

(2)牛運震曰：①善懷二字婉妙。②「亦各有行」暗指控救一著，漸漸說近，卻仍吞吐不盡。③末句罵得無理，然正有深情苦衷。

(3)方玉潤曰：纏綿繚繞，含下無限思意。文勢極佳，再開一筆，局尤舒展。

我行其野，芃芃其麥❶。控于大邦，誰因誰極❷。大夫君子❸，無我有尤。百爾所思，不如我所之❹。（四章）

【注釋】

❶芃：音朋ㄆㄥˊ。芃芃：茂盛貌。❷因：親善。或謂因藉請託，亦通。極：來到。❸大夫：許國之大夫。君子：隱指許國國君。❹之：往。此句謂不如我去一趟。

【評析】

(1)嚴粲曰：末章乃言其情，謂若我自歸，則將不憚勞苦，以控告於大國，而求其能救衛者。諸國之中，誰可因藉誰肯來至，多方圖之，必有所濟也。赴難乞師，本非女子之事，諷許人當為告急於方伯，不當坐視其亡。至哀至切之情也。其後齊桓卒救衛而存之，然後信夫人所思為有理矣。

(2)牛運震曰：①控于大邦，此唁衛本意也。誰因誰極，亦自深心老算。②許人尤之，其詞憤；無我有尤，其詞平。一回怒罵，一回哀懇。③低聲微氣，溫婉入神。④一結輕婉夷猶，低徊無盡。

【總評】

(1)牛運震曰：控于大邦，以報亡國之讎，此一篇本意，妙在於卒章說出，而前則吞吐搖曳，後則低徊繚繞，筆底言下，真有千百折也。

衛風十篇

淇奧

這是衛人讚美衛武公的詩。衛武公自律極嚴而又和易近人。詩第一章虛寫其修身進德，第二章實寫其服飾之尊嚴，末章轉而描摹其和易近人的輕鬆神態，以見其嚴而能泰，修養已到家。而衛人對他的愛戴，也就不言而喻了。

瞻彼淇奧❶，綠竹猗猗❷。有匪君子❸，如切如磋❹，如琢如磨❺。瑟兮僩兮❻，赫兮咺兮❼，有匪君子，終不可諼兮❽。（一章）

【注釋】

❶淇：衛國水名。奧：音玉ㄩˋ，水彎曲處。❷猗：音依ㄧ。猗猗：美盛貌。❸匪：通斐。有匪：斐然，有文彩之貌，下同。❹切磋：用刀切斷，用銼剉平，指治骨器而言。❺琢：用刀雕琢。磨：用物磨光。指治玉器而言。二句比喻君子之進德修業，精益求精，有進無已。❻瑟：莊重。僩：音現ㄒㄧㄢˋ，威嚴。❼赫：明。咺：音選ㄒㄩㄢˇ，盛大。此句謂威儀容止，昭明顯著。❽諼：音喧ㄒㄩㄢ，忘。

【評析】

(1)孔穎達曰：此四者皆言內有其德，外見於貌。瑟是外貌莊嚴，僩是內心寬裕。赫有明德，赫然是內有其德，故發見於外也。咺，威儀宣著，皆言外有其儀，明內有其德。

(2)范處義曰：詩人謂武公之德，見於文章者，如竹之始盛，由切磋琢磨之致。切磋者，以利器攻骨角而成其文；喻武公能受人之規諫以成其德也。琢磨者，以玉石就錯礪而成其器，喻武公以禮自防而成其德也。武公能資諸人盡諸己者如此，所以內而能恂慄，知其志氣之有立也；外而有威儀，知其聲聞之不息也。自非盛德至善，何以有此文章？宜民之愛之，終不能忘也。

(3)牛運震曰：①切磋二語，刻劃盡致。②瑟僩赫咺，字字精密深奧。③重提有匪，低徊往復有神。④終字堅摯有力量。

瞻彼淇奧，綠竹青青❶。有匪君子，充耳琇瑩❷。會弁如星❸。瑟兮僩兮，赫兮咺兮，有匪君子，終不可諼兮。(二章)

【注釋】

❶青：音義同菁ㄐㄧㄥ。青青：堅剛茂盛貌。❷充耳：玉飾，即瑱，古人用以塞耳。琇瑩：美石。❸會：音快ㄎㄨㄞˋ，縫(去聲)。弁：音便ㄅㄧㄢˋ，皮帽。會弁：弁之縫以玉綴之閃耀如星。

【評析】

(1)薛應旂曰：充耳以石，會弁以玉，諸侯之服飾皆然，唯武公以德稱，乃見尊嚴耳。

(2)姚舜牧曰：充耳琇瑩，會弁如星，不專美其服飾。然非服飾，不足以見其容止之尊嚴。《中庸》云：「齊明盛服，非禮不動。」《論語》云：「君子正其衣冠，尊其瞻視。」必相合言之，正是此意。

(3)牛運震曰：會弁倒字法，句極遒練，若作弁會便平。

瞻彼淇奧，綠竹如簀❶。有匪君子，如金如錫❷，如圭如璧❸。寬兮綽兮❹，猗重較兮❺，善戲謔兮！不為虐兮❻！（三章）

【注釋】

❶簀：音責ㄗㄜˊ，竹席，形容竹之密。❷錫：即銀，古人銀錫不分。此句謂其學問鍛鍊如金銀之精純。❸圭璧：皆美玉。此句謂其品性修養如圭璧之溫潤。❹寬：寬宏。綽：從容。指其氣象風度。❺猗：同倚。較：車兩旁之立板，以其高出於軾上，故曰重較，卿士之車。❻虐：劇烈。以上二句謂喜開玩笑但不致過分以傷人。

【評析】

(1)孔穎達曰：言武公器德已成，鍊精如金錫；道業既就，琢磨如圭璧。又性寬容而情綽緩，既外修飾而內寬弘，入相為卿士，倚此重較之車，實稱其德也。又能善戲謔而不為虐，言其張弛得中也。

(2)牛運震曰：①綠竹如簀，本色比喻，妙。②猗重較兮，形容寬綽入妙。③寫德性有景有情，是寫生手。④善戲謔兮二語，寫雅人深致，何等風流！⑤竟住，高絕。咏歎之外，不加一詞。⑥連用兮字，頓挫咏歎，節奏悠然。

【總評】

(1)《朱子語類》：問：〈淇奧〉一篇衛武公進德成德之序，始終可見。一章言切磋琢磨，則學問自修之功，精密如此。二章言威儀服飾之盛，有諸中而形諸外者也。三章言如金錫圭璧，則鍛鍊以精，溫純深粹，而德器成矣。前二章皆有瑟僴赫咺之詞，三章但言寬綽戲謔而已。於此可見不事矜持而周旋自然中禮之意。曰：說得甚善。衛武公學問之功甚不苟，畢竟周之卿士，去聖人近，氣象自是不同。

(2)王柏曰：〈淇奧〉一詩，形容武公之盛德。條理縝密而興寄遐暢，非大賢不能道此。此《大學》所以取之以為至善之本。

(3)朱善曰：首章以竹之美盛，興其德之進修。卒章以竹之至盛，興其德之成就。故讀詩者，又當合二章而竝觀之。所以能有是鍛鍊之精純者，由其知行之竝進也。所以能全其生質之溫潤者，由其表裡之相符也。寬廣者，矜莊之反；矜莊而又寬廣，則是寬而有制也。和易者，威嚴之反；威嚴而又和易，則是嚴而能泰也。此所以為德之成也。果能是，則其謂之睿聖也，亦可以無愧矣。

(4)牛運震曰：①理致精微，神趣充悅。②通篇以比喻勝。③德行學問之事最難寫，似非詩家所長。此篇描寫武公，都有精理真氣，細看純是一片神韻，何曾一字落板腐也。④其體安以莊，其神鮮以暢。此風詩之近雅者。

(5)方玉潤曰：始雖瑟僩赫咺，猶有矜嚴之心。終乃寬兮綽兮，絕無勉強之迹。故篇末又言及善謔，以見容止語默，無不雍容中道。詩之摹寫有道，氣象可謂至矣。史稱武公修康叔之政，百姓和集，佐周平戎，有勳王室。《國語》又稱其耄而咨儆於朝，受戒不怠。今觀詩詞，甯不信然！然則初年篡弒，晚成聖德，英雄聖賢，固一轉念間哉！

考槃

這是一篇讚美隱士自得其樂的詩。

考槃在澗❶，碩人之寬❷。獨寐寤言❸，永矢弗諼❹。（一章）

【注釋】

❶考：扣，敲。槃：同盤。考槃：敲盤而歌。澗：山夾水之處，隱士所在之地。❷碩人：身材高大之人。寬：廣大，謂碩人之廣居。❸寐：睡。寤：醒。言：說話。此句謂碩人獨自睡，獨自醒，獨自說。隱居孤獨之狀。❹矢：誓。諼：音宣ㄒㄩㄢ，忘。此句謂碩人發誓以此為樂而終身不忘。

【評析】

(1)孔穎達曰：王肅註云：窮處山澗之間，而能成其樂者，以大人寬博之德，故雖在山澗，獨寐而覺，獨言先王之道，長自誓不忘也。美君子執德弘，信道篤也。

(2)陳傅良曰：碩人在澗，考槃樂歌，天子不得而臣，諸侯不得而友，雖寤寐，永矢不忘此樂。

(3)嚴粲曰：窮處山澗之中，而成其槃樂者，乃是碩大之賢人。其心甚寬裕，雖在寂寞之濱，而處之泰然。永誓不忘此樂，所以形容其遺佚不怨之意也。

(4)牛運震曰：①獨字傲甚。獨字、永矢字，便含憤激之意。②不言弗諼者何事，妙有含蓄。

考槃在阿❶，碩人之薖❷。獨寐寤歌，永矢弗過❸。（二章）

【注釋】

❶阿：音婀ㄜ，山陵曲處。❷薖：音科ㄎㄜ，假借為窠，碩人所住之草房。❸過：過從。謂不與他人過從。

【評析】

(1)輔廣曰：退而窮處，偪仄甚矣，而能寬大自樂，若將終身焉。蓋無入而不自得也。

(2)嚴粲曰：賢者之窮處，其能寐而寤，既寤而歌，無往非獨，而自得其樂。永誓不復他往，居之而安也。

考槃在陸❶，碩人之軸❷。獨寐寤宿❸，永矢弗告❹。（三章）

【注釋】

❶陸：高平之地。❷軸：盤桓不行，如在軸之狀。❸宿：睡。❹告：音雇ㄍㄨˋ。弗告：不以此樂告於他人。

【評析】

(1)蘇轍曰：盤桓不行，從容自廣之謂也。

(2)張彩曰：軸者，言其旋轉而不窮，猶所謂游於環中者也。亦有任其旋轉而不出乎此之意。

(3)牛運震曰：軸字深，宿字、告字較前俱深一層。

【總評】

(1)李樗曰：考槃在澗、在阿、在陸者，皆是賢者退處之地也。夫富與貴，是人之所同好也。在澗、在阿、在陸，皆非人之所樂，而賢者獨成樂於此，故處之甚安，綽綽然有餘裕，曾無狹隘褊淺之意，故云碩人之寬也。

(2)朱善曰：賢者隱處於澗谷，其所養之充，所守之正，有以自尊而不慕乎人爵之貴，有以自重而不徇乎外物之誘，則天下之樂，亦孰有加於此哉！

(3)牛運震曰：①碩人之寬，猶言碩人之廣居也。碩人之薖，薖從草，猶言碩人之草茅也。碩人之軸，猶言碩人之所盤旋也。②泠泠清幽，讀之有出世之想。

(4)方玉潤曰：〈淇奧〉者，達而在上者之好學不倦也；〈考槃〉者，窮而在下者之自樂難忘也。窮則獨善其身，達則兼善天下。窮與達，均不外學。蓋唯學斯能善天下，亦唯學乃能善一身。能善其身，然後能樂其樂。故〈考槃〉之繼〈淇奧〉，兩相形實兩相益耳。詩意若曰結廬不在塵境而在溪澗之間，陋且隘矣。即或深旁曲阿，曠處平陸，亦不過老屋三間，風雨一牀，亦何適意之有？然自碩人視之，則甚寬也，可以為吾之安樂窩矣。夫真人游神宇內，帝王駕馭六合。即豪傑之士，亦馳騁中原，陵厲無前，其志豈不甚壯？然非碩人所樂為也。碩人之軸盤旋不過數畝之宮，運行實僅一室之內，其或游心象外，亦只息轍環中，總不出此在澗在阿在陸之際，故或獨寐而寤言，或獨寐而寤歌，更或獨寐而寤宿，均有以樂其天也。所樂在是，所安即在是。雖終其身弗忘也，雖有他好弗踰也，雖有所得弗告也。非不欲告，乃無可與告者耳。

(5)糜文開曰：此歷代隱逸詩之祖。

碩人

衛莊公娶姜姓齊侯的女兒為妻，就稱莊姜。當齊國盛大而華美的送親隊伍到達衛國時，衛人見她美麗而高貴，唱出這支歌兒來讚美她。

碩人其頎❶，衣錦褧衣❷。齊侯之子❸，衛侯之妻❹，東宮之妹❺，邢侯之姨❻；譚公維私❼。（一章）

【注釋】

❶碩人：身材高大之人，指莊姜。頎：音其ㄑㄧˊ，身長貌。❷衣：音亦ㄧˋ，穿。錦：有文采之衣。褧：音窘ㄐㄩㄥˇ。褧衣：罩衫。古代女子出嫁途中所穿以避塵。❸齊侯：齊莊公。❹衛侯：衛莊公。❺東宮：太子所居之宮，此指齊國太子得臣。❻邢侯：邢國國君（邢在今河北邢臺）。姨：男子稱妻之姊妹為姨。❼譚公：譚國國君（譚在今山東濟南東龍山鎮附近）。維：是。私：女子稱姊妹之夫為私。

【評析】

(1)范處義曰：碩人蓋男子婦人有德者之通稱也。錦衣而加褧，言莊姜德稱其服也。諸侯之女嫁於諸侯，言莊姜宜為配也。邢侯譚公，言莊姜之親戚皆貴也。

(2)牛運震曰：首二句一幅小像，後五句一篇小傳。五句有次序有轉換。

(3)姚際恆曰：敘得詳核而妙。

(4)方玉潤曰：（三、四、五三句寫）幽閨之尊。（六、七句寫）外戚之貴。

手如柔荑❶，膚如凝脂❷。領如蝤蠐❸，齒如瓠犀❹，螓首蛾眉❺。巧笑倩兮❻，美目盼兮❼。（二章）

【注釋】

❶荑：音啼ㄊㄧˊ，初生白茅嫩芽。❷凝脂：凝結之豬油，形容其皮膚之白嫩腴潤。❸蝤：音酋ㄑㄧㄡˊ。蠐：音齊ㄑㄧˊ。蝤蠐：白而長圓的木中之蟲。形容其領頸之白皙柔婉。❹瓠：音戶ㄏㄨˋ。犀：音西ㄒㄧ。瓠犀：瓠瓜之種籽，白而整齊。形容其牙齒之美。❺螓：音秦ㄑㄧㄣˊ，小蟬，其額廣而方正。形容莊姜之額頭寬廣。蛾眉：蛾之觸鬚。形容莊姜眉毛細長而彎，如蛾之觸鬚。❻倩：音欠ㄑㄧㄢˋ，笑時顋頰所表現之妍美，像酒窩之類。❼盼：眼睛黑白分明。形容莊姜眼睛之清明有神。

【評析】

(1)牛運震曰：五句體狀工細，末二語寫生活態，通章神韻動矣。如此妍妙，高唐〈洛神賦〉中亦不多得。

(2)姚際恆曰：頌千古美人，無出其右，是為絕唱。

碩人敖敖❶，說于農郊❷。四牡有驕❸，朱幩鑣鑣❹，翟茀以朝❺。大夫夙退❻，無使君勞。（三章）

【注釋】

❶敖敖：長貌。❷說：音稅ㄕㄨㄟˋ，停息。農郊：城郊。此謂莊姜自齊至衛國之郊，尚未入城。❸牡：公馬。驕：壯大。有驕：驕然。❹幩：音墳ㄈㄣˊ，繫在馬銜兩邊的飄帶。鑣：音標ㄅㄧㄠ。鑣鑣：飄飄，盛貌。❺翟：音狄ㄉㄧˊ，野雞。茀：音扶ㄈㄨˊ，車蔽，車帘。翟茀：畫有野雞羽毛的車蔽。以朝：乘此車來朝見衛君。❻夙：早。

【評析】

(1)孔穎達曰：言其初來嫁，則說舍于衛之近郊，而整其車飾，則乘四牡之馬，驕驕然壯健；以朱飾其鑣，則鑣鑣然而盛美。又以翟羽為車之蔽，其車馬之飾如此，乃乘之以入君之朝。既入朝而諸大夫聽朝者，皆為早退，以君與夫人新為妃耦，宜相親幸，無使君勞倦。

(2)牛運震曰：①作十分愛護體貼語，婉媚含蓄。②一時舉國洶喜，為主君慫成大禮，寫來神動。

河水洋洋❶，北流活活❷。施罛濊濊❸，鱣鮪發發❹，葭菼揭揭❺。庶姜孽孽❻，庶士有朅❼。（四章）

【注釋】

❶洋洋：水盛大貌。❷活：音郭ㄍㄨㄛ。活活：水流聲。❸施：設置。罛：音姑ㄍㄨ，魚網。施罛：撒魚網。濊：音或ㄏㄨㄛˋ。濊濊：撒魚網入水之聲。❹鱣：音占ㄓㄢ，大鯉魚。鮪：音偉ㄨㄟˇ，魚名，似鱣而小。發：音撥ㄅㄛ。發發：

魚入網撥動其尾之狀及因此而發之聲，形容網獲魚之多。❺葭：音加ㄐㄧㄚ，蘆。菼：音坦ㄊㄢˇ，荻。揭揭：高貌。❻庶：眾。庶姜：齊國陪嫁及送嫁的一些姜姓女子。孽孽：衣飾華貴貌。❼庶士：指齊國護送莊姜的諸臣。朅：音怯ㄑㄧㄝˋ，武壯貌。有朅：即朅然。

【評析】

(1)黃佐曰：此章說宗國之地美，而歸國之儀盛。

(2)徐光啟曰：春秋時嫁娶，大都倚大國為重，故言齊之大。

(3)方應龍曰：齊國富饒，不特夫人之鍾靈毓秀於海邦者，淑姿美質，迥出一時。即士女之追隨者，亦足以爛盈門之顧，故末二句以庶姜、庶士承之。

(4)牛運震曰：①拍天而來，大手筆。②庶姜庶士二語竟住，不作收煞，妙。③無端接入河水洋洋五句，似與碩人事絕不相關，卻用庶姜庶士二語拍合，大奇。④齊地之饒，媵從之盛，應敘在前，卻倒插在後作襯托，意思結構俱妙。⑤恢廓雄厲，便有泱泱大國氣概。

(5)姚際恆曰：敘處描摹極工，有珠璣錯落之妙。

【總評】

(1)方玉潤曰：此衛人頌莊姜美而能賢。莊姜固不徒恃其貴、恃其美、恃其富，而自有餘於富與美與貴之外。蓋美且賢焉者也。其富貴本其所自有，固不足為之異。然則詩何以不咏其賢而僅歎其貴與美與富而若有餘慕耶？曰詩之不咏其賢者，詩之所以善咏乎賢者也。托月者必渲雲，繪龍者必點睛，此繪事之妙也。詩亦通焉。且詩亦未嘗不言其賢也，而人不覺也。詩發端不曰碩人其頎乎？夫所謂碩人者，有德之尊稱也。曾謂婦之不賢而可謂之碩人乎？故題眼既標下，可從旁摹焉。極意舖陳，無非為此碩人生色。畫龍既就，然後點睛；滃雲已成，而月自現。詩固有言在此而意在彼者，此類是也。不然莊姜亦不過一富貴美人耳，詩又何必浪費筆墨而為之寫照耶！

氓

這是棄婦追悔自傷的敘事長詩。她詳細訴說了她婚姻的不幸遭遇，從怎樣戀愛，怎樣結婚，怎樣貧苦度日，怎樣被虐待，直到她怎樣決絕地離開他，勾勒出一個完整的故事來。她追悔看錯了人，只落得無限的慨歎！不堪回首！

氓之蚩蚩❶，抱布貿絲❷。匪來貿絲❸，來即我謀❹。送子涉淇❺，至于頓丘❻。匪我愆期❼，子無良媒。將子無怒❽，秋以為期。（一章）

【注釋】

❶氓：音忙ㄇㄤˊ，野民。蚩蚩：和悅帶笑貌。猶「笑嘻嘻」。❷布：布帛。貿：交換。❸匪：非，下同。❹即：就。謀：圖謀，指商量婚事。❺淇：衛國水名。❻頓丘：地名。❼愆：音牽ㄑㄧㄢ，錯過。愆期：誤期。❽將：音羌ㄑㄧㄤ，願，請。

【評析】

(1)范處義曰：是時必有謀昏之言，詩之所不及。不然安得已有從之之意，遂送涉淇之地！是時必有迫促之言，亦詩之所不及。不然安得遽有無良媒、無我怒、秋以為期之約！然此亦悔悟之後，追悼前日之事，故有是語耳。使其初能覺其非為絲，而為我謀，又能知無良媒為非禮，安肯輕從其約也。

(2)牛運震曰：①氓之蚩蚩，不欲顯斥其人，意自渾妙。②一回責望，一回安慰，婉轉鬆脫，情態可掬。

乘彼垝垣❶，以望復關❷。不見復關，泣涕漣漣❸。既見復關，載笑載言❹。爾卜爾筮❺，體無咎言❻。以爾車來，以我賄遷❼。（二章）

【注釋】

❶乘：登。垝：音鬼ㄍㄨㄟˇ，毀壞。垣：牆。❷復：返。關：指某一關塞，係女方所居之地。或解為氓所居之處，以為氓之代名詞。❸漣漣：淚流不斷貌。❹載……載：一邊……一邊……。❺爾：你。卜筮：卜用龜甲，筮用蓍草，古者遇重要事必卜筮以占吉凶，以決可否。❻體：卜筮所顯示之卦兆與卦辭。咎言：不吉利的言辭。❼賄：財物，以財物遷往夫家。

【評析】

(1)孔穎達曰：此男子實不卜筮，而言皆吉無凶咎者，又誘以定之。前因貿絲以誘之，今復言卜筮以誘之也。

(2)何楷曰：卜筮無咎矣，而厥後色衰被棄，似卜筮不靈然者，先儒所謂易為君子謀，不為小人謀也。

(3)牛運震曰：①偏借卜筮，鄭重其事。②車來賄遷，一團高興。

(4)姚際恆曰：不曰人曰賄，妙。

桑之未落，其葉沃若❶。于嗟鳩兮❷，無食桑葚❸。于嗟女兮，無與士耽❹。士之耽兮，猶可說也；女之耽兮，不可說也。（三章）

【注釋】

❶沃若：柔嫩潤澤。❷于：同吁。于嗟：悲歎聲。鳩：斑鳩鳥。❸桑葚：桑實。鳩食甚多則迷醉，以喻女子與男子熱戀時易失去理性。❹耽：音丹ㄉㄢ，歡樂。

【評析】

(1)孔穎達曰：鳩食桑葚過時，則醉而傷其性；女與士耽過度，則淫而傷禮義。然耽雖士女所同，而女思於男，故言士之耽尚可解說；女之耽則不可解說。己時為夫所棄，乃思而自悔。

(2)牛運震曰：①此處應作轉筆，卻不忍遽轉，另從寬處提起。迂曲遲回，以欷歔出之。立意用筆之妙，不可思議。②中間許多美境，只用無與士耽一筆撩過，深極，慘極。③悲悔之極，生出羞惡扼腕搥腸。

桑之落矣，其黃而隕❶。自我徂爾❷，三歲食貧。淇水湯湯❸，漸車帷裳❹。女也不爽❺，士貳其行❻。士也罔極❼，二三其德❽。（四章）

【注釋】

❶隕：音允ㄩㄣˇ，掉落。詩以桑葉之凋落，比喻女子之年老色衰。❷徂：音粗之陽平ㄘㄨˊ，往。徂爾：嫁往你家。❸湯：音傷ㄕㄤ。湯湯：水盛貌，或水流聲。❹漸：水浸濕。帷裳：車衣，即車帷帳。此二句寫棄婦被趕出後路上渡水之情景。❺爽：差錯。❻貳其行：行為前後不一致。❼罔極：無所極止。謂此男人之心叵測，存心不良。❽二三其德：三心兩意，謂愛情不專。

【評析】

(1)孔穎達曰：婦人色衰而彫落時，君子則棄己，使無自以託。故追說見薄之漸。言自我往爾家三歲之後，貧於衣食而見困苦，已不得其志。今乃見棄，所以自悔也。又言我心於汝不為差貳，士也行無中正，故二三其德，及年老而棄己，所以怨也。

(2)牛運震曰：①矣字黯然消魂，若作既落便呆。②淇水漸車，與前涉淇、車來，關照有情。③此歸途所經也，寫得荒寂在目，悽愴傷懷。④到此不得不直罵矣。語勢小歇而情猶未了。

三歲為婦，靡室勞矣❶。夙興夜寐，靡有朝矣❷。言既遂矣❸，至于暴矣❹。兄弟不知，咥其笑矣❺。靜言思之❻，躬自悼矣❼。（五章）

【注釋】

❶靡：無，下同。此句謂不以家務為勞苦。❷朝：早。此二句謂早起晚睡，沒早沒晚，天天忙碌不堪。❸遂：成。言既遂矣：謂「有言在先已說好」。或釋言為語詞，謂家業已有了成就，亦通。❹暴：暴虐。❺咥：音戲ㄒㄧˋ，嘲笑之貌。此謂兄弟見其被棄而笑之。❻言：而。❼躬自悼：自我悲傷。

【評析】

(1)嚴粲曰：言我三歲為室之勞，無有一朝不然者。初與爾謀為室家，惟恐不諧，其言既遂，爾乃以暴虐加我。我兄弟不知之耳，若知我見暴如此，必咥然笑我也。始為所誘，今為所暴，故恐兄弟笑之。此承上文漸車帷裳，見棄而歸，在途自念之辭，羞見兄弟也。

(2)牛運震曰：①三歲為婦四語，情事次第應在車來賄遷之下，卻於此處往復一番，呻吟低徊，迴腸欲絕。②牽扯兄弟一筆，分外傷心。③六「矣」字激音促節。

(3)方玉潤曰：歷敘勞苦，反遭見棄。自怨自艾，如泣如訴，情至之文。

(4)竹添光鴻曰：一「靜」字，無限淒涼，迴腸欲絕。

及爾偕老❶，老使我怨❷。淇則有岸，隰則有泮❸。總角之宴❹，言笑晏晏❺，信誓旦旦❻。不思其反❼。反是不思❽，亦已焉哉❾！（六章）

【注釋】

❶及：與，和。爾：你。❷老使我怨：說到偕老，則使我怨恨。❸隰：音席ㄒㄧˊ，低濕之地。泮：音義同畔，邊涯。淇有岸，隰有泮，反喻此男子之心無所極止，變化莫測。❹總角：男未冠，女未笄時，將頭髮分兩邊束成兩結，如牛角之狀曰總角。宴：歡樂。❺晏晏：和悅貌。❻旦旦：誠懇貌。以上三句追敘二人戀愛時之情景。❼不思其反：不回頭想想從前（的恩情）。❽此句謂「既不思念舊日的恩情」。❾亦已焉哉：也只好罷了。

【評析】

(1)嚴粲曰：述其怨而自解之辭。淇則有岸，隰則有泮，何汝心之無泮岸，不可知也？即上章所謂罔極也。始焉不思之過，今則無如之何矣。故曰「亦已焉哉！」

(2)牛運震曰：①使字憾極，如聞其聲。②此倒興也。言淇猶有岸，隰猶有泮，以興老使我怨，用心之不可知也。意致拗折而穎妙。③總角字媚極。總角之宴三句正耽字實境，寫得極妍濃，正極慘苦。④「不思其反，反是不思」，疊作悵歎，顛倒纏綿。⑤「亦已焉哉」猶言棄捐勿復道也。到此淚盡聲絕，正是悲怨之極。⑥末章將始末情事通身打摺一番，無情不集，無筆不轉。繚繞惝怳，摧心動魄。古騷怨詩之絕調也。

(3)姚際恆曰：「老使我怨」，「老」字即承「偕老」字來。言汝曾言「及爾偕老」，今偕老之說徒使我怨而已。詩人之詞多是如此。

(4)方玉潤曰：（及爾偕老，老使我怨）跌宕語極有致。

【總評】

(1)輔廣曰：〈谷風〉與〈氓〉二詩皆怨，然〈谷風〉雖怨而責之其辭直，蓋其初以正也。〈氓〉之詩則怨而悔之耳，其辭隱，蓋其初之不正也。

(2)嚴粲曰：刺時，則上所化也。男女之合不以正，則不可以久，雖悔何及！所以戒也，非美也。

(3)朱善曰：責之以良媒，是欲謀之人也，而不知人之不吾與也。要之以卜筮，是欲詢之神也，而不知神之不吾告也。及其見棄而歸兄弟，是欲依其親也，而不知親之醜吾行而不見恤也。女之苟合者，色衰而愛弛；士之苟合者，利盡而交絕。合之不可以苟也如此！

(4)牛運震曰：①稱之曰氓，鄙之也。曰子、曰爾，親之也。曰復關，諱之也。曰士，欲深斥之而謬為貴之也。稱謂變換，俱有用意處。②〈谷風〉之婦正，其詞怨而不怒，其意自厚。〈氓〉之婦不正，其詞怨不勝悔，其氣則餒。然各有其妙。

(5)方玉潤曰：此女始終為情誤，固非私奔失節者比，特其一念之差，所託非人，以致不終，徒為世笑。士之無識而失身以事人者，何以異是？故可以為戒也！

竹竿

自己喜愛的女子，已遠嫁他人，卻仍對她思念不已，不由得不出遊解悶，作詩抒懷了。

籊籊竹竿❶，以釣于淇。豈不爾思？遠莫致之❷。（一章）

【注釋】

❶籊：音笛ㄉㄧˊ。籊籊：長而銳。❷致：招致。（使來相會）

【評析】

(1)輔廣曰：豈不爾思者，謂固不能不思也；遠莫致之者，以義不可，故託以遠而不能致耳。

(2)魏浣初曰：須知詩意，非但竹竿釣淇是託言，即遠不可至，亦因義不可歸而託之於遠，此風人之微詞。

泉源在左，淇水在右。女子有行❶，遠兄弟父母。（二章）

【注釋】

❶有行：出嫁。

【評析】

(1)牛運震曰：自恨不如二水矣。不說出，意致自遠。

淇水在右，泉源在左。巧笑之瑳❶，佩玉之儺❷。（三章）

【注釋】

❶瑳：音ㄘㄨㄛˇ，鮮白色。笑而見齒，其色瑳然。此指女笑貌之美。❷儺：音挪ㄋㄨㄛˊ，行有節度。言女子佩玉，行有節度，未有失儀之處。

【評析】

(1)牛運震曰：一幅嬌女遊春圖，嫣然可想。

(2)方玉潤曰：仙骨姍姍，風韻欲絕。

淇水滺滺❶，檜楫松舟❷。駕言出遊❸，以寫我憂❹。(四章)

【注釋】

❶滺：音攸ㄧㄡ。滺滺：水流貌。❷檜：音快ㄎㄨㄞˋ，木名。楫：划舟之槳。❸駕：駕船。言：語詞。❹寫：發散。

【總評】

(1)牛運震曰：蕭閒雋遠，有情有韻。

(2)普賢曰：詩〈序〉說是「衛女思歸不見答」之詩。何楷、魏源更將〈泉水〉及此篇皆歸之穆姬（許穆夫人）。姚際恒則以二詩中語多重複，認〈泉水〉為許穆夫人作，此篇或許穆夫人之媵亦思歸，和其嫡夫人之作。但方玉潤則曰：「均未嘗細味詩辭也。此不惟非許夫人作，亦無所謂不見答意。蓋其局度雍容，音節圓暢，而造語之工，風致嫣然，自足以擅美一時，不必定求其人實之也。詩固有以無心求工而自工者。迨至工時自不能磨，此類是已。」

我們細玩詩意，知道這是一篇失戀男子懷念舊好（女子）的詩。第一章言觸景思人；次章言其人已遠嫁；三章是懷念其容止；最後一章則以寫憂作結。全詩結構完密，層次分明。寫來情思真摯，風味雋永。

芄蘭

這是一篇諷刺小丈夫的民歌。借小丈夫老婆的口吻，形容小丈夫冒充大人的可笑動作，活現眼前，非常有趣。

芄蘭之支❶，童子佩觿❷。雖則佩觿，能不我知❸。容兮遂兮❹，垂帶悸兮❺！（一章）

【注釋】

❶芄：音丸ㄨㄢˊ。芄蘭：一種枝葉細弱的蔓生草。支：即枝。❷觿：音希ㄒㄧ，成人所佩之飾物，錐形，用骨做成，其身曲而末銳，用以解結，俗名解錐。❸能：而，下同。我知：知我。❹容：容容，猶搖搖。遂：放肆貌。❺悸：擺動。

【評析】

(1)毛萇曰：容儀可觀，佩玉遂遂然，垂其紳帶，悸悸然有節度。

(2)朱公遷曰：芄蘭柔弱，而枝葉長蔓，本不稱末，故以興童穉無能而不能稱其服。

(3)黃佐曰：首一句興童子不當有其服，下譏童子不能稱其服。芄蘭本是蔓生，今則有枝矣。以興童子本未成人，今則佩觿矣。今雖佩觿，而其舒放之甚如此，何足以稱是服哉！

芄蘭之葉，童子佩韘❶。雖則佩韘，能不我甲❷。容兮遂兮，垂帶悸兮！（二章）

【注釋】

❶韘：音社ㄕㄜˋ，射箭時所用之玦，戴於右手大拇指，用以鉤弦而免割痛，俗名扳指。原以皮為之，故从韋，後多用玉或象骨為之。❷甲：《韓詩》作狎，狎暱。

【評析】

(1)黃佐曰：射者男子之事，尤非童孺所能者，才能甚不稱其服飾也。

(2)牛運震曰：①極妍雅，卻極形容不堪。②能不我知，能不我甲，諷刺之旨已自點明矣。末二語只就童子容儀咏歎一番，而諷意更自深長，詩情妙甚。

【總評】

(1)牛運震曰：訓詞婉雅，令人有惻然之思。

(2)普賢曰：此詩歷來未得妥解，若解作對一般小丈夫的譏諷，卻是全詩文句完全吻合，而且「能不我知」「能不我甲」兩句，更見其畫龍點睛之妙。在東周時代的衛國，可能有小丈夫的風俗。我們將這篇〈芄蘭〉解作是衛人譏諷小丈夫，比較合情。讀起來也首尾靈活，全詩暢順而生動，而且妙趣橫生，風格顯露，真是一首好詩，可以媲美〈鄘風〉的〈桑中〉。

河廣

宋、衛只一河之隔，而住在衛國的人，想到宋國去，卻迫於環境，不能如願，因作此詩。詩〈序〉謂此宋襄公母所作。按衛文公之妹嫁於宋桓公，生襄公，後被出，送回衛國，思念其子，而義不得往宋，故作此詩以抒懷。詩中極言往宋之易，而所以不能往者，則大有原因說不出口啊！

誰謂河廣❶？一葦杭之❷；誰謂宋遠？跂予望之❸。（一章）

【注釋】

❶河：指黃河。衛國在戴公之前都於朝歌，和宋國隔著黃河。❷葦：蘆葦。謂一片蘆葦即可渡過。極言黃河之易渡也。杭：通航，渡河。❸跂：同企，踮起腳尖。

【評析】

(1)李樗曰：〈載馳〉之詩曰「大夫跋涉」，〈竹竿〉之詩曰「遠莫致之」，皆言其遠也，至於此詩，惟言其甚近者，蓋言人之於遠者，則憚而不往，至於甚近而不往者，非有所憚也，義不可也。大抵人之行事，其所當為者，雖千里之遠，猶在所往也；其不當為者，雖咫尺之地，不可妄動也。此宋襄公之母，有念子之心，而不敢歸宋也。

(2)方玉潤曰：飄忽而來，起最得勢，語亦奇秀可歌。

誰謂河廣？曾不容刀❶；誰謂宋遠？曾不崇朝❷。（二章）

【注釋】

❶刀：刀至薄，不容刀，極言河窄易渡也。刀或作舠，僅裝糧三百斛之小船。❷崇朝：終朝。不崇朝：謂不須過完一早上即可到達，言其近也。

【評析】

(1)黃一正曰：不容刀，則又小矣；不崇朝，則又易至矣。

(2)朱道行曰：廣不容刀，遠不崇朝，極言狹近。破上文廣遠以答「誰謂」二字。如此則往易矣，而率不往，所謂制乎義也。

【總評】

(1)嚴粲曰：夫人義不可以往宋，而設為或人以遠沮己，己為辭以解之。欲往之切，故謂遠為近。若真欲往宋者，思子之情，隱於言外矣。

(2)牛運震曰：①硬排四「誰謂」奇情拗調。②偏說宋不遠，所憾不在宋遠也。語意自妙。③〈竹竿〉憾遠，〈河廣〉卻說不遠，用意各有其妙。④意以翻空而奇，語以歇後而遠。突然而起，咄然而止，不更添一字。

伯兮

婦人因丈夫出征，在家思念不已，不但無心打扮，而且因思念以至頭痛，甚至有了心病，最後只好以思念度日了。

伯兮朅兮❶，邦之桀兮❷。伯也執殳❸，為王前驅。（一章）

【注釋】

❶伯：兄弟姊妹排行，常用伯仲叔季，故伯即老大。此詩之思婦以伯稱其夫，猶今言「哥哥」。朅：音怯ㄑㄧㄝˋ，武壯貌。❷桀：同傑，傑出之人。❸殳：音梳ㄕㄨ，兵器，長一丈二尺，無刃。

【評析】

(1)鄭康成曰：衛宣公之時，蔡人衛人陳人從王伐鄭，伯也為王前驅久，故家人思之。

(2)孔穎達曰：言為王前驅，則非賤者。

(3)黃佐曰：①邦之桀，本朅字來，蓋果敢剛毅，一國未能或之先也。②方今執殳前驅，還歸正未有日，以起思念之端。

(4)范處義曰：伯叔尊稱，詩人多用之，如「叔兮伯兮，倡予和女」是也。此詩人之尊其夫，故以伯兮呼之，閔其勞久而不歸也。

(5)牛運震曰：①偏說得極興頭，極榮幸。②羅敷詩「何用識夫壻，白馬從驪駒」，唐人詩「良人執戟明光裡」皆同〈伯兮〉之旨。

自伯之東，首如飛蓬❶。豈無膏沐❷，誰適為容❸？（二章）

【注釋】

❶蓬：草名，實有毛如絮，風吹則亂。首如飛蓬：言髮亂如飛飄之蓬。形容婦人無心梳理致髮亂之狀。❷膏：潤髮油。沐：米汁，古人用以洗髮。❸適：悅。此句謂「為博得誰的喜悅而打扮？」

【評析】

(1)李樗曰：言我非無膏沐，但夫不在家，故未嘗有容飾也。

(2)朱道行曰：婦髮惟膏濡沐潤，斯斂緝而首容光美，今有此不用何哉？為伯之東，賢勞王事，誰適為主，尚事容飾？所謂夫忠婦義也。

(3)牛運震曰：①女為悅己者容，翻得新，妙。②適字意深，正自媚極。

(4)姚際恆曰：宛然閨閣中人語。

(5)方玉潤曰：漢魏詩多襲此調。

(6)竹添光鴻曰：杜子美《新婚別》：「羅襦不復施，對君洗紅粧」即本此。

其雨其雨❶，杲杲出日❷。願言思伯❸，甘心首疾❹。（三章）

【注釋】

❶其：將然之詞。此句意謂「要下雨了？要下雨了？」是希冀之意。❷杲：音稿ㄍㄠˇ。杲杲：明貌。❸願：念。此句謂「念念不忘地想哥兒」。或解願為甘願，亦通。❹首疾：頭痛。

【評析】

(1)鄭玄曰：人言其雨其雨，而杲杲然日復出。猶我言伯且來，伯且來，則復不來。

(2)輔廣曰：冀其歸，復不歸。則其憂思為尤甚。

(3)朱公遷曰：憂思之苦，本不能堪，而令人首疾也。但我則思而又思，寧甘心首疾而不辭耳。此章辭意當與下章例之。

(4)牛運震曰：①首二句神來之筆。②雨中安得出日？直是愁思之至，結成幻境，筆意亦自飄忽離奇。③甘心字可憫可感。

(5)竹添光鴻曰：甘心至首疾而不悔，則思之不能已可知。雖首疾而心亦甘，則其思之如貪口味，心不與他事，唯以思伯為悅。

焉得諼草❶，言樹之背❷。願言思伯，使我心痗❸。（四章）

【注釋】

❶諼：音宣ㄒㄩㄢ，忘。諼草：草名。古人以為植此草可以忘憂，乃寓言非真物。❷言：語詞。樹：栽種。背：屋背後。❸痗：音梅ㄇㄟˊ，病。

【評析】

(1)孔穎達曰：君子過時不反，思之至甚。既生首疾，恐以危身。故言我憂如此，何處得一忘憂之草，樹之於北堂之上，冀觀之以忘憂也。

(2)朱熹曰：言焉得諼草，樹之北堂以忘吾憂乎？然終不忍忘也。是以寧不求此草，而但願言思伯，雖至於心痗，而不辭爾。心痗則病益深，非特首疾而已也。

(3)嚴粲曰：人謂諼草忘憂，何處可得之，我欲植之以銷憂。今我思伯，至於心病，恐非諼草所能療也。

(4)黃佐曰：憂思非人之欲也，而欲之，可以觀情矣。懷憂者亦恆欲排遣之，至於願言心痗，乃若不欲解者。思至於不欲解，非身嘗之，孰能解之？

(5)牛運震曰：①焉得二字空中翻弄，靈幻之極。②使字怨望得妙。

【總評】

(1)朱公遷曰：一章憫夫之才，二章明己之志，三章四章則極其憂思之苦而言之。

(2)朱善曰：首如飛蓬，則髮已亂矣，而未至於病也。甘心首疾，則頭已痛矣，而心則無恙也。至於使我心痗，則心又病矣。其憂思之苦，亦已甚矣。所以然者，以其君子之未歸也。

(3)徐常吉曰：有膏沐而無意於首之容，願思伯而甘心於首之疾。思諼草而卒安於心之痗，此可以見婦人性情之至。

(4)牛運震曰：媚情奇趣，靈婉中有沉摯處。

(5)普賢曰：①第一章自詡其夫為邦之英傑，而因她是出征軍人的眷屬，也有沾到幾分光榮的感覺。第二章寫她對丈夫愛情的深固。女為悅己者容，丈夫出了門，連梳裝打扮都失卻了意義，缺少了興致。第三章盼其夫歸，似大旱之望雲霓，熱切的相思，雖想到頭腦發昏，也心甘情願。第四章謂也曾想我健忘之草，好使一切渾忘，以免刻骨相思之苦。但心病難醫，不相思如何度日？還是相思下去算了。縱然心頭鬱結成疾，也是樂於忍受的。層層推展，以見征人離家之久，婦人思念之深。全詩無半語含怨，其感人之力，格外強烈，真是標準的好詩，開發出唐詩中多少閨怨一類的名作來。②胡適小詩：「也想不相思，可免相思苦；幾度細思量，寧願相思苦。」當係由此詩化出。

(6)高葆光曰：這篇就婦人的環境描寫思婦之苦，可謂入木三分。我以為唐人的「閨中少婦」不如「打起黃鶯兒」的好；「打起黃鶯兒」遠不如這首詩的動人。何物詩人，出此妙語！諷咏再三，十分心折。

有狐

這是一篇描述丈夫遠行在外，婦人在家為他衣著的匱乏而擔憂的詩。

有狐綏綏❶，在彼淇梁❷。心之憂矣，之子無裳❸。（一章）

【注釋】

❶綏綏：行緩貌。❷梁：以石絕水曰梁；即今所謂之攔河壩。二句謂淇水已淺而狐覓食，以明時序已寒也。❸之子：謂征夫。裳：下身之衣曰裳。

【評析】

(1)崔述曰：狐在淇梁，寒將至矣；衣裳未具，何以禦冬？其為夫行役，婦人憂念之詩顯然。

有狐綏綏，在彼淇厲❶。心之憂矣，之子無帶❷。（二章）

【注釋】

❶厲：水淺之處。❷帶：束衣之物。

有狐綏綏，在彼淇側。心之憂矣，之子無服。（三章）

【總評】

(1)王靜芝曰：此丈夫行役，婦人憂其夫天寒無衣之詩。詩〈序〉云：「有狐，刺時也。衛之男女失時，喪其妃耦焉。古者國有凶荒，則殺禮而多昏，會男女之無夫家者，所以育人民也。」已甚穿鑿。而朱《傳》竟云：「有寡婦見鰥夫而欲嫁之，故託言有狐獨行，而憂其無裳也。」尤為臆說中之甚者。此詩明白說出憂彼無衣，所指自是遠人。何能解作意欲再嫁之語？更何能在未再嫁之前而先憂其無衣？既不合情，亦不合理。

木瓜

這是一篇男女互相贈答的詩。

投我以木瓜❶，報之以瓊琚❷。匪報也❸，永以為好也。（一章）

【注釋】

❶投：給予。木瓜：木瓜樹所結之果實，似小瓜，淡黃色，味酸帶澀，有香氣。非謂臺灣所產之木瓜。❷瓊：美玉。琚：佩玉。❸匪：同非。

【評析】

(1)朱熹曰：投我以木瓜，而報之以瓊琚。報之厚矣，而猶曰非敢以為報，姑欲常以為好而不忘耳。蓋報人之施，而曰如是報之足矣，則報之者情倦，而施之者德忘，惟其歉然常若無物可以報之，則報者之情，施者之德，兩無窮也。

(2)方應龍曰：首二句只形容忠厚之情，下二句欲以堅相好之誼。此詩亦以風世之薄道往來，而較量於錙銖者。

投我以木桃❶，報之以瓊瑤❷。匪報也，永以為好也。（二章）

【注釋】

❶木桃：即桃子。❷瑤：美玉。

投我以木李❶，報之以瓊玖❷。匪報也，永以為好也。（三章）

【注釋】

❶木李：即李子。❷玖：美玉。

【總評】

(1)黃櫄曰：木瓜、木桃、木李，皆微物也，而詩人欲以瓊琚、瓊瑤、瓊玖報之，且猶以為未足，非物之不足，而心之不足也。

(2)牛運震曰：惠有大於木瓜者，卻以木瓜為言，是降一格襯托法。瓊瑤足以報矣，卻說匪報，是進一層翻剝法。「匪報也」三字逗，婉曲之極。分明是報，卻說匪報，妙。三疊三複，纏緜濃緻。

王　風

王，王城。西周文王都豐，武王都鎬，至成王周公始經營洛邑，謂豐鎬為西都，洛邑為東都。平王東遷，都洛邑，號為王城。其故址在今河南省洛陽縣城西。〈王風〉乃東周王城畿內之民間詩歌。其地即周南沿河之一部分，在今河南省北部洛陽一帶。

王城之詩，不入於雅，而列於風。毛《傳》云：「平王東遷，政遂微弱，下列於諸侯，其詩不能復雅，而同於國風焉。」但何以不曰周而曰王？朱《傳》云：「平王徙居東都王城，於是王室遂卑，與諸侯無異，故其詩不謂雅而為風。然其王號未替也，故不曰周而曰王。」〈王風〉十篇，皆東周時詩。

王風十篇

黍離

驪山之亂，犬戎殺幽王，平王東遷洛邑，是為東周，鎬京遂廢。東周初年，行役者西至鎬京，見宗廟宮殿均已殘毀，夷為農田，但見禾黍離離，不勝感慨，因作此詩。以上《毛詩》說。《韓詩》則以為是尹吉甫信後妻之讒而殺孝子伯奇，其弟伯封求其兄不得，因作此詩以抒憂。毛韓二說均無憑證而可通，惟後人多從《毛詩》說。

彼黍離離❶，彼稷之苗❷。行邁靡靡❸，中心搖搖❹。知我者❺，謂我心憂；不知我者，謂我何求？悠悠蒼天❻！此何人哉❼！（一章）

【注釋】

❶黍：稷之黏者，即小黃米。離離：形容禾黍之茂盛而有行列。❷稷：與黍一類二種。黏者為黍，不黏者為稷。❸行邁：行進。靡靡：遲遲。❹搖搖：不定貌。❺此句意謂：「知我心中所感傷者，為家國之成廢墟。」❻悠悠：遙遠貌。❼此句意謂：「造成此種局面者，是何人耶？」

【評析】

⑴李樗曰：箕子過故殷墟作〈麥秀〉之詩曰：「麥秀漸漸兮，禾黍油油。」與此詩意同。

(2)朱熹曰：既歎時人莫識己意，又傷所以致此者，果何人哉？追怨之深也。

(3)輔廣曰：人憂則行自遲，而心無所定。國家顛覆，在臣子固不能無所憂。此詩人憂之得其正者也。

(4)嚴粲曰：言彼處有黍，彼處又有稷，見無處不然，所謂盡為禾黍也。人有知我之情者，謂我心有所憂；不知我之情者，怪我久留不去，謂我有何所求也。唯呼天而訴之，而蒼然悠遠，歎其訴而不聞也。

彼黍離離，彼稷之穗。行邁靡靡，中心如醉。知我者，謂我心憂；不知我者，謂我何求？悠悠蒼天！此何人哉！（二章）

【評析】

(1)李公凱曰：憂甚而不自知，如醉於酒。

(2)朱道行曰：如醉、搖搖之感，深而沉冥也。

彼黍離離，彼稷之實。行邁靡靡，中心如噎❶。知我者，謂我心憂；不知我者，謂我何求？悠悠蒼天！此何人哉！（三章）

【注釋】

❶噎：音耶ㄧㄝ，食塞咽喉。

【評析】

(1)朱道行曰：如噎，搖搖之鬱結而息滯也。

【總評】

(1)王柏曰：周大夫亦善於為詩者，感慨深而言不迫切。反覆歌詠之，自見其悽愴追恨之意。

(2)朱善曰：周之王業公劉開拓之於豳，太王創造之於岐，文王光大之於豐，武王成就之於鎬。皆在西都八百里之內。其土地則先王之土地；其人民則先王之人民也。為子孫者正當守之而不去，今乃舉舊都棄之而即安於東。行役之大夫，既已見而憂之，且追怨也。豈容付之無可奈何而已邪？謂宜請於平王，號令諸侯，整師輯旅，光復舊物。諸侯見王之有志，孰不奔走而服從！當是時，晉之義和，鄭之掘突，既皆王室舊勳；齊藉太公之故基，魯承周公之遺烈，衛憑康叔之威靈，亦皆足以左右王室，而王自棄之。為之臣者，又寂無一人以為言，噫！周轍之不西，有由矣夫！

(3)牛運震曰：①如醉如噎，寫憂思入神，開後世騷人多少奇想！②從憂思愁苦中生出知我不知我兩層，躊躇欷歔！③末二句颺起，音節悚壯。④此何人哉？明知其人而故追問之，直欲起九原呵白骨矣。若以為不欲指斥其人，便失其旨。⑤悲涼之調，沉鬱頓挫。⑥高呼長吁，亡國之恨驚心動魄，所謂幽盪泣鬼神者是也。

(4)方玉潤曰：三章只換六字，而一往情深，低徊無限。此專以描摹虛神擅長，憑弔詩中絕唱也。

(5)竹添光鴻曰：此詩純以意勝，其沉痛處不當於文詞求之。

君子于役

丈夫遠出服徭役，妻子在家思念的詩。

君子于役❶，不知其期。曷至哉❷？雞棲于塒❸；日之夕矣，羊牛下來❹。君子于役，

如之何勿思？（一章）

【注釋】

❶于：往。于役：去服徭役。❷曷：何，下同。此句謂：「何時回來？」❸塒：音時ㄕˊ，鑿牆而成之雞窩。❹牛羊多放牧於山坡之處，入晚則歸宿，故曰下來。

【評析】

(1)蘇轍曰：君子行役而無至期，曾雞與牛之不若，奈何勿思哉！

(2)輔廣曰：知其歸期，則思有所止也。今也不知其期，則不知其幾時可歸也。覩物興思，雖欲自已而有所不能也。

(3)朱熹曰：大夫久役於外，其家室思而賦之。畜產出入尚有旦暮之節，而行役之君子，乃無休息之時。使我如何而不思也哉！

(4)嚴粲曰：君子往而行役，不知期以何時而歸乎？言其時之久也。雞棲日夕，羊牛又下牧地而來歸，皆有休息之時，君子行役，乃無休息，如之何而使我不思乎？

(5)牛運震曰：①「曷至哉」三字一喚，骨冷神動。②徑接景物無痕，正有情景相生之妙。③寫晚景物狀，如在目前。④末句婉摯。

(6)姚際恆曰：日落懷人，真情實況。

(7)竹添光鴻曰：雞棲于塒，羊牛下來，皆日夕事。卻以「日之夕矣」插在中間，是間架錯敘句法。

君子于役，不日不月❶。曷其有佸❷？雞棲于桀❸；日之夕矣，羊牛下括❹。君子于役，

苟無飢渴❺。（二章）

【注釋】

❶不日不月：不能以日月計算。謂無限定之時，不知何時能止也。❷佸：音括ㄎㄨㄛˋ，相會。此句謂「何時能相會？」❸桀：繫雞之小木樁。❹括：至，來。❺苟：苟且，庶幾乎。

【評析】

(1)鄭玄曰：行役反無日月，何時而有來會期？且得無飢渴，憂其飢渴也。

(2)輔廣曰：可以日月計，則思猶有節也；知其會期，則思猶有止也。不日不月，則不可計以日月也；曷其有佸，則不知其何時可以來會也；苟無飢渴，則不敢必其歸而但幸其不至於飢渴而已。其憂思之情益甚矣。

(3)朱熹曰：君子行役之久，不可計以日月，而又不知其何時可以來會也。亦庶幾其免於飢渴而已矣。此憂之深而思之切也。

(4)王柏曰：〈君子于役〉，閨思之正也。感時念遠，固人之常情。至情所鍾聚，在「苟無飢渴」一語上。

(5)牛運震曰：①苟字婉約入情，祝讚得褻貼，然正無聊之至。②四「君子于役」疊複有情。

【總評】

(1)許謙曰：上三句謂君子之役無期可歸，次三句則家中目前之所覩者，雞則必棲於塒與桀，猶人必當止於家。今乃不得止息，日夕則牛羊必來，猶人出有期，必當歸。今乃無期可歸，則思君子之心，容可已乎？

(2)朱公遷曰：前章極思之之心，後章致願之之心。

(3)沈守正曰：〈草蟲〉、〈殷靁〉，平淡之思也；〈君子于役〉，哀傷之思也。世有盛衰，而婦人女子之口傳之，此之謂風也。

(4)牛運震曰：錯節樸致。〈序〉以為刺平王也。蓋述室家思怨之詞，則時事可知矣。

(5)方玉潤曰：此詩言情寫景，可謂真實樸至。夫婦遠離，懷思不已，用情而得其正，即詩之所為教。

君子陽陽

這是一首描寫跳舞情景的民歌。或者竟是可由舞曲伴奏著唱出來的樂歌呢！

君子陽陽❶，左執簧❷，右招我由房❸。其樂只且❹！（一章）

【注釋】

❶陽陽：得意貌。❷左：左手，下同。簧：笙之大者。❸右：右手，下同。由：從，下同。房：私室。❹且：音居ㄐㄩ。只且：語助詞，下同。

君子陶陶❶，左執翿❷，右招我由敖❸。其樂只且！（二章）

【注釋】

❶陶陶：和樂之貌。❷翿：音陶ㄊㄠˊ，舞者所持之羽。❸敖：舞位。招我由敖：謂「從舞位上招呼我」。

【總評】

(1)陳暘曰：古之為樂，播諸聲音，而有簧以鼓之；形諸動靜，而有翿以容之，樂莫大焉，故詩人取之以見意。

(2)牛運震曰：①兩其樂只且，擊節之中，似含太息之致。②〈序〉以為簡兮之旨，便得詩意，讀之有逸宕不群之概。

(3)普賢曰：因為這一篇緊接著排在〈君子于役〉的後面，朱熹說是前篇久役不歸的丈夫居然回來了，便和他的太太跳一支舞來樂一下。他的太太又做了這首詩，記下她久別重聚的歡樂心聲。屈萬里先生簡省為「此蓋夫婦和樂之詩」。我們不必深究作者為誰，且體會這是國風中一首又唱又跳的樂歌，再誦讀一遍，來欣賞它的音調和情趣吧！

揚之水

東周初年，楚國日見強大，漸有北侵中原，問鼎周室的野心。申、甫、許三國為東都洛陽南方的屏障，桓王、莊王時，發王畿內的人民，遠戍三國，戍人怨他國之當戍者不來代戍，致其久不得歸，而作出這篇思念家室的詩。

揚之水❶，不流束薪。彼其之子❷，不與我戍申❸。懷哉懷哉！曷月予還歸哉❹！（一章）

【注釋】

❶揚：水飛濺貌。❷其：音記ㄐㄧˋ，語詞。之子：指當戍而不來戍之他國軍隊言。❸戍：屯兵以守曰戍。中：姜姓之國，周平王之母家，在今河南南陽境。❹曷：何。還：音旋ㄒㄩㄢˊ。

【評析】

(1)孔穎達曰：役人所思，當思其家。但既怨王政不均，羨其在家處者。雖託辭於處者，願早歸而見之。其實所思之甚，在於父母妻子耳。

(2)歐陽脩曰：激揚之水，力弱不能流束薪。猶東周政衰，不能召發諸侯。彼其之子，周民謂他諸侯國之當戍者也。

(3)蘇轍曰：揚之水，非自流之水也。水不能自流，而或揚之，雖束薪之易流，有不流矣。水之能自流者，物斯從之，安在其揚之哉？周之盛也，諸侯聽役於王室，無敢違命。及其衰也，雖令而不至，其曰「不與我戍申」者，怨諸侯不戍之故也。「曷月予還歸哉」，久戍而不得代之辭也。

(4)普賢曰：日人白川靜以水占卜吉凶民俗釋不流束薪，為以薪投水被阻不流為祈願難達之兆。

揚之水，不流束楚❶。彼其之子，不與我戍甫❷。懷哉懷哉！曷月予還歸哉！（二章）

【注釋】

❶楚：木名，荊棘之類。❷甫：亦姜姓之國，即呂，在今河南南陽境。

揚之水，不流束蒲❶。彼其之子，不與我戍許❷。懷哉懷哉！曷月予還歸哉！（三章）

【注釋】

❶蒲：木名，即蒲柳。❷許：亦姜姓之國，在今河南許昌境。

【總評】

(1)黃佐曰：戍守專為申，戍甫與許，則以申之故。以事勢輕重，為先後之序也。

(2)牛運震曰：①水不能自流而或揚之，故曰揚之水，句意亦新妙。②彼其之子，謂他國之當戍者也。不敢怨王而怨更番當戍者，意自婉厚。

(3)普賢曰：此詩若依白川靜之解法，應為兄弟三人，分戍於申、甫、許三地，久役不歸，其婦思之，妯娌三人，同赴河邊水占：分投薪、楚、蒲入水，均被阻於石不能順流而下。於是她們三人癡立河岸，遠望天涯，似乎各有她們的丈夫出現，分別在向她們喃喃自語：「我的那個人兒呀，不能和我一起來戍地，想念呀想念！要到那一個月，我才能回家啊？」原來三兄弟也在思念他們的妻子呢！（詳見時報出版公司《中國歷代經典寶庫》青少年版拙著《詩經・王風揚之水篇》）

中谷有蓷

婦人被丈夫遺棄，詩人就為她作此詩以表哀傷。

中谷有蓷❶，暵其乾矣❷。有女仳離❸，嘅其嘆矣❹。嘅其嘆矣，遇人之艱難矣❺！

（一章）

【注釋】

❶中谷：谷中。蓷：音推ㄊㄨㄟ，益母草。❷暵：音漢ㄏㄢˋ，乾燥之貌。❸仳：音癖ㄆㄧˇ，別離。❹嘅：音慨ㄎㄞˋ，歎聲。❺艱難：窮困。

【評析】

(1)嚴粲曰：詩以歲旱草枯，興饑年之憔悴蕭索，無潤澤氣象，由此而致夫婦衰薄，遂以相棄，故曰遇人之艱難。蓋棄妻不怨其夫，而以為時之艱難使然。

(2)牛運震曰：疊句促節，得欷歔之神。

中谷有蓷，暵其脩矣❶。有女仳離，條其歗矣❷。條其歗矣，遇人之不淑矣❸！（二章）

【注釋】

❶脩：乾也。❷條其：條然，長貌。歗：同嘯，歎之深。此句謂深長的歎息。❸淑：善。

中谷有蓷，暵其濕矣❶。有女仳離，啜其泣矣❷。啜其泣矣，何嗟及矣❸！（三章）

【注釋】

❶濕：讀為㬤ㄑㄧˋ，欲乾也。❷啜：音輟ㄔㄨㄛˋ，哭泣時之抽噎。❸何嗟及矣：猶云嗟何及矣。即嗟歎後悔不及矣。

【評析】

(1)牛運震曰：倒嗟字在下，句意雋勁。

【總評】

(1)蘇轍曰：歎之者，知其不得已也。歗者，怨之深也。泣則窮之甚也。

(2)輔廣曰：方其歎且恨之時，而曰遇人之艱難，遇人之不淑，而無怨懟過甚之辭，固見其厚矣。及其至於傷而泣也，則亦曰何嗟及矣而已，殆有知其不可奈何而安於命之意，此尤見其厚也。

(3)王柏曰：〈中谷有蓷〉，雖婦人為夫所棄，想出於凶年不得已之情，而非有所怨惡也。是以有閔之之心，而無恨之之意。

(4)姚際恆曰：乾、脩、濕，由淺及深；嘆、歗、泣，亦然。

兔爰

這詩所表達的是亂世之人消極悲痛的呻吟。

（一章）

有兔爰爰❶，雉離于羅❷。我生之初尚無為❸，我生之後，逢此百罹❹。尚寐無吪❺！

【注釋】

❶爰爰：行動緩慢。❷雉：音至ㄓˋ，野雞。離：同罹，遭逢。羅：網。❸為：作為，指軍役之事。❹罹：音離ㄌㄧˊ，憂。❺尚：希冀之詞，意即「還是……吧！」吪：音鵝ㄜˊ，動。

【評析】

(1)歐陽脩曰：兔爰雉離，歎物有幸有不幸也。其曰我生之初尚無為者，謂昔時人尚幸世無事而閑緩，如兔之爰爰也。我生之後逢此百罹者，謂今時人不幸遭此亂世，如雉陷於網羅，蓋傷己適丁其時也。

(2)蘇轍曰：兔狡而難取，雉介而易執；世亂則輕狡之人肆，而耿介之士常被其禍。其曰尚寐無吪，寧死而不欲見之之辭也。

(3)牛運震曰：①我生之初猶言我生之前也。俯仰今昔，便有我生不辰之感。②寐而無吪，分明畫一死狀，卻不說死字，妙。③苦在一尚字，有求死不得之痛。④「知我如此，不如無生」，同此悲惋。

(4)方玉潤曰：詞意悽愴，聲情激越，阮步兵專學此種。

(5)竹添光鴻曰：狡兔脫於羅，而綽然自得。以比叛國橫逸於王罰外，雉介鳥而反苦於羅，以比王國士民羅於鋒鏑之禍也。

有兔爰爰，雉離于罦❶。我生之初尚無造❷，我生之後，逢此百憂。尚寐無覺！（二章）

【注釋】

❶罦：音孚ㄈㄨˊ，一種捕鳥之網。❷造：作為，指禍亂之事。

【評析】

⑴鄭玄曰：不樂其生者，寐不欲覺之謂也。

⑵牛運震曰：造字深，鍛鍊周內，機械陷阱皆從「造」字生出。

⑶竹添光鴻曰：唐人詩「安得中山千日酒，酩然直到太平時」正「尚寐無覺」之意。（普賢按：此當係宋人王中〈干戈〉詩中之詩句。原詩為：「干戈未定欲何之？一事無成兩鬢絲。蹤跡大綱王粲傳，情懷小樣杜陵詩。鶺鴒音斷人千里，烏鵲巢寒月一枝。安得中山千日酒，酩然直到太平時？」）

有兔爰爰，雉離于罿❶。我生之初尚無庸❷，我生之後，逢此百凶。尚寐無聰！（三章）

【注釋】

❶罿：音童ㄊㄨㄥˊ，又音沖ㄔㄨㄥ，捕鳥網。❷庸：勞，病。

【總評】

⑴鄒泉曰：此詩見世道之變，至於使人不樂其生，可為長歎息矣。用小人者，安能辭其責乎？

⑵顧起元曰：三章各首二句，比君子得禍，而小人獨免。下皆是歎其所遭而安於死也。

(3)牛運震曰：①慘然亡國之音。②讀此詩如聞老人說開元天寶年間事。

(4)姚際恆曰：「吪」字從「口」，從「言」之「訛」亦同。〈小雅〉「或寢或訛」即此吪，方寤動而有聲也。「無吪」，不言之意；「無覺」，不見之意；「無聰」，不聞之意。凡人寤則憂，寐則不知，故願熟寐以無聞見。奇想奇語，較〈苕之華〉「不如無生」自勝多矣。

(5)方玉潤曰：天下洶洶，時事日非，以致賢者退處下位，不欲居高以聽政；小人幸逃法網，反得肆志而橫行，於是狡者脫而介者烹；奸者生而良者死。所謂百凶並見，百憂俱集時也。詩人不幸遭此亂離，不能不回憶生初猶及見西京盛世，法制雖衰，紀綱未壞。其時尚幸無事也。迨東都既遷而後桓文繼起，霸業頻興，而王綱愈墜，天下乃從此多故。彼蒼夢夢，有如聾聵，人又何言？不惟無言，且並不欲耳聞而目見之，故不如長睡不醒之為愈耳。迨至長睡不醒，一無聞見，而思愈苦，古之傷心人能無為我同聲一痛哭哉！此詩意也。

葛藟

這是大動亂時代流落異鄉者的悲歌。

緜緜葛藟❶，在河之滸❷。終遠兄弟❸，謂他人父。謂他人父，亦莫我顧。（一章）

【注釋】

❶緜緜：長而不絕之貌。葛藟：葛屬，蔓生。❷滸：音虎ㄏㄨˇ，水涯。❸終：永。遠：音願ㄩㄢˋ，遠離。

【評析】

(1)朱熹曰：①世衰民散，有去其鄉里家族而流離失所者，作此詩以自嘆。②葛藟枝蔓聯屬，有宗族之義。

(2)輔廣曰：世治則人皆安土重遷，各親其親者，其本性然也；世亂則人多流離失所，疏其所親，親其所疏者，夫豈性之所欲哉？不得已也。使民不得已，而倒行逆施如此，卒至於窮困而無所告焉，則其責必有任之者矣。

(3)朱公遷曰：物得其所，人失所依，人不如物。

(4)錢天錫曰：此詩以歎己之窮為主，責人之意輕。緜緜與終遠字相應，蓋緜緜是長蔓而不絕，如終遠則不長相聚矣。

(5)牛運震曰：①緜緜字有情。②謂他人父，直言不諱，哀甚。③複一筆作轉語，調極清緊。

緜緜葛藟，在河之涘❶。終遠兄弟，謂他人母。謂他人母，亦莫我有❷。（二章）

【注釋】

❶涘：音俟ㄙˋ，水涯。❷有：視若無睹，如同未有此人也。

【評析】

(1)嚴粲曰：莫我有，視之若無也。

緜緜葛藟，在河之漘❶。終遠兄弟，謂他人昆❷。謂他人昆，亦莫我聞❸。（三章）

【注釋】

❶漘：音唇ㄔㄨㄣˊ，河岸。❷昆：兄。❸聞：聽聞，或音義同問，相恤問也。

【評析】

(1)李公凱曰：如不聞有我，而不見親也。

(2)顧起元曰：言視己之窮困，漠不相聞也。

【總評】

(1)輔廣曰：顧親於有，有重於聞。詩曰「顧我復我」，至於「亦莫我聞」，則漠然而不相領略矣。夫親乃天屬也，其可強為之哉！

(2)王志長曰：母之所以為母，昆之所以為昆，皆由於父。苟謂他人父，則謂他人母，謂他人昆，不待言而可知矣。故曰天之生物也，使之一本。

(3)鄒泉曰：此詩三章一意，但始言父，次言母，次言兄，有次序耳。

(4)郝敬曰：兄弟相親，以父母同也。不顧兄弟，即是不顧父母，謂他人為父母也。不直斥其薄，而諷之以二本，所謂怨而不怒也。

(5)牛運震曰：①乞兒聲，孤兒淚，不可多讀。②中間疊複一筆，王詩多用此調。

(6)方玉潤曰：此詩不必深解，但依《集傳》謂世衰民散，有去其鄉里家族而流離失所之作，斯得之矣。人一去鄉里，遠其兄弟，則舉目無親，誰可因依？雖欲謂他人之父以為父，而其父反愕然而不之顧；即欲謂他人之母以為母，而其母亦恝然而不我親。父母且不可以偽託，況昆弟乎？則更澹焉如無聞也。民情如此，世道可知。誰則使之然哉？當必有任其咎者。

(7)普賢曰：這是大動亂時代人民流離失所的實錄。不必深解，而鮮明的印象，深深地留在讀者的腦際。雖非史詩，自屬詩史。直可抵杜工部〈三吏〉、〈三別〉諸篇。南洋華僑讀之，無不淚下。(所以南洋華僑的宗親會同鄉會特別發達)

國風以一篇三章，每章四句，每句四字的四十八字詩為基本形式。此詩每章加兩句，第五句重疊一下第四句的「謂他人父」，格調遂變。這一重疊，對於感情的表達，有很大的幫助。

采葛

這是男女相思的詩。

彼采葛兮❶，一日不見，如三月兮。(一章)

【注釋】

❶葛：採之可以為「絺」「綌」之稱的粗細葛布。

【評析】

(1)顧起元曰：上一句指所思之人，下二句言思念之情。

彼采蕭兮❶，一日不見，如三秋兮❷。(二章)

【注釋】

❶蕭：荻蒿，採之可供祭祀。❷三秋：指三季。

【評析】

(1)孔穎達曰：年有四時，時有三月，三秋謂九月也。設言三春，三夏，其義亦同，作者取其韻耳。

彼采艾兮❶，一日不見，如三歲兮。（三章）

【注釋】

❶艾：蒿屬，乾之可以灸疾。

【總評】

(1)朱公遷曰：思念之意，以漸而深。

(2)姚舜牧曰：葛生於初夏，采於盛夏，故下承三月；蕭采於秋後，故下承三秋；艾必三年之久為佳，故下承三歲。

(3)牛運震曰：①只說闊別之情便住，超絕。②高調遠神。

(4)姚際恆曰：「葛」、「月」、「蕭」、「秋」、「艾」、「歲」，本取協韻，而後人解之，謂葛生於初夏，採於盛夏，故言「三月」；蕭採於秋，故言「三秋」；艾必三年方可治病，故言「三歲」。雖詩人之意未必如此，然亦巧合，大有思致。「歲」、「月」，一定字樣，四時而獨言秋，秋風蕭瑟，最易懷人，亦見詩人之善言也。

(5)糜文開曰：亂世人民的生活不安定，感情也不易保持中正和平，往往趨於極端：不是十分冷酷，就是非常熱烈。「謂他人父」非但得不到同情可憐，還要遭人白眼冷嘲。但有時男女邂逅，便會一見鍾情，山誓海盟。別時容易見時難，許多人嘗盡相思滋味。一朝分襟，也許就從此會面無期，人的心理上便非緊握住現實不可。〈葛藟〉篇的「一日不見，如三月兮」的心理，可說是深於情者，讀來人人可得同感共鳴。我們但憑文學眼光來看，「一日不見，如三月兮」發展而為「如三秋兮」「如三歲兮」，只是一種誇張的手法。可是，我們從社會心理學來分析這詩的時代背景，這種極端情感的表現，應該可以說是產生於亂世心理的滋長。所以這詩還是大動亂時代的產品。

大車

這是一篇寫丈夫久征不歸，妻子疑其另結新歡，丈夫乃指日為誓，表明心跡並自訴其在外勞役之苦的詩。

大車檻檻❶，毳衣如菼❷。豈不爾思？畏子不敢❸。（一章）

【注釋】

❶大車：牛車。檻檻：車行聲。❷毳：音翠ㄘㄨㄟˋ，獸之細毛。毳衣：用獸毛製衣，可以防雨。菼：音毯ㄊㄢˊ，荻。衣如菼：謂衣如菼之色青。❸子：指大夫，長官。

大車哼哼❶，毳衣如璊❷。豈不爾思？畏子不奔❸。（二章）

【注釋】

❶哼：音吞ㄊㄨㄣ。哼哼：車行重遲之貌。❷璊：音門ㄇㄣˊ，玉之赤色。❸奔：奔逃。

【評析】

(1)孔穎達曰：上言行之聲，此言行之貌，互相見也。

穀則異室❶，死則同穴❷。謂予不信，有如皦日❸。（三章）

【注釋】

❶穀：生也。❷穴：墓穴。❸皦：音皎ㄐㄧㄠˇ，白，明。意謂有白日作證，為發誓之語。

【評析】

(1)吳師道曰：前二章言不敢、不奔，猶不失為善也。此章猶言生不得相從，死猶不變云爾。故申以約誓之辭，亦相思之不解者也。

(2)黃佐曰：此章因志願之相違，而堅所約於沒後，見其畏刑政於終身。

(3)牛運震曰：①沉著痛切。②無端撰一誓約之詞，奇甚。

【總評】

(1)普賢曰：此詩寫東周王畿人民長期被迫出征，從事於勞役之苦。但不從正面描寫，不作正式的申訴，卻從側面簡略地寫家中妻室疑其夫久征不歸，係在外別有所戀，丈夫受到妻子的責難，遂指日為誓，以明其愛情的專一。並帶信告訴妻子，我無時無刻不想你，想回家和你團聚，但軍令如此森嚴，押車人如此可怕，我不敢以生命來嘗試，企圖逃亡。可是長此下去，恐怕將死在這勞役的磨難中，生不能再同室共床，只好等死後收屍回鄉，將來和你同穴合葬了。語極悽慘，正反映出了久征的悲苦。這是表現了久征之苦的典型故事，詩人採之，用最經濟的手段寫成這短短的三章，卻給人以最深刻的印象。

詩中「大車」釋為牛車，「毳衣」釋為「氈毛雨衣」，可增加讀者對勞役之苦的具體形象。第一章「如菼」指毳衣青色尚新，但久經日晒雨淋，青色漸褪，故第二章青色已失，只露出赤紅的底色了。且第二章之「啍啍」有牛困人乏，日行日遲之意。

丘中有麻

這是一篇男女愛悅而相約會的詩。

丘中有麻，彼留子嗟❶。彼留子嗟，將其來施施❷。（一章）

【注釋】

❶留子嗟：留姓字子嗟。❷將：音鏘ㄑㄧㄤ，語詞。施施：徐行貌。

【評析】

(1)朱子曰：將其來施施，望之之詞。

(2)王靜芝曰：女子與男子相期約來見，女至則見丘中有麻之處，隱約若有人。料即所約之留氏子嗟也。已而果然，彼留子嗟乃徐行而至也。

丘中有麥，彼留子國❶。彼留子國，將其來食❷。（二章）

【注釋】

❶子國：亦留氏子之字。❷來食：來就食於我。

丘中有李，彼留之子❶。彼留之子，貽我佩玖❷。（三章）

【注釋】

❶彼留之子：彼留姓之人。❷貽：贈。玖：黑色玉。

【評析】

(1)王靜芝曰：此章但言彼留之子，未言子嗟子國者，即所謂子嗟子國皆設想之人，故詩人並不欲自拘於說明某人某事，但籠統言之，傳達其情足矣。

【總評】

(1)輔廣曰：三章所謂望之情益厚，冀其有以贈己。則厚於望其就我而食；望其就我而食，則厚於望其施施然而來也。

鄭風

鄭，國名。周宣王封其庶弟友於西周畿內咸林之地鄭邑，是為鄭桓公，在今陝西華縣境。桓公後為幽王大司徒，死於犬戎之難。其子武公掘突，與晉文侯迎太子宜臼於申而立之東都王城，是為平王。武公為平王司徒，取虢鄶等十邑之地，右洛左濟，前華後河，食溱洧焉。乃徙其封而施舊號於檜地新邑，是為新鄭，即今河南省新鄭是也。〈鄭風〉凡二十一篇，皆東周時詩。

鄭風二十一篇

緇衣

這是一篇鄭國廉潔公務員家庭生活的寫照。公務員的生活雖清苦，但有賢妻為他縫製制服穿了去辦公；下班回來，他的賢妻又為他做好飯菜等他，溫暖的家庭，獲得了無上的安慰。

緇衣之宜兮❶，敝❷，予又改為兮！適子之館兮❸，還，予授子之粲兮❹！（一章）

【注釋】

❶緇：音茲ㄗ，黑色。緇衣：卿士以皮弁為朝服，退適治事之館則服緇衣。朝服相當於今之大禮服，而緇衣為公務員辦公之制服。❷敝：破舊。❸館：館舍，治事之處，猶今之辦公廳。❹粲：餐之假借字。

【評析】

(1)牛運震曰：只是改衣適館授粲三事，寫得綢繆纏綿。

緇衣之好兮，敝，予又改造兮！適子之館兮，還，予授子之粲兮！（二章）

緇衣之蓆兮❶，敝，予又改作兮！適子之館兮，還，予授子之粲兮！（三章）

【注釋】

❶蔋：大。

【評析】

(1)牛運震曰：蔋字字法有舒卷自得之意。

【總評】

(1)牛運震曰：①妙於用轉，疊複不厭。②兩折兩韻，婉曲風流。③說繾綣之情，津津不置。④進用數「予」字，數「子」字，親熱委至。

(2)普賢曰：此詩因有一字句和兮字的運用，讀來音調輕柔逸宕，表現出一片溫柔敦厚的情意來，構成了此詩的獨特風格。

我們今天大多數公務員，也都生活在這樣清苦而溫暖的空氣中，向理想的目標邁步，這詩意境是不難體味的。鄭國以有子產等好公務員而出名，這詩正表現了鄭國公務員正常生活的一斑，不單單在表揚公務員妻子的賢淑能幹。讀者試把原詩低聲吟讀三遍，自可玩味有得。

將仲子

男悅女，熱烈地前往莽撞追求，女見他失態而懼，作詩加以阻止。

將仲子兮❶，無踰我里❷，無折我樹杞❸。豈敢愛之？畏我父母。仲可懷也，父母之言，亦可畏也！（一章）

【注釋】

❶將：音羌ㄑㄧㄤ，發語詞。或作請求解。仲子：猶今言老二。❷踰：越過。里：居處。五家為鄰，五鄰為里，是二十五家為一里。❸杞：音起ㄑㄧˇ，木名，柳屬。

【評析】

(1)劉瑾曰：此女猶知畏憚，故其託辭如此。〈鄭風〉之中，亦所罕見也。

(2)朱道行曰：仲子私來，父母知之，必謂以我之故，致仲之來。豈得不畏而惟情之懷乎？故戒之以無踰無折。

(3)牛運震曰：①愛有何不敢？柔婉之態可掬。②仲可懷也，亦可畏也，較量得細貼婉切，至情至性，惻然流溢。

將仲子兮，無踰我牆，無折我樹桑。豈敢愛之？畏我諸兄。仲可懷也，諸兄之言，亦可畏也！（二章）

【評析】

(1)朱熹曰：牆，垣也。古者樹牆下以桑。

將仲子兮，無踰我園，無折我樹檀❶。豈敢愛之？畏人之多言。仲可懷也，人之多言，亦可畏也！（三章）

【注釋】

❶檀：木名。

【總評】

(1)徐常吉曰：由踰里而牆而園，仲之來也，以漸而迫也；由父母而諸兄，而眾人，女之畏也，以漸而遠也。

(2)胡一桂曰：三章皆有所畏，而不輕身以從其所懷，亦庶幾止乎禮義者也。

(3)牛運震曰：妙於跌宕，委婉入神。

(4)姚際恆曰：季明德曰：「篇內言『折』，謂因踰牆而壓折，非采折之折。」此解尤明。

(5)方玉潤曰：此詩難保非采自民間閭巷鄙夫婦相愛慕之辭。然其義有合於聖賢守身大道，故太史錄之以為涉世法。夫使人心無所畏，則富貴功名孰非可懷而可愛？惟能以理制其心，斯能以禮慎其守，故或非義之當前，心雖不能無所動，而惕以人言可畏，即父母兄弟有所不敢欺，則慾念頓消而天理自在，是善於守身法也。

叔于田

這是敘寫鄭國人民對一位勇武美男子出獵時的讚歌。

叔于田❶，巷無居人；豈無居人？不如叔也，洵美且仁❷。（一章）

【注釋】

❶于：往。田：打獵。❷洵：誠然，真正。

【評析】

(1)牛運震曰：「豈無居人」奇語，注解得入妙。

(2)糜文開曰：叔：古人多以「伯仲叔季」排行者。詩中叔字即對排行第三的男子之稱，相當於今語的「三爺」。

叔于狩❶，巷無飲酒；豈無飲酒？不如叔也，洵美且好。（二章）

【注釋】

❶狩：冬獵。

叔適野，巷無服馬❶；豈無服馬？不如叔也，洵美且武。（三章）

【注釋】

❶服：駕馭。服馬：即趕馬。

【總評】

(1)牛運震曰：①「巷無飲酒」、「巷無服馬」，語尤奇橫。②「巷無居人」總冒一筆，飲酒、服馬，分注兩腳，以飲酒為好，以服馬為武。然則叔之高於里巷之人者，徒以飲酒服馬而已。似美實刺，意旨深婉。

(2)普賢曰：本篇詩〈序〉謂刺鄭莊公，叔指共叔段。並謂：「叔處于京，繕甲治兵，以出于田，國人說而歸之。」但觀全詩文詞，只有讚美，並無刺意。朱《傳》則謂：「段不義而得眾，國人愛之，故作是詩。」然則段既不義，又如何能得眾？又如何能得國人之愛戴？朱夫子亦覺不能自圓其說，故又曰：「或疑此亦民間男女相悅之辭也。」然亦未見得是「男女」相悅之辭。

我們不能因此篇在〈鄭風〉，遂認「叔」即共叔段。蓋古多以「伯仲叔季」等排行之字以為人之稱呼。如〈衛風．伯兮〉篇有「自伯之東」，〈邶風．旄丘〉、〈鄭風．擇兮〉，均有「叔兮伯兮」，〈鄭風．將仲子〉

有「仲可懷也」，〈魏風・陟岵〉有「予季行役」等。故此篇中之「叔」，也只是對一位排行第三的人之稱呼，不能認為他一定是指「共叔段」。更何況根據《左傳》隱公元年所載，共叔段之品德行為與此詩所寫不符：叔段乃一驕縱不馴之人，而此詩所寫則是一勇武而有仁德的美男子。段既不得人心，又何來如此讚美之詩？故此篇只是對一位內外兼美的武夫之頌讚，與叔段似無關也。

(3)糜文開曰：牛運震謂此詩語美實刺，則此為國風中反諷之篇章矣，反諷之作品，西人稱為Irony。

大叔于田

這是繼前篇生動地敘寫出獵的詳情的詩。

大叔于田❶，乘乘馬❷。執轡如組❸，兩驂如舞❹。叔在藪❺，火烈具舉❻，襢裼暴虎❼，獻公于所❽。將叔無狃❾，戒其傷女❿。（一章）

【注釋】

❶兩「叔于田」相次，此篇較長，故加「大」字以別之。于：往。田：打獵。❷第二「乘」字讀如剩ㄕㄥˋ，四馬曰乘。❸轡：馬繮繩。組：柔滑絲繩。此句謂駕御技術之精良能操縱自如。❹驂：古者一車四馬，中間夾輈之兩馬曰服，外面兩旁二馬曰驂。驂馬在外，易見其驅馳有節奏、行列整齊之姿態，故曰如舞。❺藪：音叟ㄙㄡˇ，多草木之低地，禽獸聚居之處。❻烈：猛火。或為列之假借，謂行列。具：俱。舉：起。❼襢：音旦ㄉㄢˋ。裼：音錫ㄒㄧˊ。襢裼：裸露上身。暴虎：徒手搏虎。❽公所：公堂，公爵之堂。鄭係伯爵，而官民亦尊其國君曰公。❾將：音羌ㄑㄧㄤ，發語詞。狃：音扭ㄋㄧㄡˇ，習，調習以為常。❿戒：防備。女：音義同汝。此二句應為國君對武士所說。蓋武士將獵

獲之猛虎獻與國君，國君特表嘉許及關愛，頗似〈邶風・簡兮〉「公言錫爵」之意。

【評析】

(1)牛運震曰：①「如舞」字形容活妙。②橫插「叔在藪」三字，極有聲勢。③「叔于田」「叔在藪」兩層寫，章法嚴整。

(2)姚際恆曰：此章言暴虎。「將叔無狃，戒其傷女」夾入親愛語意。

叔于田，乘乘黃❶。兩服上襄❷，兩驂鴈行❸。叔在藪，火烈具揚。叔善射忌❹，又良御忌❺；抑磬控忌❻，抑縱送忌❼。（二章）

【注釋】

❶黃：黃中雜赤之馬曰黃。乘黃：四匹皆黃馬。❷服：見第一章❹。上：前。襄：駕。上襄：猶言前駕，謂兩服馬較兩驂馬稍前。❸鴈行：驂馬在兩旁較服馬位置稍後，如鴈之行列，亦即下章之「兩驂如手」。❹忌：語詞，下同。❺此句謂善於御馬駕車。❻抑：發語詞，下同。磬控：雙聲聯緜字，謂控止馬不使前進。❼縱送：疊韻聯緜字，謂放馬奔馳。

【評析】

(1)孔穎達曰：叔欲疾則走，欲止則住。能縱矢以射禽矣，又能縱送以逐禽矣。言發則能中，逐則能及，是叔之善射御也。

(2)黃佐曰：稱其射御之善，乃喜其無傷之詞也。

(3)牛運震曰：射御作兩疊寫，穿換有致。

(4)姚際恆曰：「抑磬控忌，抑縱送忌」詞調工絕。

叔于田，乘乘鴇❶。兩服齊首❷，兩驂如手❸。叔在藪，火烈具阜❹。叔馬慢忌，叔發罕忌❺。抑釋掤忌❻，抑鬯弓忌❼。（三章）

【注釋】

❶鴇：音保ㄅㄠˇ，字本應作駂，黑白雜毛之馬。❷齊首：謂馬首相並。❸如手：左右兩驂夾兩服，如伸兩手之夾身。❹阜：旺盛。❺發：謂發箭。以上二句謂馬慢射稀，田獵將畢之意。❻釋：解。掤：音冰ㄅㄧㄥ，箭筩之蓋。解箭筩之蓋，示射已畢，將裝箭入筩。❼鬯：音暢ㄔㄤˋ，同韔，弓囊，此處作動詞用，謂將弓裝入弓囊。

【評析】

(1)朱公遷曰：馬慢發罕，則獸幾盡；釋掤鬯弓，則事亦已。昔懼其或傷，今喜其無傷，首末兩章相應也。

(2)牛運震曰：①「如手」二字寫出馬德。②寫得末路整暇，正見精神迴注躊躇滿志處，如〈東都賦〉「馬踠餘足」一段，凡田獵詩不難於雄厲，正難於整暇。

(3)姚際恆曰：此章言射獵，描摹尤妙。

【總評】

(1)姚際恆曰：描摹工豔，鋪張亦復淋漓盡致。便為〈長楊〉、〈羽獵〉之祖。

(2)高葆光曰：寫實的詩，最忌敘事繁蕪，尤忌平淡。此詩就叔在田獵時的動作，抽出最重要的一段，如搏虎、射箭、御車，全是打獵時的主要活動，酣暢地分條敘出。並用很短小的句子，配合詩的情調，將叔的獨特精騂武勇的神氣，維妙維肖地寫出，我們讀起來，覺得叔的英姿颯爽，不可一世的風度，真如生龍活虎一般照耀在你的面前。

清人

狄人攻破衛國，鄭文公憎惡他的大臣高克，遂藉防備狄寇為名，命高克領兵駐紮黃河邊上。經過很長時間，不輪調軍隊回來，高克與士兵們整年無事，只知玩樂遨遊，詩人乃唱出這支歌來諷刺鄭文公。後來這支閒蕩的軍隊終於潰散，高克逃到陳國去。事見《左傳》閔公二年。

清人在彭❶，駟介旁旁❷。二矛重英❸，河上乎翺翔❹。（一章）

【注釋】

❶清：鄭邑名。清人：清邑之人，即高克所帥之眾。彭：亦鄭邑名，臨黃河。❷駟：四馬。介：甲。駟介：四馬皆被甲。旁：音彭ㄆㄥˊ。旁旁：同彭彭，馬強壯有力貌。❸英：纓飾，車上插兩矛，矛上各有兩層纓飾。❹河：黃河。翺翔：遊玩。

【評析】

(1)鄭伯熊曰：夫擁大眾於外，而無所事，不為亂，則必潰散耳。

(2)嚴粲曰：狄去無事，乃使四馬被甲，驅馳不息；車上建矛，翺翔於河上之地，何為者耶？

清人在消❶，駟介麃麃❷。二矛重喬❸，河上乎逍遙❹。（二章）

【注釋】

❶消：亦臨黃河之地名。❷麃：音標ㄅㄧㄠ。麃麃：勇武貌。❸喬：鷮之省體。鷮：音喬ㄑㄧㄠˊ，野雞之一種。此言以鷮羽為矛纓。❹逍遙：閒遊之貌。

清人在軸❶，駟介陶陶❷。左旋右抽❸，中軍作好❹。（三章）

【注釋】

❶軸：亦臨黃河之地名。❷陶陶：和樂貌。❸左旋：左手執旗指麾以相周旋，以為其軍進退之節。抽：通掐ㄊㄠ，拔兵刃以習擊刺。❹中軍：軍中。好：讀去聲，音號ㄏㄠˋ。作好：作樂。

【總評】

(1)蘇轍曰：翱翔於河上，非所以禦狄也。以禦狄為名而逐高克也。以君而逐大夫，不能，而假興師焉，以為大無政刑矣，故曰棄師。

(2)范處義曰：師之出處，當嚴其期。今乃翱翔之久，不思班師；師之屯次，當謹其備，今乃逍遙自適，同於兒戲，佳兵不祥之器，今乃左旋右抽，以軍作好，不敗何待？

(3)陳推曰：在彭在消在軸，有遷徙無常，爰居爰處之意；旁旁、麃麃、陶陶，俱指乘駟介之人言，有無事不歸，自為馳驅之意。重英、重喬，有師久英弊而虛備故事之意。

(4)牛運震曰：①偏說得安閒自在。②安有以三軍之重而翱翔逍遙者，不必說到師潰，隱然已見。③作好字嘲笑入妙，無聊卻說得極興致。④一篇游戲調笑之詞。⑤春秋鄭棄其師，便是此詩題目，妙在就全部未潰時描寫，乃其立意高處。

(5)方玉潤曰：鄭文公惡高克而使之擁兵在外，此召亂之本也。幸而師散將逃，國得無恙。使其反戈相向，何以禦之？由斯以觀，高克亦無能輩耳，何以見惡於文公耶！詩曰翱翔，曰逍遙，曰左旋右抽，中軍作好。所謂霸上諸軍，直同兒戲。即使作亂，亦易制服。詩人固早有以知其不然也。若文公者，則不能無所譏焉，故刺之。

羔裘

此詩是讚美國家的俊賢，有其才，始能稱其位。

羔裘如濡❶，洵直且侯❷。彼其之子❸，舍命不渝❹。（一章）

【注釋】

❶羔裘：以羔羊之皮為裘。朱子以為大夫之服。如濡：狀其潤澤。❷洵：信，誠然。直：正直。侯：美。❸其：音記ㄐㄧˋ，語詞。之子：此人。❹舍命：布命，傳達命令。不渝：不變。

【評析】

(1)范處義曰：服是服者，稱其濡澤之美，人臣惟信而直，乃能處君命而不變。

(2)牛運震曰：①如濡字寫出色澤。②「舍命不渝」自是學問中刻深語。

羔裘豹飾❶，孔武有力❷。彼其之子，邦之司直❸。（二章）

【注釋】

❶豹飾：以豹皮緣袖，以象徵勇武。❷孔：甚。❸司：主，管。直：謂改正人之過失。

【評析】

(1)范處義曰：服是服者，稱其豹飾之有力。人臣惟強而有力，乃能主國是而不搖。

(2)牛運震曰：孔武有力，從豹字生情。

羔裘晏兮❶，三英粲兮❷。彼其之子，邦之彥兮❸。（三章）

【注釋】

❶晏：鮮盛貌。❷英：以素絲英飾裘。粲：鮮明貌。❸彥：士之美稱。

【評析】

(1)黃佐曰：此言晏粲之美，故稱其為彥也。彥即是美士。猶君子成德之名，三英相稱，亦是大夫正直之義。

【總評】

(1)輔廣曰：首言其舍命不渝，次言其為邦之司直，末乃以為邦之彥而結之。然則為臣之道，主於正直不阿而已。

(2)朱公遷曰：一章美其存心，二章美其從政，三章美其為人。

(3)朱善曰：舍命不渝，則必不徼幸而苟得，而於守身之道得矣。邦之司直，則必不諛悅以求容，而於事君之道盡矣。既能順命以持身，又能忠直以事上，此所以為邦之彥也歟！

(4)方玉潤曰：此詩非專美一人，必當時盈廷碩彥，濟美一時，或則順命以持躬，或則忠鯁而事上，或則儒雅以聲稱，皆能正己以正人，不媿朝服以章身。故詩人即其服飾之盛，以想其德誼經濟文章之美，而咏歎之如此。曰「舍命不渝」者，君子安命，雖臨利害而不變也；曰「邦之司直」者，大臣剛毅有力，獨能主持國是而不搖也；曰「邦之彥兮」者，學士文采高標，足以黼黻猷為而極一時之選也。有此數臣，國勢雖孱，人材實裕，故可以特立晉楚大國之間而不致敗，此鄭之所以為鄭也。不然詩人縱陳古以風今，亦何與於當時時務之要歟！

遵大路

男女兩相愛悅，而後失和，一方拂袖而去，另一則悔而留之之詩。

遵大路兮❶，掺執子之袪兮❷。無我惡兮，不寁故也❸？（一章）

【注釋】

❶遵：循。❷掺：音閃ㄕㄢˇ，持。袪：音去ㄑㄩˋ，或讀平聲，音區ㄑㄩ，衣袖。❸寁：音斬ㄓㄢˇ，又音接ㄐㄧㄝ，接續。故：故舊之情。言不肯接續我故舊之情也？

【評析】

(1)朱熹曰：子無惡我而不留，故舊不可以遽絕也。宋玉賦有「遵大路兮攬子袪」之句，亦男女相說之詞也。

(2)劉瑾曰：宋玉〈登徒子好色賦〉曰：「鄭衛溱洧之間，群女出桑，臣觀其麗者，因稱詩曰：『遵大路兮攬子袪，贈以芳華辭甚妙。』」《集傳》援此為證者，蓋宋玉去此詩之時未遠，其所引用，當得詩人之本旨，彼為男語女之詞，猶此詩為女語男之詞也。

(3)朱道行曰：言相與已故，毋以喜新一念，見惡而遽絕之，斯成子之厚耳。

遵大路兮，摻執子之手兮。無我魗兮❶，不寁好也❷？（二章）

【注釋】

❶魗：同醜，厭惡。❷好：歡好。

【評析】

(1)黃佐曰：故舊已不可遽棄，而況情好之人乎？留之之意，以漸而深也。

(2)朱道行曰：以手易袪，更親。言魗，以見惡之由；言好，以見時雖故而情猶在。據章面，不寁故與好，則惡之魗之者，自處澆薄，似亦宜有責焉，不得偏詆摻執者之非也。

【總評】

(1)輔廣曰：「無我惡兮，不寁故也」猶假義以責之。至「無我魗兮，不寁好也」則真情見而詞益哀矣。

(2)范王孫曰：大凡衣故不棄，物故不毀，故以「故」字動之。美必伐醜，貌不勝心，故以「好」字動之。

(3)牛運震曰：①恩怨纏綿，意態中千迴百折；故人情重，世道中不可少此一念。②相送還成泣，只三四語抵過江淹一篇〈別賦〉。

女曰雞鳴

在蜜月中的一對新婚夫婦，趕早起出門射雁，射得雁拿來做成美肴，一同飲酒，又彈琴鼓瑟一番，又唱贈佩定情之歌，花樣百出，看來也樂趣無窮。原來他倆沒有經過正式婚禮，正在用輕鬆愉快的方式，扮演那些委禽合巹等手續，作為他倆婚禮的補償哩！

女曰：「雞鳴」，士曰：「昧旦」❶。「子興視夜」❷，「明星有爛❸。將翱將翔❹，弋鳧與雁❺。」（一章）

【注釋】

❶此「士」字猶今言情人。昧：晦。旦：日出。昧旦：日出前東方既白將明未明之時。❷興：起。❸明星：啟明之星，先日而出，俗稱曉星。有爛：爛然。曉星爛然光亮，則其他小星已不見。❹此句或謂：天將亮，為群鳥翱翔之時；或謂：狀出獵者之飛馳而去。❺弋：音異ㄧˋ，繳射，即以生絲繫矢而射。繳：音灼ㄓㄨㄛˊ。

【評析】

(1)牛運震曰：①士女問答對起，老手古格。②雞鳴二字領起通篇精神。③將翱將翔，寫出射者步趨神色。

(2)糜文開曰：此章描寫青年情侶晨跑鏡頭。他們黎明即起，雙雙奔跑於晨光曦微的星空之下。「將翱將翔」就是形容他們比肩飛馳的情景。但我們今日提倡的單純是健身的晨跑。他們的晨跑，卻又是晨獵的前奏。

(3)普賢曰：雞鳴昧旦，晨跑出獵，此我先民朝氣的培養，勤勞的表現，生命活力的發揚，朱柏廬「黎明即起灑掃庭除」的家訓，亦即此優良傳統的保持也。

弋言加之❶，與子宜之❷。宜言飲酒❸，與子偕老。琴瑟在御❹，莫不靜好。（二章）

【注釋】

❶言：語詞，下同。加：射中。❷宜：肴。此處作動詞用，即做成菜餚。❸做成菜餚以下酒。❹在御：在用。

【評析】

(1)朱熹曰：射者男子之事，而中饋婦人之職。故婦謂其夫既得鳧鴈以歸，則我當為子和其滋味之所宜以之飲酒相樂，期於偕老。而琴瑟在御者，亦莫不安靜而和好。其和樂而不淫可見矣。

(2)輔廣曰：家道和夫婦睦，則凡其器用自然覺得安靜而和好，況乎琴瑟本以為和樂之具哉！

(3)徐常吉曰：君子無故，琴瑟不離於側，凡物在手曰御。莫不靜好，見以心之和形而為聲之和也。

(4)牛運震曰：①借弋射說勤生，有情有韻。②委巷俗情，閨房瑣事，寫來正自雅妙。

(5)糜文開曰：此述上章所以晨獵弋鴈之故，為仲春會男女，既相奔而仍補行婚禮者。兩句補委禽，兩句補飲合巹酒，然後兩句寫琴瑟和鳴。

知子之來之❶，雜佩以贈之❷。知子之順之，雜佩以問之❸。知子之好之❹，雜佩以報之❺。（三章）

【注釋】

❶來：勑之假借，關愛體貼意。與下文「順」「好」義相近。❷雜佩：古時腰間佩玉，用珩、璜、琚、瑀、衝牙等珠玉組成之，行動則衝牙觸璜有聲，贈佩所以定情。❸問：贈。❹好：讀去聲，音號ㄏㄠˋ，愛好之。❺報之：即交換飾物也。

【評析】

(1)輔廣曰：一意而三疊之，以見其情之不能自已也。

(2)牛運震曰：三「知」字只作微聞其事者，婉約入妙。

(3)糜文開曰：此章三疊，想係當時流行之贈佩定情歌，補行婚禮既畢，又合唱定情歌熱鬧一番，錯綜得妙。

【總評】

(1)朱熹曰：①此詩人述賢夫婦相與警戒之詞。②此詩意思甚好，讀之使人有不知手舞足蹈者。

(2)朱公遷曰：此詩與齊〈雞鳴〉同意，然彼言會朝之事，可知其為國君之妃；此其男子躬親射弋，則士庶人之妻也。

(3)朱善曰：雞鳴而興，昧旦而往，言其時之有常也。翱翔而往，鳧鴈而歸，言其事之有常也。弋而取之於外，宜而和之於內，蓋欲各供其職也。酒食以養其身，琴瑟以和其志，蓋欲同享其樂也。

(4)牛運震曰：莊正和雅，〈周南〉風調復見於此。

(5)糜文開曰：此詩若依《齊詩遺說》來解釋，較為合適。《易林・手之艮》曰：「雞鳴同興，思配无家，執佩持鳧，莫使致之。」漸之鼎同為「思配无家」。其實男女兩人既然「雞鳴同興」，已經是同居為情侶，所以屈萬里《詩經釋義》就說：「此男女相悅之詩。」蓋古禮「以時會男女，相奔不禁」。這詩中的男女已是逾齡未婚，是經相會互悅而同居者。雖已同居，但總得補辦結婚手續。所以接下去有「執佩持鳧」兩章的表現。古時禮俗，贈佩以定情，委禽而成婚，婚成而合巹飲酒，琴瑟偕老。此詩中的兩人沒有舉行婚禮先已同居，為使心理上得到補償，於是兩人相約黎明即起，晨跑出獵，獵獲鳧鴈，來完成委禽手續。並扮演那合巹飲酒，琴瑟和鳴，相誓偕老的喜劇。而且再度合唱一首贈佩的定情詩來熱鬧一下，表示一切成婚的禮俗都已完備了。於是這輕鬆有趣的社會新聞就讓詩人編出了這錯綜三章充滿愛情生活情調，別具風格的一篇風詩給大家來歌唱。所以細加體味，《齊詩遺說》，也只說對了一半。若改為：「雞鳴同興，以配无家；贈佩委禽，莫使失禮。」則全篇就解釋得更為通順了。詩中第一章是男女的對話，新婚夫婦各發言兩次，二三兩章各六句可視為合唱。其唱法可以是男女輪流各唱兩句而最後兩句同唱的。這是民謠的風格，也是《三百篇》中風詩的本色。最後我們可以說：〈女曰雞鳴〉是一篇充滿著生命活力，交織著清新朝氣與濃情蜜意，而讀來輕鬆愉快的好詩。既無齊說「莫使致之」的那種悲感，也沒有朱子所說的警戒之意，更無一點道學氣味。

有女同車

這是新郎娶親，在歸途中讚美他的新娘的詩。

有女同車，顏如舜華❶。將翺將翔❷，佩玉瓊琚❸。彼美孟姜❹，洵美且都❺。（一章）

【注釋】

❶舜：木槿，其花朝生暮落。華：同花。❷將翺將翔：形容其姿態之美，行進若舞，婀娜多姿而又步調優雅之狀。或形容座車馳騁如鳥翺翔之狀亦通。❸瓊：赤玉。又凡言玉色之美曰瓊。琚：音居ㄐㄩ，佩玉之一種。❹孟姜：姜姓長女。❺洵：信，誠然。都：美之閑雅者。

【評析】

(1)輔廣曰：舜華言其容色之美，瓊琚言其儀飾之盛。洵美且都，又極稱道其好樂之情也。

有女同車，顏如舜英❶。將翺將翔，佩玉將將❷。彼美孟姜，德音不忘❸。（二章）

【注釋】

❶英：花。❷將將：音義均同鏘鏘，擬聲詞。❸德音：《詩經》中之德音，可歸納為二義：一謂他人之言語；一謂聲譽。此德音當指聲譽言。不忘：猶不已。

【總評】

(1)孔穎達曰：上章言玉名，此章言玉聲，互相足。

(2)王安石曰：古之人於玉比德焉。於瓊琚言德之容；於將將言德之音，各以其類也。

(3)顧起元曰：一章悅其色，二章悅其德也。

(4)范處義曰：同車同行，親迎之禮也。舜華舜英，德之見於容也。瓊琚將將，德之稱其服也。洵美且都，信美而且閒雅也。德音不忘，美名之不可忘也。詩人之言如此，非賢女不足以當之。

(5)姚際恆評「將翺將翔，佩玉將將」二句曰：始聞其佩玉之聲，故以「將翺將翔」先之，善于摹神者。翺翔字從羽，故上詩（〈女曰雞鳴〉）言鳧雁，此則借以言美人，亦如羽族之翺翔也。〈神女賦〉：「婉若游龍乘雲翔」，〈洛神賦〉：「若將飛而未翔」，又「翩若驚鴻」，又「體迅飛鳧」，又「或翔神渚」，皆從此脫出。

山有扶蘇

一個女子沒見到所愛之人，反而遇到討厭的惡少。

山有扶蘇❶，隰有荷華❷。不見子都❸，乃見狂且❹。（一章）

【注釋】

❶扶蘇：木名，即扶胥，一種小樹。❷隰：低濕之地。荷華：即荷花。❸子都：美男子之稱。指女子所愛之人。❹且：音居ㄐㄩ，伹之省借。伹：拙。狂且：狂而拙之人。

【評析】

(1)朱道行曰：扶蘇荷華，俱有體色可愛，以物之宜有者有之，與人之不宜見者及見之也。女謔男醜，一時調笑之詞。

(2)牛運震曰：比物點襯鮮澤，此以扶蘇興狂且，以荷華興子都也。

山有橋松❶，隰有游龍❷。不見子充❸，乃見狡童。(二章)

【注釋】

❶橋：一作喬，高。❷游：枝葉放縱。龍：即今之水紅。❸充：美。子充：猶子都。

【評析】

(1)牛運震曰：此以橋松興子充，以游龍興狡童也。

【總評】

(1)朱道行曰：借子都子充，相形狂狡。狂以情之蕩言，狡以情之詐言。

(2)牛運震曰：似情豔詩，卻別有深旨，故妙。

蘀兮

這是古人愛好詩歌，記述倡和之樂的一首純樸小詩。

蘀兮蘀兮❶，風其吹女❷。叔兮伯兮，倡予和女❸。（一章）

【注釋】

❶蘀：音拓ㄊㄨㄛˋ，草木皮葉脫落墜地曰蘀。❷女：同汝，下同。❸倡：領頭唱。和：音賀ㄏㄜˋ，應和。

蘀兮蘀兮，風其漂女❶。叔兮伯兮，倡予要女❷。（二章）

【注釋】

❶漂：同飄。❷要：音腰ㄧㄠ，成也。曲終為成。要女：意即接唱以終曲。

【總評】

(1)普賢曰：《論語・先進》篇：「子與人歌而善，必使反之，而後和之。」孔子酷嗜音樂，對詩歌特別愛好。他每天要唱歌，只有遇到喪事哭過了，那一天才不唱歌。他遇到善歌者，一定請他再唱一遍，然後自己來和他，同他合唱。《詩經》這一篇就是記述古人唱和之樂的純樸小詩。寫得情景宛然，讀起來口中自然生津，有如橄欖般耐人回味。

狡童

一對戀人，偶而因意見不合而嘔氣。女方為之寢食不安，以至破口大罵，活畫出女子的個性。

彼狡童兮❶，不與我言兮！維子之故❷，使我不能餐兮！（一章）

【注釋】

❶狡童：狡猾小子。❷維：語詞。子：指狡童。

彼狡童兮，不與我食兮❶！維子之故，使我不能息兮❷！（二章）

【注釋】

❶不與我食：不和我共食。❷息：喘。此句謂「使我喘不出氣來」。寫怒極的生理反應，不能像平常般喘息也。

【總評】

(1)牛運震曰：①兩「維子之故」說得恩深義重，纏綿難割。②忠厚惻怛，正在後二句。

(2)普賢曰：首章寫兩人共餐，因男友不說話，她就連飯也吃不下，並破口大罵；次章寫女子在餐桌上把男友罵走了，她更氣得喘不上氣來，而不肯檢點自己行為的過火。對鄭女任性鏡頭的特寫，頗為成功。

褰裳

鄭女因追求她的男友不來看她，而說些氣話，並罵她男友是狂童，十足表現出一副打情罵俏的姿態來。

子惠思我❶，褰裳涉溱❷。子不我思，豈無他人？狂童之狂也且❸！（一章）

【注釋】

❶惠：愛。❷褰：音牽ㄑㄧㄢ。褰裳：攝提下衣。涉：徒步渡水。溱：音珍ㄓㄣ，鄭國水名。❸且：語詞。

【評析】

(1)魏浣初曰：褰裳涉溱，子思專而我思亦專；豈無他人，子意泛而我意亦泛。

子惠思我，褰裳涉洧❶。子不我思，豈無他士？狂童之狂也且！（二章）

【注釋】

❶洧：音尾ㄨㄟˇ，鄭國水名。

【總評】

(1)唐汝諤曰：溱洧未必褰裳可涉，特明其至之易耳。「狂童」直是謔辭，有相眷戀之意。

(2)普賢曰：此詩反映鄭國女子很是撒野。活潑是可愛的，但向任性的路上發展，便差不多要變成太妹了。

丰

這是一篇刻劃鄭國女子待嫁春心的傑作。

子之丰兮❶，俟我乎巷兮❷；悔予不送兮！（一章）

【注釋】

❶子：「之子」之簡稱，即此人。丰：音風ㄈㄥ，豐滿，指面貌言。❷俟：音寺ㄙˋ，等待。巷：門外之道。

【評析】

(1)鄭玄曰：子謂親迎者。有親迎我者，面貌丰丰然豐滿。出門而俟我於巷中，悔我不送是子而去也。

(2)朱道行曰：此詩意在與行與歸，而發端在悔予二字。子之丰兮，嘉其貌之揚也；俟巷不送，見屬意自子，負情自予，以是悔謝之。

子之昌兮❶，俟我乎堂兮❷；悔予不將兮❸！（二章）

【注釋】

❶昌：盛壯貌。❷堂：廳堂。❸將：送。

【評析】

(1)朱道行曰：俟堂則較巷而更密邇矣。將，不止送，便有暱就之意。

衣錦褧衣，裳錦褧裳❹。叔兮伯兮❺，駕予與行。（三章）

【注釋】

❶衣：上衣。錦：文衣。褧：音窘ㄐㄩㄥˇ，以綃紗所做之罩袍。裳：下裳。錦褧衣、錦褧裳：皆嫁者之服。意謂準備出嫁。❷叔、伯：謂來迎己者，不定其人之辭。

【評析】

⑴朱熹曰：婦人既悔其始之不送而失此人也。則曰我之服飾既盛備矣，豈無駕車以迎我而偕行者乎？

⑵沈守正曰：始之不往，有別志也。叔伯，非呼其初迎之人也。

⑶牛運震曰：首二句自豔自憐。疊作呼籲之詞，極熱中正極無聊。

裳錦褧裳，衣錦褧衣。叔兮伯兮，駕予與歸❶。（四章）

【注釋】

❶歸：嫁也。

【評析】

⑴朱公遷曰：既悔不從其人，繼又變志於它人，縱欲之意，以漸而深。

⑵牛運震曰：顛倒叶韻，不必有意義，自然情深。

【總評】

⑴牛運震曰：此詩一意貫串，結構甚緊。

⑵普賢曰：此詩一、二兩章都寫女子的矜持，對來向她求婚的男子不予理會；三、四兩章寫女子終至後悔，以至無所選擇而急於出嫁的心理。心想：「既然夠條件的男子不再來，只好不加選擇，先把嫁衣做好，管他張三李四，只要有人來娶我，我是隨時準備好的。」往日的矜持，如今都已被無情的歲月沖洗淨盡了。對於這位女子的待嫁春心，真是刻劃入微。

東門之墠

這是一篇寫女子單戀一男子，真情流露的詩歌。

東門之墠❶，茹藘在阪❷。其室則邇，其人甚遠。（一章）

【注釋】

❶墠：音善ㄕㄢˋ，土墩。❷藘：音閭ㄌㄩˊ。茹藘：茜草，其根可作絳紅色染料。阪：音反ㄈㄢˇ，今音板ㄅㄢˇ，斜坡。

【評析】

(1)牛運震曰：首二句幻想畫態。後二句較「豈不爾思，室是遠而」更翻進一層。

東門之栗❶，有踐家室❷。豈不爾思，子不我即❸！（二章）

【注釋】

❶栗：栗樹。❷有踐：踐然，行列之狀。❸即：就。此句謂「你不肯來就我」。

【評析】

(1)輔廣曰：思之切，而冀其亟來就己之辭。

(2)朱道行曰：栗在門旁，栗下家室成行，抒寫上文景物之未盡者。「不我即」，有冀其終即之意。曰人，曰子，指男子言。

(3)牛運震曰：「子不我即」似怨似謔，妙。

【總評】

⑴牛運震曰：意象高遠，蕭然出塵之槩。鍾惺曰：春風秋水伊人六句，便是室邇人遠妙注。

⑵普賢曰：此篇朱熹贊成〈序〉說認是淫詩。但姚際恆持異議，並讚美此詩曰：「若以貞詩亦奚不可。男子欲求此女，此女貞潔自守，不肯苟從，故男子有『室邇人遠』之歎。下章『不我即』者，所以寫其人遠也。女子貞矣，然則男子雖萌其心而遂止，亦不得為淫矣。『其室則邇，其人甚遠』，較《論語》所引『豈不爾思，室是遠而』所勝為多。彼言『室遠』，此偏言『室邇』，而以『遠』字屬人，靈心妙手。又八字中不露一『思』字，乃覺無非思，尤妙。『思』字於下章始露之。『子不我即』，正釋『人遠』，又以見人遠之非果遠也。」然玩味詩本文，乃女戀男之詞，而方玉潤改正姚氏曰：「就首章而觀曰『室邇人遠』者，男求女之詞也；就次章而論，曰『子不我即』者，女望男之心也。」仍不如判此為女戀男之詩為直截，蓋〈鄭風〉多女戀男是其特點之一。此詩首章詩人寫女子因戀其男友，不自覺地走到男友居處去探望，但限於禮儀，徘徊不前，所以有「其室則邇，其人甚遠」的名句產生；次章女子又赴男友居處遙望，終於直陳其相思之苦，而責備男友的不來探望她，微露怨意。全詩一片真情流露，不需斧鑿，而技巧上乘，並合於「哀而不傷，怨而不怒」的條件，實在是一篇不可多得的好詩。

風雨

在一個風雨如晦、雞鳴不已的凌晨，久別的丈夫，平安歸來，妻子感到無限的喜悅。

風雨淒淒❶，雞鳴喈喈❷。既見君子❸，云胡不夷❹！（一章）

【注釋】

❶淒淒：寒涼之氣。❷喈：古音基ㄐㄧ。喈喈：雞鳴聲。❸君子：指其丈夫。❹云胡：如何。夷：平。謂本忐忑不安之心，因丈夫之歸來而平息。

【評析】

(1)朱道行曰：淒淒風雨，既寒且濡。喈喈雞鳴，尚未達旦。乘此際得見君子，向之種種反側者，至此克慰，故曰夷。

(2)牛運震曰：只二語黯然消魂。較〈北風〉「雨雪」之句，深遠多少！此思君子也，卻直說既見，妙。

風雨瀟瀟❶，雞鳴膠膠❷。既見君子，云胡不瘳❸！（二章）

【注釋】

❶瀟瀟：風雨急驟之聲。❷膠膠：雞鳴聲。❸瘳：病癒。此句謂抑鬱苦悶之心病，一時霍然而愈也。

【評析】

(1)朱道行曰：膠膠之鳴，群起相屬也。積思之病，一見而忘。故曰瘳。

(2)牛運震曰：膠膠說雞聲，奇。

風雨如晦❶，雞鳴不已❷。既見君子，云胡不喜！（三章）

【注釋】

❶晦：昏暗。❷不已：不止。

【評析】

(1)鄭玄曰：雞不為如晦而止不鳴。

(2)輔廣曰：喜甚於瘳，瘳甚於夷。云胡不喜，云如之何而不喜也。蓋喜劇之辭。

(3)牛運震曰：風雨如晦，幽忽入神。雞鳴不已，白描愈妙。杜詩「鄰雞野哭如昨日」似從此出。

(4)糜文開曰：詩有別解，「風雨如晦，雞鳴不已」，在詩中只是寫景。但有心人讀之，啟發其黑暗時代即將終止，則成為鼓舞人心的詩句了。

【總評】

(1)牛運震曰：①景到即情到。首二句令人慘然失歡，接下既見君子，便自渾化無痕，即此可悟作家手法。②風雨雞鳴，一片陰慘之氣，亂世景況如見。③韋調鼎曰：風雨雞鳴，正懷思君子之際。如後世樂府：「雷聲雨淚，觸景傷懷；雁過鳥飛，牽人遠思。」豈盡淫邪邪！

(2)姚際恆曰：「喈」為眾聲和；初鳴聲尚微，但覺其眾和耳。再鳴則聲漸高，「膠膠」，同聲高大也。三號以後，天將曉，相續不已矣。「如晦」，正寫其明也。惟其明，故曰「如晦」；惟其為「如晦」，則「淒淒」、「瀟瀟」時尚晦可知。詩意之妙如此，無人領會，可與語而心賞者，如何如何！

(3)普賢曰：這是一篇風雨懷人的名作，在氣氛的傳達方面，獲得特別的成功。在暴風雨侵襲，黑暗籠罩，人們徬徨無主的時代，「風雨如晦，雞鳴不已」兩句詩，常被引用著來鼓舞人心，衝破黑暗，迎接黎明！人們受到這兩句詩的感應，正會有重新振作，堅定意志，繼續奮鬥的一股力量產生出來。其作用簡直是一服醫治心病的靈藥！我們讀到這詩篇，也像詩中主人般獲得無比的欣喜了！

子衿

男女相悅，男子失約不來相晤，女子怨怒之餘，更發覺自己對男友愛情之深。

青青子衿❶，悠悠我心❷。縱我不往，子寧不嗣音❸？（一章）

【注釋】

❶衿：音今ㄐㄧㄣ，古代衣服之交領。青青子衿：謂衣領用青色緣飾之。此處謂穿青領衿之男子。❷悠悠：思念之長。❸寧：難道。嗣：續。《韓詩》作詒，給予。此句謂「難道你不會給我個音訊嗎？」

【評析】

(1)朱道行曰：悠悠之心，欲往之心也。我往難而子音易，以是尤其不嗣音，思之切而冀之至矣。

(2)牛運震曰：①婉諷入妙，勝於疾呼痛責。②子衿何關我心？悠悠二字有無限屬望。

青青子佩❶，悠悠我思。縱我不往，子寧不來？（二章）

【注釋】

❶青青：繫佩玉所用綬帶之色。佩：佩玉。此句亦指用青綬繫佩玉之男子。

【評析】

(1)朱道行曰：來則不止嗣音，我心慰矣。

(2)嚴粲曰：既不繼聲問，亦不來訪。

(3)牛運震曰：絕佳尺牘，直如面談。

挑兮達兮❶，在城闕兮❷。一日不見，如三月兮！（三章）

【注釋】

❶達：音踏ㄊㄚˋ。挑達：往來貌。❷闕：音確ㄑㄩㄝˋ，城門兩邊的高臺。

【評析】

(1)顧夢麟曰：一日不見，即如三月之久，而況不止一日也，則思何能已。

(2)牛運震曰：寫出少年輕躁之習。

(3)王靜芝曰：寫女在城闕，候男不至，思與男相晤之樂，及睽隔之苦也。言我挑達往來於城闕之上，此地乃你我相見之處也。憶你我在此相聚時，如何歡樂耶？而今竟數日不見。來此候你，你竟不來，一日不見，即如三月之隔也。言其心情，以一日之長，為三月之長，日長難耐也。

【總評】

(1)朱公遷曰：一章二章，致思而微責之。末章切責而深思之。

揚之水

兄弟二人為人所離間而不和，為兄者作詩以勸之。

揚之水❶，不流束楚❷。終鮮兄弟❸，維予與女❹。無信人之言，人實迋女❺。（一章）

【注釋】

❶揚：激揚。❷楚：木名。❸終：既。鮮：音險ㄒㄧㄢˇ，少也。❹女：同汝。❺迋：音狂ㄎㄨㄤˊ，欺騙。

【評析】

⑴牛運震曰：維予與女，骨冷情熱。

揚之水，不流束薪。終鮮兄弟，維予二人。無信人之言，人實不信。（二章）

【評析】

⑴姚舜牧曰：迋是一時之妄言，不信是其平素之不誠也。

⑵朱道行曰：兩章一意，總是堅「維予與女」之信。

⑶牛運震曰：維予二人，藏過「女」字，妙，更覺親暱。

【總評】

⑴牛運震曰：苦口危詞。瀝肝之言，淒痛難讀。

⑵方玉潤曰：此詩不過兄弟相疑，始因讒間，繼乃悔悟，不覺愈加親愛，遂相勸勉以為根本之間，不可自殘。又況骨肉無多，維予與女，何堪再離？女豈謂人言可信哉？他人雖親，難勝骨肉；人實迋女，以遂其私而已矣。慎無信他人之言而致疑於骨肉間也。語雖尋常，義實深遠。

⑶普賢曰：國風有三篇〈揚之水〉，兩篇〈柏舟〉，其首句均相同。蓋民間歌謠，多有互相套用歌辭者，而檢他人現成首句以為自己首句者尤多。此篇兩章首次兩句都套用〈王風・揚之水〉者也。至解此詩為兄弟為人所間而作，始自王質，詩〈序〉、朱《傳》之說，今人均已不取。

出其東門

這是一篇描寫男子愛情專一的詩。

出其東門，有女如雲❶。雖則如雲，匪我思存❷。縞衣綦巾❸，聊樂我員❹。（一章）

【注釋】

❶如雲：形容美而眾多。❷匪：同非。思存：思之所存。謂思念的對象。❸縞：音槁ㄍㄠˇ。縞衣：白色之衣。綦：音其ㄑㄧˊ，蒼艾色。綦巾：蒼艾色之佩巾。或謂婦人裹頭之巾。縞衣綦巾：女服之貧陋者。此指男子所愛之人。❹聊：且。員：同云，語詞。

【評析】

⑴輔廣曰：目之所覩，若可美也。反之於心，而知其非所當慕。縞衣綦巾，聊樂我員，則安分自樂而不徇俗以忘己也。

⑵牛運震曰：①偏說得極情豔，妙。②「匪我思存」語妙，只說得漠不相關，正不必抹煞佳麗。

出其闉闍❶，有女如荼❷。雖則如荼，匪我思且❸。縞衣茹藘❹，聊可與娛❺。（二章）

【注釋】

❶闉：音因ㄧㄣ，曲城，城門之外，復為環牆以障城門者，即所謂甕城也。闍：音都ㄉㄨ，城臺，曲城之上有臺謂之闍，連言之則曰闉闍。❷荼：音途ㄊㄨˊ，茅草之白色花穗。此謂女服白色而人眾多之義。❸且：音居ㄐㄩ，語詞。❹

蘆：音閭ㄌㄩˊ。茹蘆：茜草，可染絳色。此謂絳色之巾。❺娛：樂。

【總評】

(1)輔廣曰：聊樂我員，自樂其樂也。聊可與娛，夫婦同樂其樂也。

(2)黃佐曰：兩言縞衣，而分綦巾與茹蘆者，巾以擁蔽其面，茹蘆則染其布裳者，猶今云荊釵布裙也。自足之意，反覆道之。

(3)陳組綬曰：詩意只重不慕非禮之色，其言自樂於己者，正見不動心於彼也。

(4)牛運震曰：如雲如荼，寫盡奇麗。

(5)方玉潤曰：此詩亦貧士風流自賞，不屑與人尋芳逐豔。一旦出遊，睹此繁華，不覺有慨於心，以為人生自有伉儷，雖荊釵布裙，自足為樂，何必妖嬈豔冶，徒亂人心乎？故東門遊女雖則如雲，而又如荼，終無人繫我心懷。豈矯情乎？色不可以非禮動耳！心為色動，且出非禮，則將無所止。詩固知足，亦善自防哉！

野有蔓草

男子驚豔，一見鍾情，而得遂其所願。就寫出這篇欣喜若狂的詩。

野有蔓草❶，零露漙兮❷。有美一人，清揚婉兮❸。邂逅相遇❹，適我願兮❺。（一章）

【注釋】

❶蔓草：蔓延之草。❷零：落。漙：音團ㄊㄨㄢˊ，團團然圓也。形容露多貌。❸清：目之美。揚：眉之美。婉：好貌。❹邂：音謝ㄒㄧㄝˋ。逅：音垢ㄍㄡˋ。邂逅：不期而遇。❺適：合。合於我之願望。

【評析】

(1)魏浣初曰：此賦其相遇之情，蔓草得露，其澤渥；美人得遇，其意濃。故以為興。

野有蔓草，零露瀼瀼❶。有美一人，婉如清揚❷。邂逅相遇，與子偕臧❸。（二章）

【注釋】

❶瀼：音攘ㄖㄤˊ。瀼瀼：露盛貌。❷如：而。❸臧：通藏，隱藏。

【評析】

(1)范處義曰：男女相悅，由其顏色之美，故反復言清揚之婉。

(2)輔廣曰：適我願矣，與子偕臧，則與前篇之聊樂我員，聊可與娛者異矣。大抵樂於理者，和易安徐；樂於欲者，沉溺蕩肆。

(3)朱公遷曰：喜幸之意，反覆道之。

(4)牛運震曰：一倒轉，更覺雋妙。

【總評】

(1)普賢曰：這詩寫男子的驚豔，邂逅相遇，便一見鍾情時一廂情願的痴戀狂態。著墨不多，而妙透毫端。兩章末句，是傳神之筆。

溱洧

這是描寫鄭國士女春日郊遊歡樂的詩。

溱與洧❶，方渙渙兮❷。士與女，方秉蕑兮❸。女曰：「觀乎？」士曰：「既且❹。」「且往觀乎？洧之外，洵訏且樂❺！」維士與女，伊其相謔❻，贈之以勺藥❼。（一章）

【注釋】

❶溱：音珍ㄓㄣ。洧：音偉ㄨㄟˇ。溱、洧：鄭國二水名。❷方：正。渙渙：水流盛貌。❸秉：拿。蕑：音間ㄐㄧㄢ，蘭。❹既：已經。且：音義同徂ㄘㄨˊ，往。❺洵：信然。訏：音吁ㄒㄩ，大也。❻伊：讀如喔咿之咿ㄧ，笑聲也。伊其：伊然。謔：說笑戲謔。❼勺藥：香草名，有草本木本兩種，草本芍藥又名江離，與「將離」同音，故將別時以此為贈。

【評析】

(1)牛運震曰：①兩「方」字，神色飛動。②敘問答，頓挫婉轉。③「女曰」「士曰」，昵昵兒女語。④「且往觀乎」一轉，輕雋之極，真有話態。⑤「伊其相謔」不盡其辭，然已情態爛熳，妙。⑥一結雋永可思，逸氣橫生。

溱與洧，瀏其清矣❶。士與女，殷其盈矣❷。女曰：「觀乎？」士曰：「既且。」「且往觀乎？洧之外，洵訏且樂！」維士與女，伊其將謔❸，贈之以勺藥。（二章）

【注釋】

❶瀏：音留ㄌㄧㄡˊ，流清貌。❷殷：眾。盈：滿。❸將：當作相。

【評析】

(1)牛運震曰：兩「矣」字，輕脫有態。

【總評】

(1)牛運震曰：①一篇敘事體，妙於用虛字轉折。②豔情媚致，寫來自然大雅。③寫春景物態，明媚可掬，開後人情豔詩多少神韻。

(2)普賢曰：此詩音調的流暢，對白的運用，白描的成功，種種優點，讓我們看到一片豔麗的花海般賞心悅目，只覺得無限春光展現眼前，真不啻是今日春遊碧潭、陽明山的竹枝詞，也是一幅絕妙的風情畫。是《三百篇》中別具一格的好詩。

齊風

齊，國名。周武王時太師呂尚始封之國。其域東至於海，西至於河，南至於穆陵，北至於無棣，即今山東省東北部之地。太公都營丘（今山東省昌樂縣東南）；至五世胡公，徙都薄姑（今山東博興縣境）。胡公子獻公又徙治於臨菑，即今山東省臨淄縣。太公本姓姜，其先祖於虞夏之際封於呂，從其封姓，故曰呂尚，呂尚釣於渭濱，文王遇之，與語大悅，曰：「吾太公望子久矣！」故號曰太公望。至戰國之初，田和篡齊，國號未改，然已非姜姓之齊矣。

〈齊風〉凡十一篇，鄭氏《詩譜》以〈雞鳴〉等五篇列西周懿王時，〈南山〉等六篇列東周莊王時。起於齊哀公，而下迄齊襄公時。近人或以為皆東周時詩。

齊風十一篇

雞鳴

這是賢婦催請其夫早起上朝的詩。

「雞既鳴矣，朝既盈矣❶。」「匪雞則鳴❷，蒼蠅之聲。」（一章）

【注釋】

❶盈：滿。此二句為妻促夫之語。❷匪：同非。則：之。三四兩句為夫答妻之辭。

【評析】

(1)李樗曰：雞鳴之聲，與蒼蠅大小不相類，而乃聞蠅聲以為雞鳴者，志之所在，惟恐其失時也。

(2)牛運震曰：倒翻筆底靈忽。若說聞蒼蠅以為雞鳴，便直致矣。

(3)方玉潤曰：（首句調）初寤虛景。（三句匪雞則鳴為）審聽實情。

「東方明矣，朝既昌矣❶。」「匪東方則明，月出之光。」（二章）

【注釋】

❶昌：盛。

【評析】

(1)方玉潤曰：上章聽，此章視。視聽莫不關心。

「蟲飛薨薨❶，甘與子同夢❷。會且歸矣❸，無庶予子憎❹。」（三章）

【注釋】

❶薨：音烘ㄏㄨㄥ。薨薨：蟲飛聲。❷甘：甘心情願。同夢：猶同睡。❸會：朝會。歸：謂散朝而歸。❹無庶：庶無之倒文。予：與。憎：厭惡。連上二句謂：我雖甘願與子同夢，然朝會將散，如急起而往，尚可趕及，則庶幾不至貽子以憎惡也。此章四句皆妻之辭。

【評析】

(1)王安石曰：「甘與子同夢」，情也；「會且歸矣，無庶予子憎」，義也。

(2)牛運震曰：①此章直訴自然，情急語摯。②一「甘」字寫盡夢中美境。③「無庶予子憎」妙在以柔婉結之，愈婉愈緊。

(3)方玉潤曰：此乃實景，進一層法。

【總評】

(1)方玉潤曰：此正士大夫之家雞鳴待旦，賢婦關心，常恐早朝遲誤，有累憤德，不惟人憎夫子，且及其婦，故尤為關心，時存警畏，不敢留於逸也。前二章摹寫其以早為遲，其實時尚早也。末章則真恐其遲，故進層言：非不欲與子同夢，特恐朝會人歸，致召人咎耳。全詩純用虛寫，極回環摩盪之致，古今絕作也。

還

這詩可說是一幅寫齊人田獵神態活現的風情畫。

子之還兮❶，遭我乎狧之間兮❷。竝驅從兩肩兮❸，揖我謂我儇兮❹！（一章）

【注釋】

❶還：音旋ㄒㄩㄢˊ，便捷貌。❷遭：遇到。狧：音撓ㄋㄠˊ，齊國山名。❸竝：併也。今寫作並。竝驅：相併而驅趕。從：同蹤，追蹤，下同。肩：豜之假借，音ㄐㄧㄢ，獸三歲曰豜。❹儇：音旋ㄒㄩㄢ，亦便捷之貌。

【評析】

(1)鄭玄曰：子也我也，俱出田獵而相遭，併驅而逐禽獸，子則揖耦我，謂我儇，譽之也。譽之者，以報前言還也。

(2)牛運震曰：①分道爭雄，妙在仍以禮讓出之。②「揖我」字神動，詩家寫生處。

(3)方玉潤曰：此獵者互相稱譽，詩人從旁微哂，因直述其詞，不加一語，自成篇章，而齊俗急功利喜夸詐之風，自在言外，亦不刺之刺也。至其用筆之妙，則章氏潢云：「子之還兮，己譽人也；謂我儇兮，人譽己也。並驅則人己皆與有能也。」寥寥數語，自具分合變化之妙，獵固便捷，詩亦輕利，神乎技矣。

子之茂兮❶，遭我乎狧之道兮。竝驅從兩牡兮❷，揖我謂我好兮！（二章）

【注釋】

❶茂：美也。❷牡：雄獸。

【評析】

(1)鄭玄曰：譽之言好者，以報前言茂也。

(2)黃佐曰：「茂」字與「好」意義相照應。技好由才茂也。

子之昌兮❶，遭我乎峱之陽兮❷。竝驅從兩狼兮，揖我謂我臧兮❸！（三章）

【注釋】

❶昌：盛壯貌。❷陽：山南曰陽。❸臧：善。

【評析】

(1)黃佐曰：「昌」字與「臧」意義相照應，藝善由盛壯也。

【總評】

(1)呂祖謙曰：當是時，齊以游畋成俗，馳驅相遇，意氣飛動，鬱鬱見於眉睫之間，染其神者深矣。

(2)范處義曰：謂便捷之子，茂美而昌盛，相值於山之間、山之道、山之陽，並馬驅獸，有肩、有牡、有狼。從之曰兩，言非一也。揖我謂我馳驟之輕利便好而盡善；曰遭、曰竝、曰揖，以見從禽者眾，更相稱譽也。

(3)牛運震曰：①三「揖我」「謂我」，寫盡技癢。②意氣飛動，栩栩眉睫之間。

(4)姚際恆曰：多以「我」字見姿。

(5)普賢曰：此詩以白描勝，寫來如見其人，如聞其聲，如電影的放映，而且成功地把典型的一群齊人活畫了出來。是詩，是畫，也是一部風格別具的影片。

著

新郎盛裝迎娶新娘至男家，婚禮進行時，新郎俟新娘於著、於庭、於堂，新娘迫不及待地由背後觀察新郎，而所見者只是其充耳而已。

俟我於著乎而❶，充耳以素乎而❷，尚之以瓊華乎而❸。（一章）

【注釋】

❶著：大門與屏風之間。乎而：語詞。❷充：塞也。充耳：瑱也。用絲繩懸於耳際之雕花玉石，有時作塞耳之用，故曰充耳。素：白色。謂懸瑱之絲繩（謂之紞，音膽ㄉㄢˇ）是白色。❸尚：加。瓊華：美玉。連上句謂：「（新郎）玉瑱塞耳，繫以素絲而加之以美玉也。」

【評析】

(1)呂祖謙曰：昏禮壻往婦家親迎，既奠鴈御輪而先歸俟于門外。婦至則揖以入。

俟我於庭乎而，充耳以青乎而❶，尚之以瓊瑩乎而❷。（二章）

【注釋】

❶青：青色絲繩。❷瓊瑩：亦美石之似玉者。

【評析】

(1)呂祖謙曰：此昏禮所謂壻道婦及寢門揖入之時也。

(2)朱道行曰：俟我於庭，由著而進迎之再也。

俟我於堂乎而，充耳以黃乎而❶，尚之以瓊英乎而❷。（三章）

【注釋】

❶黃：黃色絲繩。❷瓊英：亦美石之似玉者。

【評析】

(1)呂祖謙曰：升階而後至堂，此昏禮所謂升自西階之時也。

(2)朱道行曰：俟我於堂，歷階而上，迎之三也。

【總評】

(1)張彩曰：服飾不同，皆自素而文；俟處不同，皆以漸而近。

(2)呂祖謙曰：壻道婦入，故於著、於庭、於堂，每節皆俟之也。

(3)牛運震曰：三章侈陳充耳之飾，正有深文，可眩可思。

(4)屈萬里曰：充耳以素、以青、以黃，與尚之以瓊華、瓊瑩、瓊英，非謂三人服飾各不同，亦非謂一人而真有此三種服色也。國風無一章之詩，此為足成三章，不得不變換其辭耳。

東方之日

男女相好，男子自誇女郎晨夕前往相會的情詩。

東方之日兮，彼姝者子❶，在我室兮。在我室兮，履我即兮❷。（一章）

【注釋】

❶姝：音梳ㄕㄨ，美麗。❷履：踩踏。即：就。謂踐踏我之腳跡以相就也。

【評析】

(1)牛運震曰：「在我室兮」有矜喜之神。「履我即兮」語特細媚。

東方之月兮，彼姝者子，在我闥兮❶。在我闥兮，履我發兮❷。（二章）

【注釋】

❶闥：音踏ㄊㄚˋ，內門，房室之小門。❷發：行跡。

【總評】

(1)牛運震曰：「東方之日」，「東方之月」，幸日月之明照也。「彼姝者子」，男目女之詞。

東方未明

這是一篇諷刺國君沒有法度，天未亮即召令臣子，弄得臣子慌張失措，手忙腳亂，摸黑中致將衣裳穿顛倒的詩。

東方未明，顛倒衣裳❶。顛之倒之，自公召之❷。（一章）

【注釋】

❶衣裳：上衣下裳。因天未亮，急忙起身，致將衣與裳穿顛倒。❷所以將衣裳穿顛倒，乃由於公命召喚之故。

【評析】

(1)黃佐曰：此雖只言其興之早，已見得它日不免又太晚意。東方未明，不得其要領，故顛倒之也。

(2)牛運震曰：顛倒衣裳，奇語入神，寫怱亂光景宛然。

東方未晞❶，顛倒裳衣。倒之顛之，自公令之❷。（二章）

【注釋】

❶晞：音希ㄒㄧ，日將出之時。❷令：命。

【評析】

(1)何楷曰：上章言召之，第謂召見其人耳。此則將有所使之，雖不指言其事，而此時非聽政出治之時，則此令何為而至哉？

折柳樊圃❶，狂夫瞿瞿❷。不能辰夜❸，不夙則莫❹。（三章）

【注釋】

❶樊：藩。圃：菜園。此句謂折斷以柳枝所做菜園之藩籬。❷瞿：音巨ㄐㄩˋ。瞿瞿：驚慌四顧之狀。❸辰夜：司夜。古有司夜之官曰挈壺氏，掌漏刻。不能辰夜：謂挈壺氏不善管理夜間之漏刻。蓋不便怨君之召不以時，只能怨司夜官之未能盡責也。或解辰為晨，謂不辨晨夜也。亦通。❹夙：早。莫：同暮，晚也。

【評析】

(1)輔廣曰：興居有節，號令有時，然後能常。不然則始雖若豫而勤，終則必至於怠而失之莫矣。且晝夜昏明，人所當知，所當守也。今乃顛倒錯謬如此，則其它越禮亂常之事，不言而可知矣。

(2)牛運震曰：「不能辰夜，不夙則莫」，古句古調。「能」字老，若作「知」字便低。

【總評】

(1)陳推曰：惟興居無節，斯號令不時。而臣下之奔走伺候者，亦將無可準信。此詩人所以刺也。

(2)郝敬曰：興居號令，非辰夜者所得司。無所歸咎，不敢斥君而求諸挈壺氏，所謂「敢告僕夫」云爾。

南山

齊襄公淫亂其同父異母妹文姜。而文姜嫁與魯桓公，魯桓仍放縱文姜與其兄相會。詩人作詩以刺之。（事詳《左傳》桓公十八年、莊公二年至八年）其後魯桓公攜文姜至齊，竟被殺於齊。

南山崔崔❶，雄狐綏綏❷。魯道有蕩❸，齊子由歸❹。既曰歸止❺，曷又懷止❻？（一章）

【注釋】

❶南山：即牛山，在齊都臨淄城南郊。崔崔：高大貌。❷狐：邪媚之獸。雄狐：比襄公。綏綏：行緩貌。❸魯道：前往魯國之大道。蕩：平坦。有蕩：即坦然。❹齊子：齊國的女子，指文姜。歸：出嫁。此句謂文姜由此道出嫁於魯。❺止：語詞，下同。❻曷：何以。懷：思念。謂襄公懷念文姜。

【評析】

(1)孔穎達曰：言南山高大崔崔然，以喻國君之位尊高如山也。雄狐相隨綏綏然失陰陽之匹。以襄公居尊位而失匹配，故舉以責之。言魯之道路蕩然平易，齊子既歸於魯，自有夫矣，襄公何為復思之而與之會乎？

(2)蘇轍曰：人君之尊如南山之崔崔，襄公之行如雄狐之綏綏。疾其以人君而為此行也。

(3)牛運震曰：①寫出公行無忌狂態。②鳥獸之行，不便明斥，用寓言發端，卻已醜詆殆盡。

葛屨五兩❶，冠緌雙止❷。魯道有蕩，齊子庸止❸。既曰庸止，曷又從止？（二章）

【注釋】

❶葛屨：用葛編成之草鞋。兩：今謂之雙。五兩：即五雙，古時結婚有送屨之禮。❷緌：音甤ㄖㄨㄟˊ，冠纓下端之飾，今言纓頭之類。屨緌兩物當係結婚時新娘所製以贈新郎者。此謂魯桓與文姜已正式完成婚禮而為夫婦矣。❸庸：用，猶由也。

蓺麻如之何❶？衡從其畝❷；取妻如之何❸？必告父母。既曰告止，曷又鞠止❹？（三章）

【注釋】

❶蓺：即藝，種植。❷衡：通橫。衡從：縱橫也。種麻之道，必先縱橫耕治其田畝，然後種之。❸取：通娶。❹鞠：窮也，盡也。謂魯桓縱文姜而任其所為，盡其所慾。

析薪如之何❶？匪斧不克❷；取妻如之何？匪媒不得❸。既曰得止，曷又極止❹？（四章）

【注釋】

❶析薪：劈柴。❷克：能。❸匪：同非。❹極：亦窮也。

【評析】

(1)鄭玄曰：女既以媒得之矣，何不禁制而恣極其邪意令至齊乎？又非魯桓。

(2)黃佐曰：析薪用斧，猶娶妻用媒，故以為興。上言告，此言媒，皆理之當然也，而淫縱其欲者何哉？

(3)牛運震曰：兩「如之何」深思細酌。

【總評】

(1)輔廣曰：既曰歸止，既曰庸止，既曰告止，既曰得止，言其始之幸得其正也。曷又懷止，曷又從止，曷又鞠止，曷又極止，惜其終之肆行縱欲而莫之正也。

(2)朱道行曰：譏齊襄，在「懷」「從」二字；譏魯桓，在「鞠」「窮」二字。通詩全以詰問法，令其難以置對。

(3)牛運震曰：四章四詰問，婉切得情，齊襄魯桓一齊閉口。

(4)方玉潤曰：魯桓、文姜、齊襄三人者，皆千古無恥人也。故此詩不可謂專刺一人。首章言襄公縱淫不當自淫其妹。妹既歸人而有夫矣，則亦可以已矣，而又曷懷之有乎？次章言文姜即淫，亦不當順從其兄。今既歸魯而成耦矣，則亦可以已矣，而又曷返齊而從兄乎？後二章言魯桓以父母命憑媒妁言而成此昏配，非苟合者比，豈不有聞其兄妹事乎？既取而得之，則當禮以閑之，俾勿歸齊，則亦可以已矣，而又曷從其入齊，至令得窮所欲而無止極，自取殺身禍乎？故欲言襄公之淫，則以雄狐起興；欲言文姜成耦，則以冠屨之雙者為興；欲言魯桓被禍，則先以蓺麻興告父母以臨之，析薪興媒妁以鼓之，而無如魯桓之懦而無志也何哉？詩人之大不平也，故不覺發而為詩，亦將使千秋萬世後知有此無恥三人而已，又何暇為之掩飾其辭而歸咎於一哉！

甫田

這是勸慰離人不須徒勞多思的詩。

無田甫田❶，維莠驕驕❷。無思遠人，勞心忉忉❸。（一章）

【注釋】

❶上「田」字音店ㄉㄧㄢˋ，耕治。甫：大。此句謂勿耕治過大之田。❷莠：音有ㄧㄡˇ，妨害禾苗生長之野草，即狗尾草。驕：音喬ㄑㄧㄠˊ。驕驕：高貌。❸忉：音刀ㄉㄠ。忉忉：憂勞。

【評析】

(1)輔廣曰：厭小而務大，田甫田者也，妄作者之所為也；忽近而圖遠，思遠人者也，妄想者之所冀也。妄作，則事不遂；妄想，則心徒勞。

無田甫田，維莠桀桀❶。無思遠人，勞心怛怛❷。（二章）

【注釋】

❶桀桀：亦高長貌。❷怛：音ㄉㄚˊ。怛怛：猶忉忉。

【評析】

(1)呂祖謙曰：驕驕桀桀，皆稂莠侵陵嘉穀之狀。

婉兮孌兮❶，總角丱兮❷。未幾見兮，突而弁兮❸。（三章）

【注釋】

❶孌：音ㄌㄩㄢˊ。婉孌：少好貌。❷總角：即結髮。謂直結其髮聚之以為兩角（兩個辮結）。古時男未冠，女未笄時，其髮如此。丱：音貫ㄍㄨㄢˋ，總角貌。束兩辮上聳如兩角之狀。❸突而：突然。弁：音便ㄅㄧㄢˋ，冠。古時男子二十而冠，謂已成年也。

【評析】

(1)王靜芝曰：右第三章，勸慰者設想之事，以告被勸者也。言勿再思遠人矣，彼不久將返而再見也。彼與汝少而相好，婉孌美好，頭上總角。而不久歸來，汝將發現其突然而高大，不總角而頭上戴冠矣。此章不再重複前二章之義，而另為設想之安慰，愈見親切。而敘寫人物之變，如見其人。

盧令

這是詩人描寫齊人俗尚游獵的一篇絕妙小品。

盧令令❶，其人美且仁。（一章）

【注釋】

❶盧：黑色獵犬。令：音零ㄌㄧㄥˊ。令令：環聲。犬頸下所繫之環。

【評析】

(1)蘇轍曰：時人以田獵相尚，故聞其纓環之聲，而美之曰：「此仁人也。」猶〈還〉曰「揖我謂我儇兮」耳。

(2)王質曰：「其人」，言縱犬獵獸之人也。此當是旁觀而為之誇譽者也。

(3)黃佐曰：逐獸者，犬也；發縱指示者，人也。美與仁，皆當自田獵上言。美即便捷輕利之云；仁則從狩必俱而不自私，頒禽必均而不自吝，友愛之意，充溢於顏面間也。正與〈叔于田〉之仁字同。如此方與下章鬈偲相稱。

盧重環❶，其人美且鬈❷。（二章）

【注釋】

❶重環：子母環，大環貫小環，亦為獵犬所佩。❷鬈：音權ㄑㄩㄢˊ，髮好也。又解為勇壯。

盧重鋂❶，其人美且偲❷。（三章）

【注釋】

❶鋂：音梅ㄇㄟˊ，大環上貫兩小環。❷偲：音鰓ㄙㄞ，多鬚貌。又解為強壯。

【總評】

(1)輔廣曰：仁，美其德也；鬈與偲，美其貌也。

(2)王志長曰：仁，內美也；鬈與偲，外美也。惟有內美，所以見其鬈亦美，見其偲亦美。

(3)陳鵬飛曰：此詩與孟子言「今王田獵於此，百姓聞王車馬之音，見羽旄之美，舉欣欣然有喜色」同意。

(4)普賢曰：齊人俗尚游獵，詩人即所見而詠之。全篇雖只二十四字，寫獵人的修飾，獵人的丰姿，已給人留下了深刻的印象。讀起來音調和諧，頗有韻味，堪稱絕妙小品。

全詩重點在寫聲容美觀，以「盧令令」三字表聲，以重環、重鋂、鬈、偲表容，而不重視獵犬的猛鷙，獵人的勇武，這表現了生活的藝術化，也反映了齊俗趨向浮誇的一端。

敝笱

齊侯之女文姜嫁於魯，隨從如雲，齊國詩人作此詩以詠其盛況。

敝笱在梁❶，其魚魴鰥❷。齊子歸止，其從如雲。（一章）

【注釋】

❶敝：破舊。笱：音苟ㄍㄡˇ，捕魚竹簍，置於河梁空處，有倒門，魚兒進入，即不能復出。梁：魚梁。堰石障水而空其中，置笱於空隙以捕魚。❷魴：音房ㄈㄤˊ，鯿魚。鰥：音官ㄍㄨㄢ，鯶（音滾ㄍㄨㄣˇ）魚。二者均大魚。

【評析】

(1)孔穎達曰：魴鰥之大魚，非敝敗之笱所能制。喻魯桓之微弱，不能制文姜也。又言文姜初歸於魯國，其從者庶姜庶士眾多如雲，以此強盛，故桓不能禁也。

(2)牛運震曰：敝笱二字，醜詆不堪。

敝笱在梁，其魚魴鱮❶。齊子歸止，其從如雨。（二章）

【注釋】

❶鱮：音序ㄒㄩˋ，即鰱魚，亦屬大魚。

敝笱在梁，其魚唯唯❶。齊子歸止，其從如水。（三章）

【注釋】

❶唯：音尾ㄨㄟˇ。唯唯：出入無忌之貌。

【評析】

(1)嚴粲曰：一魚或出或入，而眾魚隨之，唯然順從，無復限制也。如水，言從之者順，猶孟子言「民歸之如水之就下」也。

(2)牛運震曰：「唯唯」字酷得魚情。「如水」字更活妙。

【總評】

(1)輔廣曰：如雲，盛也；如雨，多也；如水，與之俱流而不止也。魴鰥、魴鱮，但言其大耳，唯唯則言其出入之自如也。

(2)牛運震曰：但侈陳徒御扈從之盛，而齊子之淫縱無忌，昭然已見。是其立意高處。

載驅

這是諷刺文姜與齊襄公相會的詩。《春秋》記齊襄公與文姜在魯莊公初年曾相會五次之多。

載驅薄薄❶，簟茀朱鞹❷。魯道有蕩，齊子發夕❸。（一章）

【注釋】

❶載：語詞。薄薄：疾驅之聲。❷簟：音店ㄉㄧㄢˋ，竹席。茀：音弗ㄈㄨˊ，車幃等障蔽物。鞹：音廓ㄎㄨㄛˋ，去毛之獸皮。❸齊子：指文姜。發夕：發於夕。即連夜出發，不待天明。

【評析】

(1)嚴粲曰：言有疾驅其車，以竹簟為車之茀蔽，又有朱色之皮革，以鞔車之前後者，乃魯之道路，蕩然平易，而齊子文姜，夕發於魯而來齊也。其來何為耶？不必言及襄公而襄公之惡自見矣。

(2)牛運震曰：①極醜事，敘得極雅。②發夕猶夕發也。倒用奇。③婦人不夜行，發夕言犯禮而行，急不能待也。微詞入妙。

四驪濟濟❶，垂轡瀰瀰❷。魯道有蕩，齊子豈弟❸。（二章）

【注釋】

❶驪：黑色馬。濟濟：盛美貌。❷轡：馬韁繩。瀰：音泥ㄋㄧˊ。瀰瀰：盛多貌。❸豈弟：「愷悌」之假借，音楷替，和樂平易。形容文姜毫無忌憚羞愧之意。

【評析】

(1)嚴粲曰：文姜車駕四馬，皆是鐵驪之色，濟濟然而美。其六轡之垂者，瀰瀰然而眾。樂易安舒，恬然無慙恥之色。

(2)牛運震曰：①濟濟瀰瀰，寫得風流可掬。②此何等事而以豈弟言之。二字好羞好笑。③「母氏聖善」，令人嗚咽；「齊子豈弟」，令人揜鼻。

汶水湯湯❶，行人彭彭❷。魯道有蕩，齊子翱翔❸。（三章）

【注釋】

❶汶：水名。正流曰大汶河，在齊南魯北二國之境。湯：音傷ㄕㄤ。湯湯：水流聲。❷彭：音邦ㄅㄤ。彭彭：車馬聲。

❸翱翔：猶遨遊，喻自在逍遙。

【評析】

(1)嚴粲曰：汶水在齊境，自魯至齊，必渡汶水。言文姜渡汶水而來，其道路平易，眾庶往來，而文姜翱翔徜徉，無恥甚矣。

(2)牛運震曰：①只二語直令齊子腆顏無地。②淫樂無恥，只「翱翔」二字寫盡，正自多少含蓄。

汶水滔滔❶，行人儦儦❷。魯道有蕩，齊子遊敖❸。（四章）

【注釋】

❶滔滔：水流盛貌。❷儦：音標ㄅㄧㄠ。儦儦：眾多貌。❸遊敖：遨遊。

【總評】

(1)孔穎達曰：序言疾驅於通道大都。若魯桓尚在，不應公然如此。此篇所陳，蓋是莊公時事。

(2)范處義曰：發夕，則以宵而逝，猶有自赧之意；曰豈弟，則安然樂易，已無自歉之色；曰翱翔，則迴翔從容而後去；曰遊敖，則遊觀愜適而忘反。雖指齊子而言，襄公無禮無義之迹，不可掩矣。

(3)輔廣曰：首章言文姜疾驅其車，離於所宿之舍而來會襄公也；二章言其四馬之美，六轡之柔，而其人則無忌憚羞愧之意也；三章四章則又言行道之人甚眾，而彼乃翱翔遊敖於其間也。人而無羞惡之心，則亦何所不至哉！

(4)謝枋得曰：詩人鋪敘之詳，形容之巧，刺之深，疾之甚也。

(5)牛運震曰：曖昧事極難明斥，只寫車服都麗，道路炫曜之態，而淫邪瀆倫之失自見，得力處尤在一二微詞敲神欲動也。

(6)方玉潤曰：此詩在莊公之年，其會兄也，竟至樂而忘返，遂翱翔遠遊，宣淫於通道大都，不顧行人訕笑，豈尚知人間有羞恥事哉！至今汶水上有文姜臺，與衛之新臺可以並臭千古，雖濯盡汶濮二水滔滔流浪，亦難洗厥羞矣。

猗嗟

這是齊人讚美魯莊公儀表才藝的詩。

猗嗟昌兮❶！頎而長兮❷！抑若揚兮❸！美目揚兮❹！巧趨蹌兮❺！射則臧兮❻！（一章）

【注釋】

❶猗：音依ㄧ。猗嗟：歎詞。昌：盛壯貌。❷頎：音祈ㄑㄧˊ，長貌。❸抑：通懿，美好。若：語詞。揚：前額，名詞。❹此揚為動詞，展開。❺蹌：音槍ㄑㄧㄤ，指射箭時端莊穩重而有節奏的動作。❻臧：善。

【評析】

(1)嚴粲曰：威儀技藝，本是可美之事，而傷歎言之，有所不滿，何也？文姜之事，蓋難言之。首章微寓其意於猗嗟之辭，而未遽言之也。

(2)牛運震曰：①歎息發端，感慨獨深，細思莊公所遭傷心不幸，真值得一憐也。②抑若揚兮，言其抑揚中節，抑而如揚也，形容貴相特工，妙。

(3)方玉潤曰：描摹莊公，如見其人。

猗嗟名兮❶！美目清兮❷！儀既成兮❸！終日射侯❹，不出正兮❺！展我甥兮❻！（二章）

【注釋】

❶名：通明，亦昌盛義。❷清：明。❸儀：謂射箭之禮儀。成：完備而無違失。❹侯：箭靶，張布或皮而射之者。

❺正：音征ㄓㄥ，侯中之鵠的，箭所當射之中心。❻展：誠然。甥：魯莊公為齊襄公與桓公之甥。

【評析】

(1)鄭玄曰：容貌技藝如此，誠我齊之甥。言誠者，拒時人言齊侯之子。

(2)輔廣曰：「儀」言文也，「射」則武也。以「展我甥兮」為詩人微詞者極當。

(3)牛運震曰：①似極讚美，卻為「齊侯之子」一語辨誣也。愈讚愈醜，愈讚愈汙。②「展我甥兮」深文微詞，詩意含蓄可思，正自尖刻可惡。

猗嗟孌兮❶！清揚婉兮❷！舞則選兮❸！射則貫兮❹！四矢反兮❺！以禦亂兮❻！（三章）

【注釋】

❶孌：音ㄌㄩㄢˊ，好貌。❷清揚：潔淨的前額。婉：美。❸選：齊。言舞步與樂節相配合一致。❹貫：穿，言射中而貫穿之。❺反：復。四次發矢均射中且貫穿於同一目標。❻言善射如此，可以禦亂。

【評析】

(1)季本曰：清揚婉孌，容貌美也；舞則選兮，禮度習也；貫革之射，足以禦亂，技藝精也。

(2)牛運震曰：反字新而穩。

【總評】

(1)謝枋得曰：一章射則善矣，德則未見其善，亦可惜也；二章誠是我齊國之甥，今人乃以為齊侯之子，亦可惜也；三章莊公善射，似可以禦亂也，齊侯文姜之淫亂，則無策以禦之，亦可惜也。

(2)劉瑾曰：射則臧，不出正；舞則選，四矢反。皆技藝之美。其餘所言，皆威儀之美。

(3)王志長曰：不出正兮，言其巧也；射則貫兮，言其力也；四矢反兮，巧之中又有巧焉，所以詳言其射之臧也。

(4)牛運震曰：①三歎有十分痛惜之意。疊韻得極口讚頌之神。②畫美女難，畫美男子尤難。看他通篇寫容貌態度，十分妍動，與〈君子偕老〉篇各盡其妙。

(5)姚際恆曰：三章皆言射，極有條理，而敘法錯綜入妙。

(6)普賢曰：三章均寫射，卻層次分明，逐章進展。首章籠統讚其射之臧；次章始讚其箭箭皆中，誠然我甥。「展我甥兮」親之之辭也。末章更進一步讚其四矢同貫一處。射技絕倫，可以禦亂。「以禦亂兮」，期之之辭也。

魏風

魏，國名，其始封之時，約當周初；而始封之人及其世次，無可考。《漢書・地理志》云：「魏國亦姬姓也，在晉之南河曲。故其詩曰：『彼汾一曲。』『寘之河之側。』自唐叔十六世至獻公，滅魏，以封大夫畢萬。」魏國南枕河曲，北涉汾水，約當今山西省南部解縣、安邑、芮城、平陸、夏縣一帶。魯閔公元年（周惠王十七年）晉獻公滅魏，以為畢萬采邑，姬姓之魏遂亡，併入晉國。其後畢萬裔孫與韓、趙分晉，是乃戰國七雄之魏，非此魏矣。〈魏風〉七篇，多怨怒之音，一片政亂國危氣象。鄭玄《詩譜》云：「其與秦晉鄰國，日見侵削，國人憂之。當周平、桓之世，魏之變風始作。」是〈魏風〉皆獻公滅魏以前之詩。或因篇中有公行、公路、公族等晉官名，疑其為晉詩者，然證據不足，蓋姬魏詩中有此官名，則是姬魏亦有此官也。

魏風七篇

葛屨

一個侍妾身分的女子，自己生活困苦，勞動的成果，卻被別人享受，因作此詩以刺，庶可稍洩內心的怨情。

糾糾葛屨❶，可以履霜。摻摻女手❷，可以縫裳。要之襋之❸，好人服之❹。（一章）

【注釋】

❶糾糾：編結之貌。屨：音巨ㄐㄩˋ。葛屨：用葛草編結之鞋，為夏季所穿者。意謂而今卻以履霜，其苦甚矣。❷摻：音纖ㄒㄧㄢ。摻摻：即纖纖，細長貌。❸要：同腰。襋：音棘ㄐㄧˊ，衣領。二字均作動詞用，即把下裳腰部縫好，將上衣領子縫好。謂上衣下裳均縫好，整套衣服即完成。❹好人：蓋指所刺之人，當為長上。

【評析】

(1)蘇轍曰：葛屨而以履霜，及其暑也，將安用之矣！

(2)輔廣曰：糾糾葛屨，本非可以履霜，然自儉嗇者言之，則亦可用以履霜矣。以興摻摻女手，本未可以縫裳，然自褊急者言之，則亦可以縫裳矣。夫人之情，儉嗇者必褊急。褊急而不已，則較計瑣屑，務省而不適宜，謀利而不顧禮，將無所不至矣。所以不但使女縫裳，而又使之治其要襋而遂服之也。

(3)牛運震曰：兩「可以」字多少委曲不情。「好人」二字不欲明斥之，而故謬稱之也。只就縫裳詳寫一番，怨刺之旨宛然。

好人提提❶，宛然左辟❷，佩其象揥❸。維是褊心❹，是以為刺。（二章）

【注釋】

❶提提：安舒貌。❷宛然：柔順貌。辟：音僻ㄆㄧˋ。左辟：謂過於恭敬。形容「好人」走路似甚謙遜柔順，而其內心卻甚褊狹。（外貌寬容，內心狹隘）故詩人刺之。❸揥：音替ㄊㄧˋ，搔頭簪。象揥：揥以象牙為之，貴夫人之頭飾。❹褊：音扁ㄅㄧㄢˇ。褊心：心胸狹隘。

【評析】

(1)輔廣曰：此章刺其內外表裡之不相符。

(2)嚴粲曰：尊貴之人，其容止提提然安徐而審諦，其辭讓而左辟也，其儀宛然而遜順。又以象骨為搔首之揥而佩之，其威儀服飾之美，無可譏者，獨其中之褊急為可刺耳。

(3)牛運震曰：①二三句畫態。②寫好人何等雅相，正妙於諷刺處。③維是褊心，斥其實以結之，若不說明更妙。

【總評】

(1)牛運震曰：女手縫裳，借作褊急點染。維是褊心，非直指此一事也。

(2)普賢曰：此篇詩〈序〉說是刺魏國國君，固是牽強之詞，即謂所刺者是「君夫人」，亦未必然。細味全詩，應該是一個女子，自己在冬天卻穿夏季的葛鞋，已夠委屈；纖細的兩手，本是不宜勞動，但卻不得不從事女紅的工作。且做好了衣服，又給「好人」穿去，自己不得享用，內心的不平，自不待言。這個女子，可能是貴族家中的婢女或侍妾。而詩中的「好人」，就是她的「主婦」或「嫡夫人」。朱子以為縫裳之女所作，以刺其俗之儉嗇褊急者，近是。

首章的兩用「可以」，透露了多少委屈之情。「可以」者正是不可以而不得不為之意。「好人」二字更寓有多少諷刺之意！

二章跟定前章而來，繼續寫好人之所以「好」，走起路來閒雅舒緩，對人謙遜有禮，裝扮更是雍容華貴。這樣一位貴夫人，應該是品格高尚，待人寬厚的，然而她卻是一位心胸狹隘，待人吝嗇刻薄的所謂「好人」，難怪詩人要來諷刺她一番了。詩中以「葛屨履霜」「好人服裳」的對照，來顯示這個婢妾生活的困苦，和透露「好人」的褊心，是「以偏概全」法。

汾沮洳

詩人怨魏之卿大夫生活過奢，不知民間疾苦，作此詩以諷之。

彼汾沮洳❶，言采其莫❷。彼其之子❸，美無度❹；美無度，殊異乎公路❺。（一章）

【注釋】

❶汾：水名，在今山西省。沮：音居ㄐㄩ。洳：音如ㄖㄨˋ。沮洳：下濕之地。汾沮洳：汾水所流經的下濕之地。❷言：語詞。莫：菜名。❸其：音記ㄐㄧˋ。之子：此人。此句謂「他這個人」。❹美無度：好美飾而無節度。❺公路：掌國君路車之官。此句謂其人太過修飾，不合乎自己身為公路的職位和身分。下二章之「殊異乎公行」「殊異乎公族」

義同。

【評析】

(1)徐鳳彩曰：以賤草生下地，猶有微美可採，興之子有美而不足觀。

(2)牛運震曰：疊一句吞吐頓挫，諷刺含蓄。

彼汾一方❶，言采其桑。彼其之子，美如英❷；美如英，殊異乎公行❸。（二章）

【注釋】

❶一方：即一旁。❷英：花。❸行：音杭ㄏㄤˊ。公行：即公路，主兵車之行列者。

彼汾一曲❶，言采其藚❷。彼其之子，美如玉；美如玉，殊異乎公族❸。（三章）

【注釋】

❶曲：水流彎曲處。❷藚：音續ㄒㄩˋ，水蕮，葉如車前草。❸公族：掌國君宗族之官。

【總評】

(1)牛運震曰：①此詩抑揚有致，節奏絕佳。②〈序〉以為刺君也。不斥言君而言公路、公行等官，此詩意之深厚處。

(2)普賢曰：〈魏風〉多怨誹之音，本篇也是對大夫的諷刺之詩，也就是對執政者的不滿之情。每章頭兩句只是普通興體，與詩本文並無多大關連，主要在後四句的強調大夫之過分修飾，而不關心民生疾苦之意，自不待言。孟子主張要與民同樂，文王築靈臺，是文王愛民施行仁政，故民亦樂其有靈臺園囿之樂。而魏國地隘民貧，貴族貪鄙，非但不設法解除民困，而且毫不顧恤民瘼。只知重稅斂聚（〈碩鼠〉），奴役人民（〈陟岵〉），以供私人享受，自己豐食（〈伐檀〉）華衣（〈葛屨〉），生活闊綽，這樣獨樂其樂，不能與民同樂，難怪貴族打扮得漂漂亮亮，人民就覺得刺目，而作詩來加以諷刺了。

園有桃

這是賢者憂心國事的詩。

園有桃，其實之殽❶。心之憂矣，我歌且謠❷。不知我者，謂我士也驕❸。「彼人是哉❹！子曰何其❺？」心之憂矣，其誰知之？其誰知之？蓋亦勿思❻！（一章）

【注釋】

❶之：是。殽：食用。❷曲合樂（配合樂器而唱）曰歌；徒歌（不配合樂器而唱）曰謠。❸驕：縱，傲。❹彼人：指時君或執政者。❺此二句為詩人假設為不知我者之言：謂彼人所行皆是，你何必多加批評耶？❻蓋：同曷，何也。亦：語詞。此句謂似此情形（以上所言者）怎不令人思慮呢！

【評析】

(1)輔廣曰：居褊急之時，則以憂世而歌謠者為驕。

(2)牛運震曰：①園桃實殽，寫出儉陋之況。所謂其細已甚也。長歌之哀，過於痛哭。我歌且謠，正自無聊之極。截去「知我者」一層，更悲。②「不知我者」，橫插一筆，生瀾。③「子曰何其」空撰一非怪之詞，極險奇口吻入妙。④「其誰知之」疊一筆淒絕，促急歷亂，幾不成聲。「蓋亦勿思」所謂棄捐勿復道也。

不敢高聲疾怨，悲極。

(3)姚際恆曰：（子曰何其）詩如行文，極縱橫排宕之致。

園有棘❶，其實之食。心之憂矣，聊以行國❷。不知我者，謂我士也罔極❸。「彼人是哉！子曰何其？」心之憂矣，其誰知之？其誰知之？蓋亦勿思！（二章）

【注釋】

❶棘：棗樹。❷聊：且。行國：行於國中。古於都城亦謂之國。❸罔極：無良。謂驕縱無所至極。

【評析】

(1)輔廣曰：聊以出遊，寫其憂。正以其無可告語者故耳。罔極則不止以為驕也。重言人不知為不思者，猶欲其反思以得其是非之正也。

(2)牛運震曰：①園棘實食，更自可憐可鄙。②聊以行國，所謂「駕言出遊，以寫我憂」也，白描入神。③罔極二字罪名更奇。

【總評】

(1)輔廣曰：〈黍離〉之憂，憂王室之已覆也；〈園有桃〉之憂，憂魏國之將亡也。憂其已覆而不我知，則亦已矣；憂其將亡而不我知，則欲其思之者亦宜也。

(2)嚴粲曰：陳國區區，而衡門欲誘掖其君；檜至微矣，而〈羔裘〉欲其君自強於政治，與〈園有桃〉詩意同。蓋國無不可為，患其君不能為耳。此孟子告滕文公之意也。

(3)季本曰：此詩言當國者無意於治，所以憂世者不能不切於心也。然不知我者，謂我乃士也驕縱無極，以其無志，不以世道為憂，故不思也。思則必能知我憂世之心矣。

(4)牛運震曰：哀思繚繞，較〈黍離〉更慘一倍。兩「蓋亦勿思」低頭吞聲，多少嗚咽摧挫！

(5)方玉潤曰：①搔首問天，合眼放步，有世人皆醉而我獨醒之慨。②此詩與〈黍離〉、〈兔爰〉如出一手，所謂悲愁之詞易工也。③詩人之意，若曰園必有桃，而後可以為殺；國必有民，而後可以為治。今務為刻嗇剝削及民，民且避碩鼠而遠適樂國，君雖有土，誰與興利？旁觀深以為憂，而當局乃以為過。此詩之所以作也。

陟岵

這是行役者思念家人的詩。

陟彼岵兮❶，瞻望父兮。父曰：「嗟！予子行役❷，夙夜無已。上慎旃哉❸！猶來，無止❹。」（一章）

【注釋】

❶陟：音至ㄓˋ，升，登。岵：音戶ㄏㄨˋ。馬瑞辰、高本漢考證，岵是多草木之山。釋岵為山無草木，屺為有草木者，誤。❷行役：因公出行，猶今言出差。❸上：尚。希冀之辭，庶幾也。旃：音占ㄓㄢ，「之焉」二字之合聲。❹來：歸來。止：留止於外。或曰止猶獲也，言無為人所獲也。此句謂猶可以歸來，無留止於外也。此為想像其父念己之詞。

【評析】

(1)張栻曰：直述所以念父之意，未若思父所以念己之心之為深也。

(2)輔廣曰：行旅之人，登陟高處，可以眺望，則必有思慕鄉里親舊之心。晉（按：應為唐）狄仁傑登太行山望白雲而思其親之在下者是也。

(3)鍾惺曰：猶來者，不敢必之詞，慎心所發也。

(4)牛運震曰：①父曰嗟，黯然愾然。②遙作摹擬，直如親見耳聞，妙。③猶來無止，作兩句讀，斷續嗚咽。④此孝子自怨自儆之詞，卻借父命體貼出來，便自深厚沉切。

陟彼屺兮❶，瞻望母兮。母曰：「嗟！予季行役❷，夙夜無寐。上慎旃哉！猶來，無棄❸。」

（二章）

【注釋】

❶屺：音起ㄑㄧˇ，無草木之山。❷季：少子。❸棄：猶死也。

【評析】

(1)牛運震曰：①換「季」字，確是母語。②本是思念父母，卻述父母之念己，而重以儆戒，立意便自篤摯。

陟彼岡兮，瞻望兄兮。兄曰：「嗟！予弟行役，夙夜必偕❶。上慎旃哉！猶來，無死。」

（三章）

【注釋】

❶偕：俱也。謂與其他行役之人相偕也。

【評析】

(1)錢天錫曰：夙夜必偕，見離我同胞而與同儕為侶也。

(2)牛運震曰：①望兄帶說，自不可少。②必偕二字，有多少老成謹重處。竟說「死」字，又自沉痛。

【總評】

(1)輔廣曰：既思其父，又思其母，又思其兄；既想像其念己之言，又想像其祝己之言，曰庶幾其謹之哉！則斯人也必能以其親之心為心，亦可謂賢矣。

(2)朱公遷曰：觀〈陟岵〉，而魏之所以役其民者可知；觀〈碩鼠〉，而魏之所以賦其民者可見。

(3)劉瑾曰：詩人以己之思親而知親之念己。雖曰設為親念己之言，實以深寓己念親之心也。章末二語，所以自警，亦所以自悲。可以見其忠孝之心矣。

(4)牛運震曰：格調高，意思真，詞氣厚，孝弟詩當如是。

(5)鍾惺曰：上慎旃哉，非守身養志人不能道此語。

(6)方玉潤曰：人子行役，登高念親，人情之常。若從正面直寫己之所以念親，縱千言萬語，豈能道得意盡！詩如從對面設想，思親所以念己之心，與臨行勗己之言，則筆以曲而愈達，情以婉而愈深，千載下讀之，猶足令羈旅人望白雲而起思親之念，況當日遠離父母者乎？

十畝之間

這是賢者不樂仕途，夫婦偕隱的詩。

十畝之間兮，桑者閑閑兮❶！行，與子還兮❷！（一章）

【注釋】

❶閑閑：猶閒散，往來自得之貌。❷還：音旋ㄒㄩㄢˊ，歸返，意謂歸返農圃。

【評析】

(1)蘇軾曰：雖有十畝之田，桑者閑閑其可樂也。行與子歸居之。夫有十畝之田，其所以為樂者亦鮮矣，而可以易仕之樂，則仕之不可樂也甚矣。

(2)牛運震曰：閑閑寫出田家樂。

十畝之外兮，桑者泄泄兮❶！行，與子逝兮❷！（二章）

【注釋】

❶泄：音亦ㄧˋ。泄泄：猶閑閑。❷逝：往。

【評析】

(1)朱道行曰：言外，則益廣。泄泄，舒而不迫意。曰逝，則長往不返矣。

【總評】

(1)姚舜牧曰：①曰十畝之間，又曰十畝之外；曰桑者閑閑，又曰桑者泄泄。蓋深嫉朝市之莫可居，而欲飄然於風塵之外也，仕者之心如是，豈世道之福哉！②細玩魏之詩，見魏之俗尚，大抵以褊急勝。君子不欲仕，而樂就桑者之閑閑；小人不欲居，而甘就樂土之得所，則其時其政，蓋可知矣。

(2)牛運震曰：①悠然方外之致，絕佳招隱詞。②賢者思歸於農圃，則世事可知矣。故〈序〉以為刺時，非無謂也。

(3)崔述曰：但言退居之樂，不及服官之難。意在言表，殊耐人思。

(4)糜文開曰：此詩若解作婦諷勸夫歸隱，則更覺親切有味，可與〈鄭風・緇衣〉比美。

伐檀

這是諷刺魏國在位者的重斂貪鄙、尸位素餐的詩。

坎坎伐檀兮❶，寘之河之干兮❷，河水清且漣猗❸。不稼不穡❹，胡取禾三百廛兮❺？不狩不獵❻，胡瞻爾庭有縣貆兮❼？彼君子兮❽！不素餐兮❾！（一章）

【注釋】

❶坎坎：伐檀之聲。檀：木名，可製車。❷寘：同置。河干：河邊。❸漣：音連ㄌㄧㄢˊ，風吹水形成之波紋。猗：同兮，語詞，下同。❹稼穡：分言之，耕種叫稼，收割叫穡；合言之，稼穡即從事農作，即種田。❺廛：音纏ㄔㄢˊ，一夫所居曰廛，其田百畝，此謂取三百夫之田賦。❻狩獵：分言之，冬獵曰狩，夜獵曰獵；合言之為泛指田獵。❼

胡：何。縣：音義同懸。貆：音桓ㄏㄨㄢˊ，獸名，即貛。❽君子：指在位者。❾素餐：無菜吃白飯，或解為白吃飯，指無功受祿，不勞而食。下文之「素食」、「素飧」同。

【評析】

(1)嚴粲曰：伐檀則供勞賤之役，河干則在寂寞之濱，賢者不得其所矣。

(2)牛運震曰：①首二句寫出賢者落拓窮愁之況。②兩詰正使貪人無地。③硬下驚怪語，突兀奇特。

坎坎伐輻兮❶，寘之河之側兮，河水清且直猗❷。不稼不穡，胡取禾三百億兮❸？不狩不獵，胡瞻爾庭有縣特兮❹？彼君子兮，不素食兮！（二章）

【注釋】

❶輻：車輪中湊於轂以支輞之細柱。❷直：波紋直也。❸億：萬萬為億。三百億：言其禾之多。❹特：獸三歲曰特。

坎坎伐輪兮，寘之河之漘兮❶，河水清且淪猗❷。不稼不穡，胡取禾三百囷兮❸？不狩不獵，胡瞻爾庭有縣鶉兮❹？彼君子兮，不素飧兮❺！（三章）

【注釋】

❶漘：音脣ㄔㄨㄣˊ，河涯。❷淪：小風拂水成紋如輪狀。❸囷：音君ㄐㄩㄣ，倉之圓者。❹鶉：音純ㄔㄨㄣˊ，鵪鶉。❺飧：音孫ㄙㄨㄣ，熟食，夕食。又，《說文》謂：飧，水澆飯也。

【總評】

(1)范處義曰：詩人以是詩刺貪，謂在位者皆貪鄙之人，無功而得祿，而君子乃不得進仕，失其所矣。

(2)牛運震曰：①直字淪字，俱有畫像。②起落轉折，渾脫傲岸。首尾結構呼應靈緊，此長調之神品也。③刺貪詩如此作，真厚真遠。

(3)普賢曰：魏國地隘民貧，貴族重斂，農民不堪其苦，故〈碩鼠〉篇有「莫我肯顧，逝將去女」之語；而本篇有「不稼不穡，胡取禾三百廛兮？不狩不獵，胡瞻爾庭有縣貆兮？」的不平之鳴。這是對不勞而獲，不勤而食者的攻擊，也是東周世衰，農民覺醒，封建制度將趨崩潰的時代反映。實在是《三百篇》中不可多得的重要作品。

碩鼠

這是責罵魏國統治者榨取人民，如同大老鼠，致人民困苦無告而想逃往他處的詩。

碩鼠碩鼠❶，無食我黍！三歲貫女❷，莫我肯顧。逝將去女❸，適彼樂土。樂土樂土，爰得我所❹？（一章）

【注釋】

❶碩：音石ㄕˊ，大也。❷貫：通慣，與「嬌生慣養」之「慣」意同，謂慣縱、伺候。女：讀為汝ㄖㄨˇ。❸逝：通誓，謂發誓。❹爰：乃。或釋為疑問句，則爰為「于焉」之合音，即「在何處」。

【評析】

(1)朱熹曰：民困於貪殘之政，故託言大鼠害己而去之也。

(2)輔廣曰：三歲貫女，則民之於上至矣；莫我肯顧，則上之於民甚矣。於是而決去焉，非民之罪也。

(3)嚴粲曰：言魏國用此重斂之人，已三歲矣，我今將去女而適彼樂土，謂適有道之國也。連稱樂土者，喜樂於彼，以見其厭苦於此也。

(4)牛運震曰：①疊呼碩鼠，疾痛切怨。②「三歲貫女」深怨之詞，然正見忠厚處。③何鄉為樂土？無聊痴想。

(5)糜文開曰：「爰」為「于焉」之合聲，在本篇兩「爰」字都作「那兒？」解，則一二章皆神滿氣足，且與末章「誰之永號」相配合。

碩鼠碩鼠，無食我麥！三歲貫女，莫我肯德❶。逝將去女，適彼樂國。樂國樂國，爰得我直❷？（二章）

【注釋】

❶德：感激。❷直：即值。或謂得其直道。

碩鼠碩鼠，無食我苗！三歲貫女，莫我肯勞❶。逝將去女，適彼樂郊。樂郊樂郊，誰之永號❷？（三章）

【注釋】

❶勞：讀如澇ㄌㄠˋ，慰勞。❷永號：長歎呼號。

【評析】

(1)嚴粲曰：魏人為爾重斂所迫，至於長號。彼樂郊則誰長號乎？謂無歎息愁恨之聲也。

(2)牛運震曰：反筆作結，怨聲嫋嫋。

【總評】

(1)輔廣曰：首章冀得其所；次章冀適其宜；末章則冀其得免於永號而已。讀〈碩鼠〉之詩，固當知民之情不可以久隳，而又當知民之情亦無敢有過求也。

(2)謝枋得曰：食黍不足而食麥，食麥不足而食苗，苗者，禾方樹而未秀也。食至於此，其貪甚矣。

(3)季本曰：民苦虐政，不得已而欲歸仁。當此時，賢者不能不避地，況於凡民乎？其情亦可閔矣！

(4)牛運震曰：①促急重疊，亡國之音哀以思。②戒其虐我而以去女為劫持，猶不忍遽絕之也。怨怒之極，尚不失為忠厚之遺。

(5)方玉潤曰：此詩見魏君貪殘之效，其始皆由錯誤以嗇為儉之故。其弊遂至刻削小民而不知，足以致境內紛紛逃散而有此咏，不久國亦旋亡。聖人著之以為後世刻嗇者戒，有國者曷鑒諸？

唐　風

唐，國名，姬姓。其封域在太行恆山之西，太原大岳之野，即今山西省太原一帶。初都晉陽，即今太原，相傳為帝堯始都之地。（堯後移都平陽，今臨汾縣境內。）《左傳》及《史記》，皆謂周成王封其弟叔虞於此，是為唐侯。近人據晉公盦考定叔虞實封於武王之世。《史記．晉世家》又謂：「唐叔子燮，是為晉侯。」後人據此，遂以唐改稱晉，始於晉侯燮。馬瑞辰據《國語》及《呂氏春秋》考定自叔虞時即有晉名，舊說亦未確也。叔虞後三世至成侯，自晉陽徙都曲沃（今山西省聞喜縣）；八世至穆侯，又徙於絳（今山西省絳縣）；十世至昭侯，又徙於翼（今山西翼城縣東南）。昭侯以曲沃封桓叔，至其孫武公併晉，復自曲沃徙返絳。嗣後晉之疆域益大。此謂之唐而不曰晉者，蓋其詩十二篇採自唐地，其聲亦唐地之聲也。

鄭玄《詩譜》歐陽脩補亡云：「僖侯立，當宣王時，唐之變風始作。凡十三君，至於獻公，有詩者四。」自惠公以下無詩。又十九君至於靖公為韓魏趙所滅。則〈唐風〉十二篇，上起西周宣王時，下迄東周惠王時也。

唐風十二篇

蟋蟀

這是寫唐地人民勤儉成性，雖娛樂而仍不忘工作的詩。

蟋蟀在堂❶，歲聿其莫❷。今我不樂，日月其除❸。無已大康❹？職思其居❺。好樂無荒❻，良士瞿瞿❼。（一章）

【注釋】

❶蟋蟀：蟲名，能振翅而鳴，好鬥。在堂：蟋蟀於九、十月即進入屋內以避寒。❷聿：音玉ㄩˋ，語詞。莫：音義同暮。❸除：去。謂日月去而年終也。❹大：古與「太」通用。康：樂。❺職：僅，只。居：所居地位與責任。❻荒：荒廢正事。❼良士：賢士。瞿：音具ㄐㄩˋ。瞿瞿：驚顧貌。

【評析】

(1)朱熹曰：〈唐風〉自是尚有勤儉之意，作是詩，是一箇不敢放懷底人，說今我不樂，日月其除。便又說無已大康，職思其居。

(2)輔廣曰：今我不樂，日月其除：張而不弛，文武不能也；無已大康，職思其居：弛而不張，文武不為也；好樂無荒，良士瞿瞿：一張一弛，文武之道也。

(3)牛運震曰：①一起愾然。陡接今我不樂，筆意蕭曠擺脫。②瞿瞿字寫出精神。③八句中起承轉合悉具，可悟詩家結構之法。④一句一轉，委婉深厚。

(4)姚際恆曰：感時惜物詩肇端于此。

蟋蟀在堂，歲聿其逝。今我不樂，日月其邁❶。無已大康？職思其外❷。好樂無荒，良士蹶蹶❸。（二章）

【注釋】

❶邁：往。❷其外：其餘。其所治事之餘。❸蹶：音貴ㄍㄨㄟˋ。蹶蹶：驚起貌。

【評析】

(1)歐陽脩曰：職思其外者，謂廣為周慮也。

(2)蘇轍曰：既思其職，又思其職之外。

(3)輔廣曰：人無遠慮，必有近憂，故常思慮在事外也。思之雖周，而為之不敏，則亦無益矣。

蟋蟀在堂，役車其休❶。今我不樂，日月其慆❷。無已大康？職思其憂。好樂無荒，良士休休❸。（三章）

【注釋】

❶役車：行役之車。❷慆：音滔ㄊㄠ，過也。❸休休：安閑之貌。

【評析】

(1)黃佐曰：既思職內之事，又思職外之事，內外若無遺患矣。然憂患之來，又有出於非常，以為遠而又在近。所謂謹備其所憎，禍常生於所愛。則亦不可不思慮也。如此則思患豫防，無所不至矣，焉有不安者乎？

(2)牛運震曰：思憂正以為樂，深理可思。

【總評】

(1)劉瑾曰：此詩必曰蟋蟀在堂，而後曰今我不樂，則能不遊於逸矣。既曰今我不樂，又曰無已大康，則能不淫於樂矣。曰職思其外，則儆戒無虞也。曰好樂無荒，則無怠無荒也。以詩人之克勤克儉，所憂所思，雖無唐虞君臣之德業，而其發於詩者，與伯益告戒之辭，同條其貫。信乎前聖遺風之遠也。

(2)鄒泉曰：此詩言愈緊而意愈切。首言居，猶是本分常事，未及其餘也。次言外，則及其餘矣，然猶是過而備之耳，未切於憂也。言憂則操心危，慮患深，常在多凶多懼之地，而比上之思備其餘者，益切矣。

(3)牛運震曰：此詩正旨本諷人君以深思周慮而不廢其政事，卻以及時行樂發之。詞氣愈婉，意思愈緊。

(4)姚際恆曰：〈小序〉謂「刺晉僖公」，《集傳》謂「民間終歲勞苦之詩」，觀詩中「良士」二字，既非君上，亦不必盡是細民，乃士大夫之詩也。每章八句，上四句一意，下四句一意。上四句言及時行樂，下四句又戒無過甚也。

(5)方玉潤曰：〈蟋蟀〉，唐人歲暮述懷也，此真唐風。其人素本勤儉，強作曠達而又不敢過放其懷，恐耽逸樂，致荒本業，故方以日月之舍我而逝，不復回者，為樂不可緩；又更以職業之當修，勿忘其本業者，為志不可荒，無已，則必如彼瞿瞿良士，好樂而無荒焉可也。

(6)普賢曰：此詩可代表我國古代農業社會生活以勤儉為本的觀念，其詩旨「好樂無荒」是對的，但「職思其憂」是「樂不忘憂」，與孔子的「樂以忘憂」就有了差別。詩中一字未提及如何行樂，只反映出終歲以勤儉自律的晉人，一旦試圖稍稍作樂，未見放懷痛飲，不及歌舞狂歡，已戰戰兢兢地一心一意惟不可放縱之是念。這種晉人性格，差不多已形成我民族性的一部分，與歐美民族之工作時專心工作，玩樂時只管玩樂，略有不同。實則西俗之工作玩樂兩不牽掛，才完全符合「一張一弛，文武之道」！

山有樞

國亂民憂，無心享受，詩人故作達觀語，勸人及時行樂。

山有樞❶，隰有榆❷。子有衣裳，弗曳弗婁❸；子有車馬，弗馳弗驅。宛其死矣❹，他人是愉❺！（一章）

【注釋】

❶樞：木名，刺榆。❷隰：音席ㄒㄧˊ，低濕之地。❸婁：音屢ㄌㄩˇ，牽也。曳：拖其拖於地；婁：拖其牽於手。❹宛：死貌。或訓為若。❺愉：樂，享樂。

【評析】

(1)劉瑾曰：宛其死矣，而衣裳車馬，徒為它人之樂。是其憂遠及於身後，其意欲盡樂於生時。則雖解前篇深遠之憂，而憂反愈深；雖答前篇為樂之意，而意則愈蹙矣。

(2)牛運震曰：①危言忠告，如晨鐘警夢。②陡下「宛其死矣」，危險之極。守財虜可為猛醒。③「他人」字對「子」字，逼照甚緊。

山有栲❶，隰有杻❷。子有廷內❸，弗洒弗埽；子有鐘鼓，弗鼓弗考❹。宛其死矣，他人是保！（二章）

【注釋】

❶栲：音考ㄎㄠˇ，木名，山樗。❷杻：木名，梓屬。❸廷：同庭，中庭。內：堂與室。❹考：擊。

【評析】

(1)孔穎達曰：上云他人是愉，為得己樂以為樂；此云他人是保，為得己之安以為安也。

(2)牛運震曰：①廷內鐘鼓縷言之，更暢卻更緊切。②「他人是保」，正以己之不能保也。反映更警切。

山有漆❶，隰有栗。子有酒食，何不日鼓瑟？且以喜樂，且以永日❷。宛其死矣，他人入室！（三章）

【注釋】

❶漆：漆樹。❷永：長。永日：終日。

【評析】

(1)牛運震曰：酒食琴瑟合說，妙。變調更清急。兩「且以」寫出無聊無奈。「且以永日」正是悲極語。直說「入室」咄咄可畏。

【總評】

(1)謝枋得曰：始言「他人是愉」，中言「他人是保」，末言「他人入室」，一節悲一節，此亦憂深思遠也。

(2)許謙曰：〈蟋蟀〉以為不可過於樂，而豫防事變憂患之不測，其憂固已深矣。然其勤儉自守，思患豫防，其意猶可制。而此詩所思，又若朝不謀夕者，故曰憂愈深而意愈蹙也。

(3)牛運震曰：①三「宛其死矣」即前篇「職思其外」「職思其憂」之注腳也。喚醒愚人多少！②促節疊調，是悲蹙，不是曠達。③四鄰謀取其國而不知，勸他曳驅飲樂何益！蓋以為與其為他人守，不如及時行樂之為愈也。特設此反詞寓言，以為悚動耳！細繹乃得之，故曰憂深思遠。

(4)高葆光曰：詩人當國家將要滅亡的時候，乃竟憂愁怨恨驚恐，無心穿戴遊觀，無心灑掃門庭，甚至無心果腹。但也有人愁到極點，怕到極點，反而看開一切，將生死置在腦後，猖狂罔顧，肆意享受，以消磨暴風雨將來的前夕。一方面也省得自己辛苦的所得，白白地便宜了敵人，自己反落個冤死鬼。他不但自己看破一切，又轉勸他人。他表面似乎曠達，似乎頹靡，似乎享樂，其實他有無限的傷心，欲哭無淚，所以要在未死之前，痛快一下，狡猾的詩人，洞破這般人的心理，都因為愁啦，怨啦，是人們慣用的字眼，不能引起人們格外的注意，所以在這首詩內將這些字眼藏起。只就這般人的瘋狂話頭，來描寫他們內心的痛苦。會讀詩的人，自能體會到這群人的悲鳴，而令人掬出一把酸辛的淚水！這首詩是用反面語氣表達沉痛的情感。

揚之水

這是寫一女子前去赴男友婚姻之約的詩。

揚之水❶，白石鑿鑿❷。素衣朱襮❸，從子于沃❹。既見君子，云何不樂❺！（一章）

【注釋】

❶揚：激揚。❷鑿：音做ㄗㄨㄛˋ。鑿鑿：鮮明貌。❸素衣：白色上衣。朱：紅色。襮：音博ㄅㄛˊ，領子。❹沃：曲沃，地名。❺云何：如何。

揚之水，白石皓皓❶。素衣朱繡❷，從子于鵠❸。既見君子，云何其憂！（二章）

【注釋】

❶皓皓：潔白貌。❷朱繡：紅色刺繡，亦指領子。❸鵠：音鼓ㄍㄨˇ，亦地名，近曲沃。

揚之水，白石粼粼❶。我聞有命❷，不敢以告人。（三章）

【注釋】

❶粼：音鄰ㄌㄧㄣˊ。粼粼：水清見石之貌。❷命：邀約。

【總評】

(1)糜文開曰：〈唐風〉的〈揚之水〉，自詩〈序〉以來，都將「從子于沃」句牽涉到下面一段歷史：建都於絳的晉昭公，為了叔父成師（桓叔）的勢力太大，就封他在曲沃來限制他的勢力範圍。但後來桓叔的孫子還是靠曲沃的勢力來壓迫公室，把昭公殺了，自曲沃遷居到絳，成為晉武公。《毛詩．小序》說：「〈揚之水〉，刺晉昭公也。昭公分國以封沃，沃盛強，昭公微弱，國人將叛而歸沃焉。」宋朱熹的《詩集傳》也採納這個說法：「晉昭侯封其叔父成師于曲沃，是為桓叔。其後沃盛強而晉微弱，國人將叛而歸，故作此詩。」清人雖對毛、朱二家解詩多指摘，而解此詩仍不出封沃事件的範圍。但玩味詩中語氣，應該是女方水占，得到好的預兆，因此高高興興地前去赴男友的婚姻之約。末章說「不敢以告人」，就知這還是祕密的行動。我根據周代的禮俗，玩味詩三章本文，試作充實其故事的情節，寫成新解如下：

一位有身分的女郎，熱戀著她的男友，已經私訂終身，議婚時她的父親提出了苛刻的條件，要像樣的聘禮。男方拿不出來。女方的大姨媽，也是男方的親戚，前來說情，女方始終不肯遷就，於是婚事擱置起來。女郎的父親也就不准二人來往，給她另行提親，但她堅持非他不嫁。一年後，女郎已二十歲，心裡很著急。忽然有一天，大姨媽來到女家，私下和她妹妹——女郎的母親商量，說：「甥女的年齡已到了可以自主的階段。（周代婚齡是男三十女二十，男女逾齡未婚，則於仲春相會，奔者不禁）你不如私下給她些積蓄，讓她先來曲沃到我家，和新郎相會，再一起轉赴鵠邑新郎家成親。固執的父親，不必和他多話，疼你女兒的只有你，只要你點頭就行了。」

做母親的猶豫不決，就帶著女兒跟大姨媽一起去汾水邊水占一下，結果一捆柴薪拋向激流的水中，很快地就隨水漂浮而下，在不遠處打了一個旋轉，便順利地越過魚梁而去。剩下的只是那粼粼的清流中一塊塊皓皓的白石，耀人眼睛。

水占既是好兆，於是女郎瞞著父親，穿起她最喜歡的紅色綉領的白上衣，偷偷地隨大姨媽到曲沃去了。

椒聊

這是一篇稱讚體格碩大的人，並祝他子孫眾多的詩。

椒聊之實❶，蕃衍盈升❷。彼其之子❸，碩大無朋❹。椒聊且❺！遠條且❻！（一章）

【注釋】

❶椒聊：即今之花椒。❷蕃衍：繁多。盈：滿。謂椒實之多可以盈升。❸其：音記ㄐㄧˋ，語詞。之子：這一位。❹朋：比。❺且：音居ㄐㄩ，語詞，下同。❻遠條：長枝。

【評析】

(1)范祖禹曰：椒聊且者，本其始也；遠條且者，言其枝別將遠而無窮也。

椒聊之實，蕃衍盈匊❶。彼其之子，碩大且篤❷。椒聊且！遠條且！（二章）

【注釋】

❶匊：音菊ㄐㄩˊ，捧。❷篤：厚，指性情言。

【總評】

(1)普賢曰：詩〈序〉云：「〈椒聊〉，刺晉昭公也。君子見沃之盛強，能修其政，知其蕃衍盛大，子孫將有晉國焉。」晉昭公分國封沃，事見桓公二年《左傳》。但詩中看不出有何刺意，只覺是對他人的讚美，如同〈螽斯〉之祝人多子，〈桃夭〉之祝人家族繁盛。此篇以花椒之多子來頌祝他人。（後世椒房除取其有香味外，亦有預祝此屋之人能多子之義。）並稱讚他體格碩大，性情篤厚。如此之人，自應子孫繁多，而且緜遠流長。所以每章最後特別唱出「椒聊且，遠條且」的祝頌之意。

綢繆

新婚之夜，一對新人彼此對對方都有意外的驚喜，而唱出這首讚歎之歌來。

綢繆束薪❶，三星在天❷。今夕何夕？見此良人❸！子兮子兮❹！如此良人何！（一章）

【注釋】

❶繆：音謀ㄇㄡˊ。綢繆：猶纏綿。束薪：綑束在一起的柴薪。❷三星：參星。在天：初昏見於東方天上。❸良人：指新郎。❹子：亦指新郎。

【評析】

⑴曹粹中曰：詩人每以薪喻昏姻，如「翹翹錯薪」，「析薪如之何」是也。束薪者，析於彼而合於此，有昏姻之義焉。

綢繆束芻❶，三星在隅❷。今夕何夕？見此邂逅❸。子兮子兮❹！如此邂逅何！（二章）

【注釋】

❶芻：乾草。❷在隅：東南隅，星至此已夜深。❸邂逅：意外見到。謂遇到如此美麗之新娘，實出意外也。❹子：此「子」指新娘。

【評析】

⑴唐汝諤曰：張南軒疑昏姻不得稱邂逅，然而得自過時，喜出望外，亦若有不期而會者，故云。

⑵張彩曰：昏姻恆久之事，而曰邂逅者，指初會之時為言。

綢繆束楚❶，三星在戶❷。今夕何夕？見此粲者❸！子兮子兮❹！如此粲者何！（三章）

【注釋】

❶楚：荊楚樹。❷戶：室戶。三星在天、在隅、在戶，以參星之移轉，說明時間之久長。謂此新婚夫婦，通夜纏綿也。❸粲：美也，指新娘而言。❹此「子」字亦指新娘。

【總評】

(1)牛運震曰：①今夕何夕，如夢如寤。②澹婉纏綿，真有解說不出光景。

(2)方玉潤曰：今夕何夕等語，男女初婚之夕，自有此惝怳情形景象，不必添出國亂民貧男女失時之言，始見其為欣慶詞也。詩詠新婚多矣，皆各有命意所在，唯此詩無甚深義，只描摹男女初遇，神情逼真，自是絕作，不可廢也。若必篇篇有為而作，恐自然天籟反難索已。

(3)普賢曰：〈綢繆〉篇的所以能特別表達欣喜的氣氛，得力在寫美景良辰後，又加以一問一歎。各章前兩句寫三星靜夜美景，中兩句寫新婚甜蜜良辰。良辰的美滿婚姻，又以「今夕何夕」的問句點出，便表現了惝怳如夢的驚喜之感。（舊式婚姻，僅憑媒妁之言，多是從未謀面者，洞房相見，得覩對方之美好，故有驚喜之感。）最後兩句「子兮子兮！如此良人何！」句法略變，一歎之下，遂成絕作。

杕杜

這是失去兄弟親情者的自傷詩。

有杕之杜❶，其葉湑湑❷。獨行踽踽❸，豈無他人？不如我同父。嗟行之人❹，胡不比焉❺？人無兄弟，胡不佽焉❻？（一章）

【注釋】

❶杕：音地ㄉㄧˋ，孤特貌。有杕：杕然。杜：木名，即赤棠樹。❷湑：音胥ㄒㄩ。湑湑：盛貌。❸踽：音舉ㄐㄩˇ。踽踽：無所親之貌。❹行之人：謂行路之人。❺比：讀如畢ㄅㄧˋ，親也。❻佽：音次ㄘˋ，幫助。

【評析】

(1)鄧元錫曰：天生物，使一本也。豈無他人？不如我同父，一本故也。

(2)朱道行曰：詩以獨生之杜，猶葉茂。起獨行之人，終無與比，反興也。無兄弟者，顧影踽踽，而望比佽於他人。他人非同父，知其不如，而庶幾於萬一之我比我佽，無聊賴之詞也。

有杕之杜，其葉菁菁❶。獨行睘睘❷，豈無他人？不如我同姓。嗟行之人，胡不比焉？人無兄弟，胡不佽焉？（二章）

【注釋】

❶菁：音精ㄐㄧㄥ。菁菁：茂盛貌。❷睘：音瓊ㄑㄩㄥˊ。睘睘：無所依貌。一本作煢煢，義同。

【評析】

(1)朱公遷曰：由同父而同姓，以親疏為次序也。

【總評】

(1)輔廣曰：讀是詩者，見人生世間不可獨居無與，而他人又不如同氣之為親也。

(2)季本曰：此詩之意，欲人厚於兄弟而篤親親之恩。言杕杜雖特生，亦有湑湑菁菁之葉以庇本根，人苟獨行而無兄弟，則無庇矣。見人不可無兄弟也。非兄弟則為行路之人，行路之人相遇，何嘗相親比乎？此即〈常棣〉所謂「雖有良朋，況也永歎」之意。

(3)顧起元曰：各上五句，自傷其孤特；下四句，求助於人也。踽踽睘睘，就情義上說，此只是孤特；豈無他人二句，原其所以為孤特也。

(4)牛運震曰：①至性語，悲甚厚甚。②嗟行之人四語反復之，以明他人之不如同父也。③語危意深，〈序〉以為刺晉君之獨立寡助者得之，不如《傳》說泛泛作訓人孝友語也。④只作孤儒可憐之態，自然情摯。

(5)姚際恆曰：此詩之意，似不得于兄弟而終望兄弟比助之辭。言我獨行無偶，豈無他人可共行乎？然終不如我兄弟也。使他人而苟如兄弟也，則嗟彼行道之人，胡不親比我？而人無兄弟者，胡不佽助我乎？「行之人」即上「他人」，以見他人莫如我兄弟也。即〈常棣〉「凡今之人，莫如兄弟」之意。

羔裘

這詩可解作：好友二人，其一升居高位，冷落老友，而老友卻仍有念舊情誼，作此詩以表心意。也可解作：一對情人，男子升為大官，不再理他的舊日女友，而女子仍有戀舊之情，故作此詩以明心跡。

羔裘豹祛❶，自我人居居❷。豈無他人❸？維子之故❹。（一章）

【注釋】

❶祛：音驅ㄑㄩ，衣袖。羔羊皮為裘，豹皮為袖，大夫之服。❷居居：衣服盛貌。自我人居居：謂其居居然華盛之裘，出自我人也。❸豈無他人：謂豈無其他可交往之人也。❹之：是。故：故舊。

【評析】

(1)輔廣曰：曰「羔裘豹袪」，則是指其卿大夫也明矣。「豈無他人，維子之故」則其欲去而不忍去之意，亦可見矣。

羔裘豹褎❶，自我人究究❷。豈無他人？維子之好❸。（二章）

【注釋】

❶褎：同袖。❷究究：猶居居。❸好：音號ㄏㄠˋ，愛好。謂只愛好你。

【總評】

(1)普賢曰：此詩自來不得確解。如按詩〈序〉：「〈羔裘〉，刺時也。晉人刺其在位不恤其民也。」然既怨其在位者，則又何言「維子之好」？朱熹則謂：「此詩不知所謂，不敢強解。」今按詩之本文體會，當係男女二人原本要好，後則男子發達，不理舊情人，而女子卻仍念舊不忘，遂作此詩。如此解法，似較他說為長。

鴇羽

這是行役者自傷不得在家奉養父母的詩。

肅肅鴇羽❶，集于苞栩❷。王事靡盬❸，不能蓺稷黍❹，父母何怙❺？悠悠蒼天❻，曷其有所❼？（一章）

【注釋】

❶肅肅：鳥羽聲。鴇：音保ㄅㄠˇ，鳥名，似雁而大，有胡雁之稱，無後趾，不棲於樹。❷苞：茂密。栩：音許ㄒㄩˇ，櫟樹。❸王事：王室之事。靡：無。盬：音古ㄍㄨˇ，止息。❹蓺：種植。稷：無黏性小黃米。黍：黏性小黃米。❺怙：音戶ㄏㄨˋ，恃也。❻悠悠：遙遠貌。❼曷：何日。所：安身之所。

【評析】

(1)朱熹曰：言鴇之性不樹止，而今乃飛集于苞栩之上，如民之性本不便於勞苦，今乃久從征役，而不得耕田以供子職也。悠悠蒼天，何時使我得其所哉！

（二章）

肅肅鴇翼，集于苞棘❶。王事靡盬，不能蓺黍稷，父母何食？悠悠蒼天，曷其有極❷？

【注釋】

❶棘：酸棗樹。❷極：盡頭。

【評析】

(1)范祖禹曰：曷其有極者，言勞役之無已也。

（三章）

肅肅鴇行❶，集于苞桑。王事靡盬，不能蓺稻粱，父母何嘗❷？悠悠蒼天，曷其有常❸？

【注釋】

❶行：音杭ㄏㄤˊ，行列。❷嘗：食也。❸常：正常。

【評析】

(1)范祖禹曰：思得休息以反其常，厭亂之甚也。

(2)朱公遷曰：復其常則遂安居之樂矣。

【總評】

(1)孔穎達曰：三章皆上二句言從征役之苦，下五句恨不得供養父母之辭。

(2)范處義曰：語意雖切，不敢怨其上，詩人之忠厚也。

(3)朱公遷曰：一章言居處何時而可定？二章言行後何時而可已？三章言舊時之樂，何時而可復？

(4)徐鳳彩曰：黍稷稻粱，非成熟於一時者。而今皆不得蓺，見從役非一日矣。

(5)牛運震曰：①音節妙，頓挫悲壯。②三呼父母，愴然孝子之音。③此怨詩也。告天痛父母而不敢疾怒其上，猶不忘忠厚焉。④調高而思摯，揚之激壯，按之沉鬱。

(6)王靜芝曰：肅肅鴇羽，集於苞栩者，征人自為比也。征人終日勞苦，日暮途遠，夕陽在山，隨地紮營，棲止非其所安，故因以興難，以肅肅群鴇自比。蓋鴇為雁類，本不木棲，今集於木之枝上，其所棲難安也。

(7)普賢曰：〈鴇羽〉詩是人民痛苦的呼聲，因為它報導的是真實生活，表露的是真實情感，所以雖樸實無華，也無特殊技巧，而感人卻很深。

無衣

這詩敘晉武公始併晉國，他的大夫為他請命於天子之使。（按：武公名稱，曲沃桓叔之孫，併晉，以寶器賂周釐王，王以為晉侯。武公雖併晉而心不自安，以未得天子之命服也。諸侯不命於天子，則不成為國君。故請乎天子之使。事詳《史記・晉世家》。）

豈曰無衣七兮❶？不如子之衣❷，安且吉兮❸！（一章）

【注釋】

❶七：侯伯之禮七命。其國家宮室車旗衣服禮儀，皆以七為節。此句謂豈無七章之服，舊固有之也，然非天子命我之服也。❷子：指天子之使。子之衣：乃天子之命服。❸此句謂服天子之命服，則真成為諸侯，故曰安且吉也。

【評析】

(1)毛萇曰：諸侯不命於天子，則不成為君。

(2)朱熹曰：當是時，周室雖衰，典型猶在。武公既負弒君篡國之罪，則人得而討之，而無以自立於天地之間。故賂王請命，而為說如此。

(3)輔廣曰：①安，謂不隉杌；吉，謂無後患。此特以利害言耳，非誠知義理之所在也。②請命於天子，而敢自謂「豈曰無衣，不如子之所命」，則其辭之悖慢無禮亦甚矣。大率意得志滿者，其辭多如此。

豈曰無衣六兮❶？不如子之衣，安且燠兮❷！（二章）

【注釋】

❶六：天子之卿六命，車騎衣服以六為節。❷燠：音玉ㄩˋ，暖也。

【評析】

(1)孔穎達曰：晉實侯爵之國，非天子之卿。所以請六章衣者，謙不敢必當侯伯之禮，故求得受六命之服也。

(2)徐鳳彩曰：燠，服久則煖也。

【總評】

(1)牛運震曰：①語脈橫甚，儼然傲睨無君面目，演弄名器服章，真如兒戲。②此刺武公也。蓋設為請命之詞以醜之。後世篡竊之徒，紛紛賜劍履，加九錫，皆自為之而要天子之命以為重，唐劉仁恭曰：「旌節吾自有，但要長安本色爾。」此所謂「不如子之衣，安且吉」也。

有杕之杜

這是好與賢人為友者自感孤獨，切盼有君子來過從的詩。

有杕之杜❶，生于道左。彼君子兮，噬肯適我❷。中心好之❸，曷飲食之❹？（一章）

【注釋】

❶杕：音地ㄉㄧˋ，孤特貌。杜：木名，即赤棠。❷噬：音逝ㄕˋ，語詞。適：往。❸好：音號ㄏㄠˋ，愛好。❹曷：何時。飲：音印ㄧㄣˋ。食：音四ㄙˋ。均作動詞用。謂不知何時能飲之食之，晤對暢談也。

【評析】

(1)朱熹曰：杕然之杜，生于道左，其蔭不足以休息，如己之寡弱，不足恃賴。則彼君子者，亦安肯顧而適我哉？然其中心好之則不已也，但無自而得飲食之耳。夫以好賢之心如此，則賢者安有不至，而何寡弱之足患哉！

有杕之杜，生于道周❶。彼君子兮，逝肯來遊❷。中心好之，曷飲食之？（二章）

【注釋】

❶道周：道路曲處。❷逝：語詞。

【總評】

(1)朱公遷曰：道左則僻，道周則迂，杕杜生於僻左迂迴之地，力薄位卑，有若此矣。故兩章皆合兩句為比，適我且不肯，況肯來以遨遊乎？以意之淺深為次序。

(2)鄒泉曰：此詩二章，上四句言勢不足以致賢，下言心實切於好賢。以杕然無枝之杜，生於僻左迂迴之地，其蔭不足以休息。如己寡弱，無爵以貴人，無祿以富人，勢不足賴，則不足以行其道，故賢者不至。「中心好之」，正表己好賢之誠，不能自已。「無自飲食之」，所謂恐不足以致之也。末見此人勢不足以致賢，而其心誠於好賢如此。彼有可致之勢，顧使野有遺賢，亦獨何哉！

(3)牛運震曰：①杜實少味，而杕杜寡蔭，託喻最切。②中心好之二語畫出求賢若渴，汲汲如不及之神。③曷字有欲言不盡之妙。

(4)糜文開曰：此或靜女已過婚齡，盼望有白馬王子，翩然來臨也。

葛生

這是一篇喪偶者悲切感人的悼亡詩。

葛生蒙楚❶，蘞蔓于野❷。予美亡此❸，誰與？獨處！（一章）

【注釋】

❶蒙：掩蓋。楚：木名。❷蘞：音斂ㄌㄧㄢˋ，蔓生草。❸予：我。美：所美之人，婦人謂其夫。亡：去。不忍顯言其死，故曰去此。

【評析】

(1)朱公遷曰：此以人不如物起興。

(2)牛運震曰：①二句中連寫三物，荒翳在目，勝讀松柏白楊之句。②亡字連美字，慘痛之極。③誰與獨處，分作兩截讀，嗚咽促拗苦調。

葛生蒙棘❶，蘞蔓于域❷。予美亡此，誰與？獨息❸！（二章）

【注釋】

❶棘：酸棗樹。❷域：塋域，指墓地言。❸息：寢息。

角枕粲兮❶，錦衾爛兮❷。予美亡此，誰與？獨旦❸！（三章）

【注釋】

❶角枕：以角飾枕。粲：鮮明貌。❷衾：音欽ㄑㄧㄣ或音琴ㄑㄧㄣˊ，被子。爛：鮮亮貌。此角枕錦衾或謂臥室二人共用之寢具，或謂用以殮尸之具。❸旦：天亮。獨旦：獨處到天亮。

【評析】

(1)牛運震曰：①極慘苦事，忽插極鮮豔語，更難堪。②亡則不復旦矣。偏說獨旦，悲甚。

夏之日❶，冬之夜❷。百歲之後，歸于其居❸。（四章）

【注釋】

❶夏季晝長，言夏之日，謂天天似夏日之漫長難度也。❷冬季夜長，言冬之夜，謂夜夜似冬夜之漫長難度也。二句謂度日如年之意。❸居：指墳墓。

【評析】

(1)鄭玄曰：思者於晝夜之長時尤甚，故極言之以盡情。

(2)唐汝諤曰：夏非獨思於日，但思因夏日而益永。冬非獨思於夜，但思隨冬夜而俱長。總晝夜計之，則思亦無冬無夏矣。

(3)牛運震曰：夏日冬夜言憂思也，卻不露憂思字，淒深入神。

冬之夜，夏之日。百歲之後，歸于其室❶。（五章）

【注釋】

❶室：謂墓室。

【評析】

(1)牛運震曰：壙墓竟說居室，妙。

【總評】

(1)牛運震曰：①此篇章法結構，一意貫串。②拙厚惋惻，絕妙悼亡詞。

(2)普賢曰：這篇悼亡詩，充溢著一片悲切淒涼情緒，寫得十分成功。這種真實的感覺，至情的流露，自易動人，獲得讀者的共鳴。後代潘岳、元稹的悼亡詩傑作，也無非觸景生情，哀思難忘，不出此詩窠臼。但此詩「誰與？獨處！」「誰與？獨息！」「誰與？獨旦！」已見詩人技巧的運用。至於「夏之日，冬之夜」六字的反復吟詠，更成千古絕唱！此六字舉日與夜，所以表晝夜流轉，長日哀思；舉夏與冬，所以表寒暑更遞，長年哀思。年月累積，即無時無刻，或有間斷也。夏日晝永，冬日夜長，最感孤寂。四章先夏後冬，五章先冬後夏，一轉換間，重複中有變化，一唱再歎，哀感遂達至於極點。這六個字的自然運用，不見斧鑿之痕，而分析其功效，竟有如此之大，耐人尋味，妙不可言！

采苓

這是勸人勿聽信讒言的詩。

采苓采苓❶，首陽之巔❷。人之為言❸，苟亦無信❹。舍旃舍旃❺！苟亦無然❻。人之為

言，胡得焉？（一章）

【注釋】

❶苓：音零ㄌㄧㄥˊ，藥草名，一名大苦。❷首陽：山名。❸為：讀作偽ㄨㄟˋ。為言：即偽言、訛言。❹苟：且。亦：語詞。❺舍：捨。旃：音占ㄓㄢ，之焉兩字之合聲字。舍旃：即捨之焉。❻無然：勿以為然，即不要信以為真。

【評析】

(1)彭執中曰：人之為言，不可遽信，則固當舍置。然舍之而不究其實，則讒言猶幸於得中而無所懲，必究其有無之實，則為言者，無所得而自止矣。

(2)張榜曰：讒人似是之言，能投於卒然之頃，而不能不露於審察之後，故舍旃舍旃，為止讒之法。

采苦采苦❶，首陽之下。人之為言，苟亦無與❷。舍旃舍旃！苟亦無然。人之為言，胡得焉？（二章）

【注釋】

❶苦：苦菜，即荼。❷與：許也，謂讚許。

采葑采葑❶，首陽之東。人之為言，苟亦無從。舍旃舍旃！苟亦無然。人之為言，胡得焉？（三章）

【注釋】

❶葑：音封ㄈㄥ，蕪菁，根可食。

【總評】

(1)輔廣曰：凡有言者，不審而遽聽之，則讒言日進。反是而一切拒絕之，則忠言又不復可聞矣。二者胥失之也，故讒譖之人，不畏人之不聽，而畏人之能審。今雖不聽，彼將浸潤而入之，則異日或不能不聽矣。惟能審察，而真有以見其情偽之所以然，則不惟不敢進，而亦無自而進矣。此止讒之法也。

(2)牛運震曰：只籌畫一聽言之法，而塈讒之意自見。即聽讒者亦足以戒矣。一篇惓惓無限深情苦衷。

秦風

秦，嬴姓之國，其地在禹貢之雍州（今陝西甘肅兩省大部及青海、額濟納之地為古雍州之地）。秦之先世為顓頊之後，至大費（一名伯翳，《尚書》謂之伯益），佐禹治水有功，賜姓嬴氏。其後中潏居西戎以保西垂。六世孫大駱生成及非子。非子居犬丘，好馬及畜，善養息之。周孝王召之使主馬於汧渭之間，馬大蕃息。孝王分土封之為附庸，而邑之秦（今甘肅省隴西縣），使復續嬴氏祀。宣王時非子曾孫秦仲為大夫，伐西戎不克反被殺。及幽王為犬戎所殺，平王東遷，秦仲孫襄公以兵送之。平王封襄公為諸侯，賜之岐以西之地，襄公於是始與諸侯通聘享之禮。襄公生文公，以兵伐戎，遂收周餘民而有之。地至岐，岐以東獻之周。至玄孫德公，始徙於雍（今陝西省興平縣）。傳至德公曾孫穆公而為春秋五霸之一。

〈秦風〉凡十篇，皆為東周時詩。詩〈序〉以〈駟驖〉為美秦仲，朱熹未之信，蓋非西周時詩也。

秦風十篇

車鄰

詩人欣幸能見到秦君，遂唱出他讚美秦君和樂可親的歌來。

有車鄰鄰❶，有馬白顛❷。未見君子❸，寺人之令❹。（一章）

【注釋】

❶鄰鄰：或作轔轔，眾車行聲。❷顛：額部。白顛：謂額有白毛。❸君子：指秦君而言。❹寺人：內侍小臣，太監之類。之：是。令：使。謂將見秦君者，必使寺人通之。

【評析】

(1)孔穎達曰：車既眾多，則馬亦多矣。故於馬見其毛色而已。

(2)牛運震曰：只是點出秦君有寺人耳，卻自拖逗形容有情。

阪有漆❶，隰有栗❷。既見君子，竝坐鼓瑟❸。今者不樂，逝者其耋❹。（二章）

【注釋】

❶阪：陂陀不平之處。漆：木名。❷隰：音習ㄒㄧˊ，下濕之地。栗：木名。❸竝坐：同坐。❹逝：去，指日月逝去。

耋：音迭ㄉㄧㄝˊ，老。年八十曰耋。

【評析】

(1)鄭玄曰：竝坐鼓瑟，君臣以閒暇燕飲相安樂也。

(2)呂祖謙曰：既見君子，竝坐鼓瑟，簡易相親之俗也。今者不樂，逝者其耋，悲壯感歎之氣也。秦之強以此，而止於為秦者，亦以此。

阪有桑，隰有楊。既見君子，竝坐鼓簧❶。今者不樂，逝者其亡❷。（三章）

【注釋】

❶簧：笙竽中之銅片，吹時鼓動作聲者。笙亦謂之簧。❷亡：死亡。

【評析】

(1)沈萬鈳曰：夫擊甕扣缶，彈箏拊髀，而歌烏烏快耳目者，真秦之聲也。今鼓瑟鼓簧，非其舊聲，創見可知。

【總評】

(1)顧起元曰：鄰鄰是車之多，白顛是馬之美。寺人對車馬看，此皆昔無而今有者。阪有漆二章，各上四句興其作樂以為樂，下歎其宜及時以為樂也。國家方興，人心踴躍以樂其上，而樂其有車馬寺人意，亦在其中。

(2)沈守正曰：未見而傳衛之森嚴，既見而略其名分，與國中雄桀之士，慨慷悲歌，勉其及時以就功名。即安能邑邑待數十百年之意也。讀〈車鄰〉，秦之規模定矣。

(3)崔述曰：吾讀《詩》至〈秦風・車鄰〉之篇，而不禁喟然三歎也。曰：嗟乎！趙高之禍，其萌於此矣！此篇獨先以寺人之令，若未見時有寺人之令，然後既見時有瑟簧之鼓者。嗟夫！既見君子則並坐鼓瑟，並坐鼓簧，其情親矣，其分尊矣，而未見君子則不能不借助於寺人，豈不可懼也哉？大凡人主任用近侍，賢人未有不為其所譖者。編《詩》者以〈車鄰〉始，以〈權輿〉終，或亦有深意存焉乎！觀於商鞅富強之才，必由景監以見。呂不韋懼禍，則薦嫪毐以為內援。似秦立國以來，多寄耳目於寺人者。而秦本周之舊，先王遺澤猶存，固當有遠慮之君子。或者詩人見微知著，故作此詩以風之，未可知也。縱作詩者不必果有此意，而讀此詩自可以悟此理，正不待於讀〈秦本紀〉、〈李斯列傳〉而後知其敝也。

(4)牛運震曰：①「未見君子」寫出尊嚴，「既見君子」寫出和大。②略似〈唐風〉語。獨覽忠愛忼慨，樸致雄風如見。③莽莽草草，寫出古風霸氣。④讀其詩，可以知其俗。讀此篇簡易之風，悲壯之氣俱見。

(5)普賢曰：詩〈序〉云：「〈車鄰〉，美秦仲也。秦仲始大，有車馬禮樂侍御之好焉。」按秦仲為周宣王大夫，未必得備寺人之官。此詩疑作於平王命襄公為侯之後。故朱《傳》曰：「是時秦君始有車馬及寺人之官。將見者，必先使寺人通之，故國人創見而誇美之也。」並未坐實秦之何君。然與詩〈序〉同樣強調此詩所誇者在車馬侍御之盛。今細味詩意，雖謂車馬侍御皆為昔日所無而今始有，值得誇美。鼓瑟鼓簧，亦非秦之舊聲，而為創見，值得特寫。然此皆為陪襯秦君今日之威勢地位者：於未見君子時，以車馬之盛，表現其富強；「寺人之令」，表現其尊嚴也。於既見君子後，能與詩人竝坐鼓樂，以見其和易可親。秦君之賢，於焉以見。此乃詩旨主意所在。詩中充滿一股忠愛之情與悲壯忼慨之氣，頗具霸王雄風。然「寺人之令」一語，已伏下後來趙高等內侍小臣弄權禍國之根苗。而秦興之暴，亡之速，亦於此見其端倪矣。

駟驖

這是一篇讚美秦君田獵的詩。

駟驖孔阜❶，六轡在手❷。公之媚子❸，從公于狩❹。（一章）

【注釋】

❶驖：音鐵ㄊㄧㄝˇ，鐵色馬；亦取其堅壯如鐵。❷轡：繮繩。每馬有二轡，四馬應有八轡。驂馬內轡拴於車前橫木觖上，故在手者僅六轡。❸媚：愛。媚子：所寵愛之人，指左右寵信而言。❹于：往。狩：冬獵曰狩。

【評析】

(1)黃佐曰：此章將狩之時，言車馬之盛，使令之多。

(2)徐鳳彩曰：駟驖孔阜，齊色又齊力。秦以牧馬開國，其後猶大蕃息歟！

(3)牛運震曰：媚子從狩，別有親幸生情處。

奉時辰牡❶，辰牡孔碩❷。公曰：「左之❸！」舍拔則獲❹。（二章）

【注釋】

❶奉：奉獻。時：是。辰：音義同麎，ㄔㄣˊ，牝鹿。此泛指雌獸，與牡（雄獸）對言。或解「時」為合於時節。祭祀之牲不用牝，皆以牡為貴。獸人獻時節之獸以供膳，故虞人亦驅時節之獸以待射也。此句謂虞人驅獸以供君射。❷孔：甚。碩：大。❸左之：命御者使左其車，以射獸之左。古射者以中其左為善。蓋射左易中要害（心臟偏左），死速則肉鮮故也。❹舍：同捨，發矢。拔：矢末。此句謂矢發出即有所獲。形容射技精也。

【評析】

(1)黃佐曰：此章則正狩時也。言待狩之禮，行狩之善。

(2)牛運震曰：「公曰左之」，寫得指揮飛動，有聲有色。「舍拔則獲」，寫出迅妙。

遊于北園，四馬既閑❶。輶車鸞鑣❷，載獫歇驕❸。（三章）

【注釋】

❶閑：閒暇，悠閒。❷輶：音由一ㄡˊ，輕。輶車：輕便之車。鑣：音標ㄅ一ㄠ，馬銜。置鸞鈴於馬銜之兩旁稱鸞鑣。❸獫：音險ㄒ一ㄢˇ，獵犬之長喙者。歇驕：《爾雅》、《說文》均作猲獢，獵犬之短喙者。

【評析】

(1)黃佐曰：此章狩畢之時也。言勞逸之節，綜理之周。馬無事於馳驅，但見其閑習而已；車無事於逐禽，但見其有聲而已。當斯時也，以是車也，休田犬之足力焉。

(2)徐常吉曰：人遊而馬閑，車輕而犬休，見從容整暇之意。

(3)牛運震曰：①餘筆映帶。②此罷獵後餘波，寫得整暇自如。③閑謂閑暇之閑，訓作閑習非。

【總評】

(1)孔穎達曰：作〈駟驖〉詩者，美襄公也。秦自非子以來，世為附庸，未得王命。今襄公始受王命為諸侯，有遊田狩獵之事、園囿之樂焉，故美之也。

(2)輔廣曰：「駟驖孔阜」，言其馬之盛也。「六轡在手」，言其御之善也。「公之媚子，從公于狩」，言公有所親愛之人，隨公以田獵，疑即指御者而言也。「奉時辰牡，辰牡孔碩」，虞人奉翼大獸以待公之射，禮儀之備也。「公曰左之，舍拔則獲」，射御之精也。「遊于北園」，因出狩而遊觀也。「四馬既閑」，車馬皆閑習也。「輶車鸞鑣，載獫歇驕」，雖田犬而亦處之得宜也。此皆昔無而今有，故歷敘其事而誇美之也。

(3)沈守正曰：獵非先秦之所無也，威儀氣象之改觀，則今所創見耳。

(4)劉瑾曰：秦本保于西戎，自非子為附庸而邑之秦，遂入于中國。自襄公為諸侯，盡有周西都畿內岐豐之地，然後始備中國之禮儀侍御，而詩人美之。觀其所美者如此，則其所缺者亦多矣。

(5)方玉潤曰：今秦初膺侯命，舉行大典，其相率以從于狩者，不聞腹心干城之寄，而乃曰「公之媚子」，則嗜好何如耶？知周之所以王而久，秦之所以帝而促者，其由來蓋有素已。

小戎

這是寫丈夫出征，婦人思念的詩。

小戎俴收❶，五楘梁輈❷，游環脅驅❸，陰靷鋈續❹，文茵暢轂❺，駕我騏馵❻。言念君子❼，溫其如玉❽。在其板屋❾，亂我心曲❿。（一章）

【注釋】

❶小戎：兵車，群臣所乘者。俴：音賤ㄐㄧㄢˋ，淺短，取其便捷。收：車箱，車後橫木及四面之木，所以收斂所載者。❷楘：音木ㄇㄨˋ，交相纏繞。輈：音舟ㄓㄡ，車轅。梁輈纏束五處，故曰五楘梁輈。❸游環：可前後游動之皮環，在服馬背上，驂馬之外轡貫之。脅驅：在服馬脅外之兩條皮帶，前繫於衡（車前橫木）之兩端，後繫於軫（車後橫木）之兩端，所以控馭驂馬不得入內。❹靷：音引ㄧㄣˇ，馬引車所用之皮條，在陰板（車前軾下之板）之下。鋈：音沃ㄨㄛˋ，白金。古金、銀、銅、鐵，總謂之金。續：靷必以數條皮帶相連接而成以續其長，其接處用白色鐵環扣緊，以保牢固，故曰鋈續。❺文：虎皮。茵：車席。暢：長。轂：車輪中心車軸伸出部分之圓木。❻騏：青黑色有如棋盤格紋之馬。馵：音住ㄓㄨˋ，後左足白色之馬。❼言：語詞。君子：婦人謂其夫。❽謂其性情溫文如玉。❾板屋：以板為屋。秦之西陲及西戎均以板為屋。❿心曲：心坎，心窩。

【評析】

(1)顧起元曰：小戎至暢轂，是車；駕我騏馵，是馬。小戎句言車軫之制；五棨句言車輈之制；游環句言御驂馬內外之制；陰靷句言使驂馬引車之制；文茵句言車上所用之制。

(2)徐鳳彩曰：約而計之，攻木之工三：收也、輈也、轂也；攻革之工四：游環也、脅驅也、陰靷也、文茵也；攻金之工一：鋈金也。一車而工聚如此。

(3)牛運震曰：①一起八字，簡質險奧，無閒字有閒力。②小戎俴收五句，一連說耳，卻用「駕我騏馵」一語承住。結構有氣勢，不是排板鋪敘也。③「亂我心曲」怨而媚。

四牡孔阜❶，六轡在手❷。騏駵是中❸，騧驪是驂❹。龍盾之合❺，鋈以觼軜❻。言念君子，溫其在邑❼。方何為期❽？胡然我念之❾？（二章）

【注釋】

❶❷兩注見〈駟驖〉篇注。❸駵：音留ㄌㄧㄡˊ，赤身黑鬣之馬。❹騧：音瓜ㄍㄨㄚ，黃馬黑喙者。驪：黑馬。騧驪是驂：謂以騧驪為兩側之驂馬。❺龍盾：盾上畫龍文者。合：合載二盾。❻觼：音決ㄐㄩㄝˊ，環之有舌者。軜：音納ㄋㄚˋ，驂之內轡，繫於軾前所置之觼上，故曰觼軜。鋈：白色金屬，以之飾觼，故謂鋈以觼軜。❼在邑：在西鄙之邑。❽方：將。期：歸期。❾胡然：何以如此。

【評析】

(1)范王孫曰：馬力有上駟中駟下駟之殊，而馬性又有宜中宜左宜右之別。秦不徒以天閑之駿甲天下，實以駕馭之略雄天下，是中是驂者，曰：是宜為中，是宜為驂也。

(2)牛運震曰：①騏駵騧驪，所謂四牡也。此句法照應處。②末二句語極激動，意絕悲婉。③四牡孔阜四句說馬，鋈以觼軜仍收到駕車。此章法變換處。「胡然我念之」自詰自疑。故是深妙語。④句有虛字，便自疏密合宜。

俴駟孔群❶，厹矛鋈錞❷。蒙伐有苑❸，虎韔鏤膺❹。交韔二弓❺，竹閉緄縢❻。言念君子，載寢載興❼。厭厭良人❽，秩秩德音❾。（三章）

【注釋】

❶俴駟：駟馬皆不被甲。孔群：很合群。❷厹：音求ㄑㄧㄡˊ。厹矛：矛頭三稜形。錞：音敦ㄉㄨㄣ，矛之下端。鋈錞：白色金屬所做之錞。❸蒙：尨雜。伐：盾之別名。有苑：苑然，文彩貌。❹韔：音暢ㄔㄤˋ，弓囊。虎韔：用虎皮做之弓囊。鏤：雕鏤。膺：弓之前面曰膺，後面曰背。鏤膺：謂雕鏤之弓面。❺此句謂於韔中顛倒安置二弓，以備有損壞。❻閉：古通䩛，弓檠，以竹為之，縛於弓裡。緄：音滾ㄍㄨㄣˇ，繩。縢：音騰ㄊㄥˊ，捆紮。此句謂以竹為䩛，以繩捆紮於弓裡。❼載：則。興：起。謂念君子之起居。❽厭厭：安靜。良人：謂其夫。❾秩秩：有序。德音：指對方之語言。

【評析】

(1)吳瑞登曰：厹矛鋈錞，利擊刺也，此主敵人。蒙伐有苑，備矢石也，此主自衛。

(2)牛運震曰：①孔群二字寫出馬德。②蒙伐有苑句特古奧陸離。③一句說馬引起，而連及器械弓盾之備，章法又變。④龍盾蒙伐遙映，正有色澤。⑤結法莊重深穩。

【總評】

(1)輔廣曰：一章主言車，二章主言馬，三章主言兵器。所謂婦人，必其卿大夫為將帥之妻也。蓋君子良人，溫其如玉；厭厭秩秩，皆非士卒所能當也。極其憂思，情也；無所怨刺，義也。二者竝行而不相悖。

(2)嚴粲曰：〈小戎〉之詩，鋪陳兵車器械之事，津津然誇說不已。以婦人閔其君子，而猶有鼓勇之意，其真秦風也哉！

(3)姚舜牧曰：三稱言念君子，以致其私情必先敘其軍容之盛，是婦人亦知公義之為重也。

(4)牛運震曰：①敘典制，斷連整錯有法，骨方神圓。周考工、漢鐃歌，併為一體。②一篇典制繁重文字，參以二三情思語，便覺通體靈動。極鋪張處，純是一片摹想也。③借婦人語氣，矜車甲而閔其君子，立意便勝。極雄武事，妙在以柔婉參之也。不必定以為婦人之詩。

蒹葭

這是敘寫思慕所愛之人而卻難於接近的詩。

蒹葭蒼蒼❶，白露為霜。所謂伊人❷，在水一方❸。遡洄從之❹，道阻且長；遡游從之❺，宛在水中央❻。（一章）

【注釋】

❶蒹：音兼ㄐㄧㄢ，荻也。葭：音加ㄐㄧㄚ，蘆也。蒼蒼：深青之色，狀蘆荻之盛多。❷伊人：那個人。❸一方：一旁。❹遡：音素ㄙㄨˋ。洄：音回ㄏㄨㄟˊ。遡洄謂逆流而上。❺遡游：順流而下。❻宛：彷彿。

【評析】

(1)朱善曰：白露為霜，言其時之暮也；在水一方，言其居之遠也。迫之以時之暮，限之以水之遠。所謂伊人，果若何而求之？將欲逆流而上以求之歟？則既遠而不可即；將欲順流而下以求之歟？則雖近而不可至。味其辭，有敬慕之意，而無褻慢之情，則必指賢人之肥遯者。

(2)牛運震曰：①只兩句寫得秋光滿目，抵一篇悲秋賦。②所謂伊人，神魂隱躍，不可色相。鍾惺以為可想不可名是也。③宛在水中央，仍是阻長之況，正妙在「宛在」二字，說得極分明。④只是兩路夾寫，卻有千迴百折。

蒹葭淒淒❶，白露未晞❷。所謂伊人，在水之湄❸。遡洄從之，道阻且躋❹；遡游從之，宛在水中坻❺。（二章）

【注釋】

❶淒：一作萋。淒淒：與萋萋同義，茂盛貌。❷晞：音希ㄒㄧ，乾也。❸湄：水邊。❹躋：音基ㄐㄧ，升也。❺坻：音池ㄔˊ，水中高地。

【評析】

(1)鄭玄曰：（躋）升者，言其難至如升阪。

(2)牛運震曰：「躋」字深妙。

蒹葭采采❶，白露未已❷。所謂伊人，在水之涘❸，遡洄從之，道阻且右❹；遡游從之，

宛在水中沚❺。（三章）

【注釋】

❶采采：亦茂盛貌。❷未已：未完；亦未乾之意。❸涘：音四ㄙˋ，水涯。❹右：迂迴也。❺沚：音止ㄓˇ，水中可以止息之小洲。

【評析】

(1)孔穎達曰：出其左，亦迂迴。言右，取其涘沚為韻。

(2)牛運震曰：「右」字新奇。

【總評】

(1)牛運震曰：①國風第一篇飄渺文字。②極纏緜，極惝怳。純是情，不是景。純是窈遠，不是悲壯。③感慨情深，在悲秋懷人之外，可思不可言。④蕭疎曠遠，情趣絕佳。〈序〉以為刺襄公不用周禮，失其義矣。

(2)糜文開曰：日人白川靜以民俗學解《詩經》，謂《楚辭》〈湘君〉、〈湘夫人〉固為祭祀水神之詩，國風〈漢廣〉三家詩據神話以解之，則「不可求思」「不可泳思」「不可方思」，亦祭祀漢水女神之辭。〈蒹葭〉篇之「所謂伊人，宛在水中央」，其情詞彷彿〈漢廣〉，或亦漢水上游祭祀水神之歌也。此說新穎有理，可供參考。

(3)普賢曰：王國維曰：「《詩・蒹葭》一篇，最得風人深致。」（《人間詞話》）〈陳風〉之有〈月出〉，〈秦風〉之有〈蒹葭〉，都是形式上仍保留著民間歌謠的三章連環體，而詩的意境已超越民歌，進而為「詩人之詩」的傑作。在慷慨悲歌的〈秦風〉中，忽然出現〈蒹葭〉這樣一篇高逸出塵的抒情詩，尤覺有清新之感。其措詞婉秀雋永，其音節流轉優美，言有盡而意無窮，使人百讀不厭。〈蒹葭〉的出現，非但在〈秦風〉中是雞群之鶴，星夜之月，簡直可稱《三百篇》中抒情詩的代表作。

〈蒹葭〉的內容，你可當它一首情歌讀，但你也不妨當它一篇有所寄託的詩來欣賞。中國古詩中所謂「伊人」「佳人」「美人」，可以指異性的情人，也可以指同性的朋友；可以指賢臣，也可以指明主。或且可如杜甫之明寫佳人為女性，而隱以自喻品格之高潔。漢武帝〈秋風辭〉：「蘭有秀兮菊有芳，懷佳人兮不能忘！」懷賢能也；蘇東坡赤壁詩：「渺渺兮予懷，望美人兮天一方。」思君王也；〈秦風・蒹葭〉，君子隱於河上，秦人慕之而作也。屈萬里曰：「此有所愛慕而不得近之之詩，似是情歌。或以為訪賢之詩，亦近似。」（《詩經釋義》）崔述、方玉潤均以為惜賢之詩。崔氏曰：「周道既衰，周禮尚在。平王東徙，地沒於戎，秦雖得而有之，而所聽信者寺人，所經營者甲兵征戰，不復以崇禮樂敦教化為務，人材風俗於是大變。然以地為周之舊也，故猶有守道之君子，能服習先王之教者，見於其政變於上，俗移於下，是以深自韜晦，入山惟恐不深。詩人雖知其賢而亦知其不適於當世之用，是以反復歎美而不勝其惋惜之情。」（《讀風偶識》）方氏曰：「〈蒹葭〉，惜招隱難致也。此詩在〈秦風〉中氣味絕不相類。以好戰樂鬪之邦，忽遇高越遠舉之作，可謂鶴立雞群，翛然自異者矣。然意必有所指，非泛然者。〈序〉謂刺襄公未能用周禮，蓋秦處周地，不能用周禮，周之賢臣遺老，隱處水濱，不肯出仕，詩人惜之，託為招隱，作此見志，一為賢惜，一為世望。曰『伊人』，曰『從之』，曰『宛在』。玩其詞，雖若可望不可即；味其意，實求之而不遠，思之而即至者。特無心以求之，則其人倜乎遠矣！」（《詩經原始》）方氏此語，最為傳神，「伊人」的標格，作者的技巧，可以玩味得之。

終南

這是秦人讚美其君上的詩。

終南何有❶？有條有梅❷。君子至止❸，錦衣狐裘。顏如渥丹❹，其君也哉！（一章）

【注釋】

❶終南：山名，在今陝西西安南。為秦嶺主峰，亦簡稱南山。❷條：木名，即山楸。梅：木名，即枏（楠），此梅之本義。酸果之梅應作「某」。❸君子：指其君。止：語詞。❹渥：厚漬。丹：紅色之粉末。此句謂面色紅潤如用丹厚漬者。

【評析】

(1)牛運震曰：①終南形勢重地，周秦得失正係於此。此篇以終南起手，須著眼。②讚語質勁，多少責成期望。

終南何有？有紀有堂❶。君子至止，黻衣繡裳❷。佩玉將將❸，壽考不忘❹。（二章）

【注釋】

❶紀：讀為杞ㄑㄧˇ。堂：讀為棠ㄊㄤˊ。紀、棠：均木名。❷黻：音弗ㄈㄨˊ。古代禮服上黑青相間之花紋。黻衣：即裳衣。❸將將：同鏘鏘，形容佩玉聲音。❹忘：通亡，失也。不忘：猶不已，長久之意。或解「忘」之本義，謂秦襄公得周天子之賜，始有周地而為諸侯，故不忘周之恩賜也。亦通。

【評析】

(1)牛運震曰：「壽考不忘」，所謂努力崇明德，皓首以為期也。

【總評】

(1)范處義曰：「有條有梅」，則林木可用；「有紀有堂」，則形勢可居。詩人謂岐豐之地，其美如此，而襄公以王命而得之，又受諸侯之顯服；「顏如渥丹，其君也哉」，謂其容貌之盛，足以稱人君之位也；「佩玉將將，壽考不忘」，謂其佩服之美，終身不可忘周之賜也。

(2)輔廣曰：秦人見其君名位衣服之盛，再三誇美之，以至頌禱其安且久也。此亦可見君臣之彝常有不容已者，其或怨刺之作，則必有大不得已者焉。

黃鳥

秦穆公死，從葬者一百七十七人，其中有三良。秦人就作此詩以表哀悼。（事見《左傳》文公六年）

交交黃鳥❶，止于棘。誰從穆公❷？子車奄息❸。維此奄息❹，百夫之特❺。臨其穴❻，惴惴其慄❼。彼蒼者天，殲我良人❽！如可贖兮，人百其身❾。（一章）

【注釋】

❶交交：通咬咬，鳥聲。❷從：從死。穆公：秦穆公，姓嬴名任好。❸子車：氏。奄息：名。下二章子車仲行、子車鍼虎義同。❹維：語詞。❺特：匹也，當也。百夫之特：猶言百夫是當。❻穴：讀如玉ㄩˋ，墓穴。❼惴：音墜ㄓㄨㄟˋ。惴惴：恐懼貌。慄：戰慄。❽殲：音尖ㄐㄧㄢ，殺盡。良人：善良之人。❾言以百人贖其一身也。

【評析】

(1)嚴粲曰：黃鳥飛而往來，止于棘木，得其所也。今良人從死，非其所也。此奄息之死，若可以它人贖之，則當以百人之身贖之，言百人不如一賢也。

(2)牛運震曰：①「誰從穆公」呼得慘痛。鍾惺所謂若為不知之詞，悲之甚也。②臨穴惴惴，寫出慘狀。三良不必有此狀，詩人哀之，不得不如此形容爾。③三良從死，何與彼蒼事？怨得不近情理，正妙。④「百夫之特」「人百其身」，自作映照迴繞，妙。

交交黃鳥，止于桑。誰從穆公？子車仲行。維此仲行，百夫之防❶。臨其穴，惴惴其慄。彼蒼者天，殲我良人！如可贖兮，人百其身。（二章）

【注釋】

❶防：猶當也。

交交黃鳥，止于楚❶。誰從穆公？子車鍼虎。維此鍼虎，百夫之禦❷。臨其穴，惴惴其慄。彼蒼者天，殲我良人！如可贖兮，人百其身。（三章）

【注釋】

❶楚：木名，荊楚樹。❷禦：猶當也。

【總評】

(1)蘇轍曰：臣之託君，猶黃鳥之止于木，交交其和鳴。今三子獨不得其死，曾鳥之不若也。然三良之死，穆公之命也。康公從其言而不改，其亦異於魏顆矣。故〈黃鳥〉之詩，交譏之也。

(2)朱熹曰：三人者，不食其言，以死從君。而詩人不以為美者，死不為義，不足美也。

(3)方玉潤曰：古人封建國君，得以專制一方，生殺予奪，惟意所欲。似此苛政惡俗，天子不能黜，國人不敢違，哀哉良善，其何以堪！若後世大一統，人命至重，非天子不得擅生殺。雖無知愚，民猶自矜恤，況賢人乎！封建固良法，封建亦虐政。秦漢後竟不能復，雖曰時勢，亦人心為之也。聖人存此，豈獨為三良悼乎？亦將作萬世戒耳。

晨風

婦人思念她久出不歸的丈夫之詩。

鴥彼晨風❶，鬱彼北林❷。未見君子❸，憂心欽欽❹。如何如何❺？忘我實多❻！（一章）

【注釋】

❶鴥：音玉ㄩˋ，疾飛貌。晨風：鳥名，即青黃色似鷂之鸇。❷鬱：茂盛貌。❸君子：謂其夫。❹欽欽：憂愁貌。❺如何如何：為婦人設詞問其夫者，謂「為何不回來？」❻忘我實多：謂忘我太甚也。

【評析】

(1)朱公遷曰：物有所歸，則意甚得。人無所託，則憂不忘。人不如物，故以起興。

(2)黃佐曰：言我既不忘君子，君子宜亦以我之心為心可也。今從事於外，如之何而莫我肯顧？以日月計之，不日不月。而忘我之多，豈一日一月乎哉？以朝夕計之，靡朝靡夕，而忘我之多，豈一朝一夕乎哉？

(3)錢天錫曰：只不歸，便是忘。曰多者，以時之久言也。

山有苞櫟❶，隰有六駮❷。未見君子，憂心靡樂❸。如何如何？忘我實多！（二章）

【注釋】

❶苞：茂盛貌。櫟：音力ㄌㄧˋ，木名，其實謂之橡子。❷隰：音習ㄒㄧˊ，低濕之地。六：音陸ㄌㄨˋ，叢生。駮：音剝ㄅㄛ，木名，即駮馬，駮馬即梓榆。❸靡樂：無樂。

【評析】

(1)朱公遷曰：山高隰下，則有櫟與駮。夫婦離合則有靡樂之憂。心物與地相宜，而情與事相繫也。故以為興。

(2)姚舜牧曰：山隰有上下，喻夫婦之倡隨也。

山有苞棣❶，隰有樹檖❷。未見君子，憂心如醉。如何如何？忘我實多！（三章）

【注釋】

❶棣：音地ㄉㄧˋ，即唐棣，木名。❷檖：音遂ㄙㄨㄟˋ，木名，即赤羅。

【總評】

(1)鄒泉曰：首章以物之有所止，興己之有所憂。二三章，亦以山與隰之所有，興未見君子而有憂也。

(2)牛運震曰：①晨風六駮，稱物最奇。②陡接兩「如何」，沉痛。③怨之猶望之也。惓然忠厚之思。

(3)普賢曰：詩〈序〉：「〈晨風〉，刺康公也，忘穆公之業，始棄其賢臣焉。」朱熹斥其謬，玩味詩文，直解為婦人思念其夫久出不歸之詩。但王鴻緒宗朱的《詩經傳說彙纂》於此篇末加上案語說：「康公棄賢固無從考其實事。而婦獨居，與賢士失所，亦情之相似，而理亦可通者。」方玉潤《詩經原始》亦云：「今觀詩詞，以為刺康公者固無據；以為婦人思夫者，亦未足憑。總之，男女情與君臣義，原本相通。」所以男女情愛之作，也可解為君臣之義的詩，竟成為我國詩詞的傳統。

無衣

這是秦人勤王從軍的詩。

豈曰無衣？與子同袍。王于興師❶，脩我戈矛❷。與子同仇。（一章）

【注釋】

❶王：指天子周王。于：曰。❷戈、矛：均古兵器。

【評析】

(1)曹粹中曰：王始曰興師，則民已各修其戈矛矣。不戒而孚，不令而服也。

(2)朱公遷曰：我有緼袍而與爾共之者，非謂爾之無衣也。君有仇讎，蓋欲與爾共報耳。市恩結死以為君上，此奮不顧身者之所為也。

(3)沈守正曰：秦人勇公戰怯私鬪，即平居相要，其好勇輕生，尚功負氣如此。蘇子所謂秦人好戰之心，囂然而未有已者是也。曰王于興師，猶知勤王也。

豈曰無衣？與子同澤❶。王于興師，脩我矛戟❷。與子偕作。（二章）

【注釋】

❶澤：襗之假借，褲也。或謂內衣。❷戟：音幾ㄐㄧˇ，古兵器。

豈曰無衣？與子同裳❶。王于興師，脩我甲兵。與子偕行。（三章）

【注釋】

❶裳：下裙。

【總評】

(1)朱善曰：「與子同袍」，恩愛相結於無事之時也；「與子同仇」，患難相恤於有事之日也；曰「王于興師」，則非從其君之私也，誠欲其君奉王命而為討賊復讎之舉也。

(2)陳鴻謨曰：「作」有奮發振作意；「行」有踴躍樂從意。

渭陽

這是秦康公為太子時送其舅晉公子重耳返國的詩。

我送舅氏，曰至渭陽❶。何以贈之？路車乘黃❷。（一章）

【注釋】

❶渭陽：渭水之陽。水北曰陽。❷路車：諸侯之車。乘：音剩ㄕㄥˋ。乘黃：一車四馬皆黃色。

【評析】

(1)嚴粲曰：送舅涉渭，至水之北。何以贈舅氏乎？惟路車乘馬而已。歉然猶以為薄，意有餘也。見殷勤繾綣於舅，而思母之意隱然於不言之中矣。

我送舅氏，悠悠我思❶。何以贈之？瓊瑰玉佩❷。（二章）

【注釋】

❶悠悠：思之長也。❷瓊、瑰：皆玉石。

【總評】

(1)孔穎達曰：秦姬生存之時，望使文公反國。康公見舅得反，憶母宿心，故念母之不見，見舅如母存也。

(2)輔廣曰：讀是詩者，見其情意周至，言有盡而意無窮，良心之發，固如是也。

(3)嚴粲曰：送舅而有所思，則思母也。此詩念母而不言母，但言見舅而勤拳不已，自有念母之意。讀之者，但覺其味悠然深長，然未足以舒我心之思也。

(4)薛應旂曰：上章是送之有所在，而以所乘贈之；下章是送之有所思，而以所佩贈之。

(5)牛運震曰：①平平寥寥，動人骨肉之感。②全不說出，卻自感慨深長。③〈序〉以為念母，甚得其旨。④詩有貴介英雄氣。

(6)方玉潤曰：①詩格老當，情致纏綿，為後世送別之祖。令人想見携手河梁時也。②見舅思母，人情之常。姚氏謂非惟思母，兼有諸舅存亡之感。蓋悠悠我思句，情真意摯，往復讀之，悱惻動人，故知其有無限情懷也。然此種深情，觸景即生，稍移易焉，已不能及。〈大序〉謂及其即位乃思作，豈真知詩情者哉！

權輿

這是沒落貴族，生活艱困，慨歎其往日豪華，難以為繼的詩。

於❶！我乎！夏屋渠渠❷；今也，每食無餘。于嗟乎❸！不承權輿❹！（一章）

【注釋】

❶於：音烏ㄨ，歎詞。❷夏：大也。渠渠：高大貌。❸于嗟：同吁嗟，悲歎聲。❹承：繼承。權輿：起始，當初。此句謂「不能繼續當初的盛況了」。

【評析】

(1)輔廣曰：以為不能繼其始而已，無已甚之辭也。讀是詩者，則知可以怨之義矣。

於！我乎！每食四簋❶；今也，每食不飽。于嗟乎！不承權輿！（二章）

【注釋】

❶簋：音軌ㄍㄨㄟˇ，扁圓形食器。

【總評】

(1)輔廣曰：「夏屋渠渠」，無不致其備也；「每食無餘」，無一致其備也。「每食四簋」，無不極其至也；「每食不飽」，無一極其至也。其進銳者其退速，惟有恆者然後可久也。

(2)普賢曰：此詩舊解為賢者歎君禮意寖衰之意。詩〈序〉云：「〈權輿〉，刺康公也，忘先君之舊臣，與賢者有始而無終也。」朱熹以刺康公無據，但云：「此言其君始有渠渠之夏屋，以待賢者。而其後禮意寖衰，供意寖薄，至於賢者每食而無餘。於是歎之，言不能繼其始也。」按春秋為貴族沒落的時代，禮遇食客，已是戰國時代的風尚，此詩解為貴族自歎沒落，更為適切。末句只是慨歎其當年的生活難以為繼而已。

陳風

陳，媯姓之國，帝舜之後，有虞閼父者，為周武王陶正。武王賴其利器用，與其為神明之後，以元女太姬妻其子媯滿而封之於陳，都於宛丘之側，是曰陳胡公。與黃帝、帝堯之後，共為三恪。其封域在禹貢豫州之東（當今河南省舊開封府以東，南至安徽省亳州一帶）。其地廣平，無名山大澤；西望外方（即嵩高山），東不及孟諸（澤名，在今河南省商丘縣東北）。太姬無子，好巫覡歌舞之樂，民俗化之。傳世至陳閔公二十一年（即魯哀公二十一年）為楚惠王所滅。陳都故址，在今河南省淮陽縣東南。

〈陳風〉凡十篇，鄭《譜》據詩〈序〉：「幽公立，當周厲王之時，陳之變風始作，凡十三君至於靈公，有詩者五。」朱《傳》僅認可〈株林〉一篇為刺靈公淫乎夏姬而作。其《詩序辯說》曰：「〈陳風〉獨此篇有據。」

陳風十篇

宛　丘

陳俗繼承陳胡公夫人太姬的遺風，喜歡歌舞遊蕩，詩人詠其所見以刺之。

子之湯兮❶，宛丘之上兮❷。洵有情兮❸，而無望兮❹！（一章）

【注釋】

❶湯：同蕩，遊蕩也。❷宛丘：四方高中央低的山丘。❸洵：誠然。❹望：威望，德望。馬瑞辰解望為祭名，祭神而有歌舞，今無望祭，而亦有舞，是遊蕩而已，亦通。

【評析】

(1)輔廣曰：遊蕩以為樂，情也；威儀之可望，禮也。溺於情者，必不足於禮，故詩人刺之。

(2)牛運震曰：「洵有情兮」寬一筆，正令蕩子心折。

坎其擊鼓❶，宛丘之下。無冬無夏，值其鷺羽❷。（二章）

【注釋】

❶坎：擊鼓聲。坎其：猶坎然。❷值：持。鷺羽：鷺鷥之羽。

【評析】

(1)范祖禹曰：冬夏祁寒大暑之時也。人之好樂，於是時必少息焉。今也無冬無夏，則其它時可知矣。

(2)牛運震曰：極風流事，插入「無冬無夏」四字，便極可厭。

坎其擊缶❶，宛丘之道。無冬無夏，值其鷺翿❷。（三章）

【注釋】

❶缶：音否ㄈㄡˇ，大腹小口之陶器。❷翿：音道ㄉㄠˋ，用鷺羽所製之舞扇。

【評析】

(1)牛運震曰：從容婉切。

【總評】

(1)輔廣曰：①後兩章但再述其事，以見其遊蕩之無時耳。寒暑而不休，則無時而止矣。②樂固人之所喜也，然必一張一弛，時出而用之，然後可以和悅其心志，舒散其氣血。倘作樂無時，則適足以陷溺其心爾。

(2)鄒泉曰：此詩見習俗之敝，而詩人刺之，亦不為習俗所移者矣。

(3)牛運震曰：後二章不加評語，更含蓄。

(4)方玉潤曰：此必陳君與其臣下不務政治，相與遊樂，君擊鼓而臣舞翿，無冬無夏，威儀盡失，故過宛丘下者，相與指而誚曰：「子之遊蕩，洵足為樂。奈失儀何！其何以為民望乎？」蓋在上者，下民所瞻望者也。今乃不自檢束如是，無怪其民視而輕之，曰「子者」，外之之辭，亦輕之之意耳。然小民未必敢輕君上，故泛指遊蕩人而言，使終日遊蕩者聞而知所警戒焉。

(5)普賢曰：首章四句，句末連用四個兮字，用韻的「蕩」「上」「望」三字都在兮字前一字，頗為整齊。而首句四字，次句五字，三句無韻，又是整齊中的變化，這樣已建立了一種清新的風格。次章換韻，韻在句末。三章重複次章的句法，而易其用韻之字，保持了歌謠體的面目，句調美妙有致。而以兩用「無冬無夏」表露出詩人的諷刺來。全詩頗具匠心，而又自然流暢，真是活潑可愛玲瓏小品。

跳舞是休閒的娛樂，也是藝術的表現。但在街頭道旁、城裡城外到處跳舞，已經不雅；現在整年累月，無冬無夏的只是跳舞，耽於玩樂，這民族的前途，就不可樂觀了。難怪吳季札聽了樂工歌唱〈陳風〉，要說「國無主，其能久乎」了。

東門之枌

這是一篇諷刺陳國男女歡樂歌舞致荒本業的詩。

東門之枌❶，宛丘之栩❷。子仲之子，婆娑其下❸。（一章）

【注釋】

❶枌：音墳ㄈㄣˊ，木名，即白榆。❷宛丘：見上篇宛丘注。栩：音許ㄒㄩˇ，櫟樹，俗稱橡子。❸婆娑：舞貌。

【評析】

(1)何楷曰：或婆娑於枌之下，或婆娑於栩之下，明其非一時，非一處也。

(2)牛運震曰：婆娑二字有態。

穀旦于差❶，南方之原。不績其麻❷，市也婆娑❸。（二章）

【注釋】

❶穀：善。差：擇。此句謂選擇好日子。❷績麻：紡麻。❸市：音沛ㄆㄟˋ，疾速貌。或謂作「市」，音是ㄕˋ，市場義。

【評析】

(1)范祖禹曰：先王惡夫飽食而逸居，是故君子勤禮，小人盡力，所以愛日也。今也民於善日，則擇高明之地而荒樂焉。

(2)黃櫄曰：嘗觀豳之風俗，其男耕，其婦饁，其女桑。至於八月載績，則蠶事畢而麻事起矣。今陳之風俗，至於男女不紡績其麻，市也婆娑。此所謂上有好者，下必有甚焉者也。

穀旦于逝❶，越以鬷邁❷。視爾如荍❸，貽我握椒❹。（三章）

【注釋】

❶逝：往也。❷越以：于以，語詞。鬷：音宗ㄗㄨㄥ，眾也。邁：行。謂男女結群而行。❸荍：音喬ㄑㄧㄠˊ，錦葵。❹貽：贈。握椒：一握之花椒。花椒為芬芳之物。

【評析】

(1)朱道行曰：于逝之逝，有忘返意；以鬷而邁，謂男女成群，如雲如荼也。如荍之贊，男悅女也；握椒之奉，女暱男也。

(2)牛運震曰：①握椒不必有，謂凡贈物寫情者，皆須活參。②情語媚甚，連讀方知其韻妙。

【總評】

(1)輔廣曰：夫民勞則思，思則善心生；逸則淫，淫則忘善。忘善則惡心生，理勢之必然也。陳國之地廣平，又以大姬之化，故其俗淫蕩無度，男女聚會歌舞，婦人棄其所業，相與慕悅，各有所贈，以交情好，動其淫欲者，亦其勢之必然也。

(2)牛運震曰：風豔可挹，妙在以質直出之。

(3)方玉潤曰：姚氏際恆引漢王符《潛夫論》曰：「詩刺『不績其麻，女也婆娑』。今多不修中饋，休其蠶織，而起學巫覡，鼓舞事神，以欺誑細民。」以為足證詩意，是則然矣。然豈必盡學巫覡事哉？亦不過巫覡盛行，男女聚觀，舉國若狂耳！東門、宛丘，其地也；枌栩相蔭，可以游息其下也。子仲之子，男覡也；不績其麻，女巫也。婆娑鼓舞，神弦響而星鬼降也；穀旦于差，諏吉期會也；越以鬷邁，男婦畢集以邁觀也；視如荍而貽之椒，則又觀者互相愛悅也。此與鄭〈溱洧〉之采蘭贈勺大約相類，而鄙俗荒亂則尤過之。在諸國中，又一俗也。故可以觀也。舊傳云大姬婦人尊貴，好樂巫覡歌舞之事，其民化之，蓋謂此也。為民上者，可不知謹所尚歟！

衡門

這是一篇隱者之歌。

衡門之下❶，可以棲遲❷。泌之洋洋❸，可以樂飢❹。（一章）

【注釋】

❶衡門：橫木為門。言居處之簡陋。❷棲遲：止息。❸泌：音密ㄇㄧˋ，泉水。洋洋：水流貌。❹樂：音洛ㄌㄨㄛˋ。樂飢：謂玩樂泌水而忘飢。

【評析】

(1)顧起元曰：衡門，以所居而安言；泌水，以所玩而樂言。泌水非真可飽，玩泌水可樂，自忘其飢爾。

(2)牛運震曰：「樂飢」字深妙，勝於「療飢」「忘飢」等字。

豈其食魚，必河之魴❶？豈其取妻❷，必齊之姜❸？（二章）

【注釋】

❶魴：音防ㄈㄤˊ，魚名。黃河之魴魚，味最鮮美。❷取：同娶。❸齊：姜姓大國。齊之姜，即齊國貴族姜姓之女。

豈其食魚，必河之鯉？豈其取妻，必宋之子❶？（三章）

【注釋】

❶子：宋國，商之後，子姓。宋之子：謂宋國貴族之女。

【總評】

(1)陸佃曰：里語曰：「洛鯉伊魴，貴於牛羊。」言洛以深，宜鯉；伊以清淺，宜魴也。河性宜魚，故曰河之魴，河之鯉。

(2)輔廣曰：此詩以為隱居自樂而無求者之辭，則辭順理明，甚易而實是。夫逐物徇外，乃人之常情。今玩其辭意，安愉恬淡，非樂內者，有所不能也。

(3)熊朋來曰：人須是世味淡，則能隱；亦須世味淡，則能樂。衡門可棲遲，居不求安也；泌可樂飢，食不求飽也。然飲食男女，人之大欲，欲特以食魚取妻言之。

(4)許謙曰：前一章有自足之意，後兩章無外慕之心。此雖賦體，而實似比也。

(5)劉瑾曰：能隱居者，必能自樂；能自樂者，必能無求。故三者之意，備見於一詩之間。首章上二句，可見其隱居；下二句可見其自樂。後兩章又可見隨遇而安，無求於世也。

(6)牛運震曰：①詩境蕭曠，居然高士胸中。②傲甚、警甚、別調。③兩「可以」，四「豈其」，呼應緊足，章法甚靈。④首章謙柔恬易，後二章雖有傲態，不失為厚。

(7)方玉潤曰：此賢者隱居甘貧而無求於外之詩。陳之有〈衡門〉也，亦猶衛之有〈考槃〉，秦之有〈蒹葭〉。是皆從舉世不為之中而己獨為之。可謂中流砥柱，挽狂瀾於既倒，有關世道人心之作矣。然衛雖淫亂，實多君子；秦雖強悍，不少高人；陳則委靡不振，巫覡盛行。其狂惑之風尤難自拔。而此獨澹焉無欲，超然自樂。所處者，不過衡茅陋室；所飲者，不過泉水悠洋。食不必鯉與魴，妻不必宋子而齊姜。則其為志也何如哉！

東門之池

這是一篇男子愛慕女子的情詩。

東門之池❶，可以漚麻❷。彼美叔姬❸，可與晤歌❹。（一章）

【注釋】

❶池：城池，即護城河。❷漚：音慪ㄡˋ，久浸漬。漚麻使之柔。❸叔姬：姬姓第三女。今本作淑。淑：賢也。❹晤歌：相對唱歌。

東門之池，可以漚紵❶。彼美叔姬，可與晤語。（二章）

【注釋】

❶紵：音住ㄓㄨˋ，麻屬。

東門之池，可以漚菅❶。彼美叔姬，可與晤言。（三章）

【注釋】

❶菅：音奸ㄐㄧㄢ，草名，似茅而滑澤，可作繩索。

【總評】

(1)許天贈曰：晤歌，與之合曲而歌也；晤語，與之相答述也；晤言，與之相言論也。

(2)牛運震曰：平調深情。

(3)普賢曰：〈東門之池〉內容是對美女叔姬才華風度的讚許。叔姬的特點是能言語擅唱歌。言語而曰「晤言」「晤語」，就不是演講，發表議論。應該是和人應酬時的對答如流，周旋中節。唱歌而曰「晤歌」，就不是獨唱，應該是與人面對而唱，唱的是一唱一和對答式的對口歌。那非但要嗓子好，而且要有出口成章，隨機應變的本領。可是這詩以漚麻為興，以晤語續晤歌，就不是單純地讚許一個人的能言擅歌了。漚麻的目的在織成布，和一位美女由對口唱歌，進而面對私語，那便是戀愛進程的懸想了。所以我們推斷這篇〈東門之池〉，是青年男子慕戀貌美擅歌的叔姬之詩。全詩重心只在慕戀叔姬的貌美擅歌，不在叔姬的能言善辯，而在可與晤語晤言。晤語晤言是談情說愛之謂，情調就完全不同了。

東門之楊

這是寫男女約會，以黃昏為期。女方失約，男方焦心等待的詩。

東門之楊❶，其葉牂牂❷。昏以為期，明星煌煌❸。（一章）

【注釋】

❶楊：木名，白楊。❷牂：音臧ㄗㄤ。牂牂：風吹樹葉之聲。❸明星：星名，即金星，先日而出，後日而入，故有啟明與長庚不同之名。啟明俗稱曉星，長庚俗稱黃昏星。煌煌：明亮貌。

【評析】

(1)顧起元曰：此女負約而男作詩也。興意，其枝揚，則其葉盛。反興約昏為期而夕不至也。明星煌煌，言所期不見，但仰見明星之煌煌而已。

東門之楊，其葉肺肺❶。昏以為期，明星晢晢❷。（二章）

【注釋】

❶肺：音沛ㄆㄟˋ。肺肺：亦風吹樹葉之聲。❷晢：音哲ㄓㄜˊ。晢晢：猶煌煌。

【評析】

(1)黃一正曰：言東門之楊，葉盛可蔽。而又昏以為期，良可相會。今乃失約而至於明顯之時，則不遂所欲矣。

(2)牛運震曰：①不說完，便渾便遠。②牂牂字寫楊葉有神。肺肺二字尤奇。③取意高遠，不必作負約怨恨語。

(3)普賢曰：男女約會在東門白楊林，日入為期，對方失約未到，所以但聞風吹樹葉之聲，但見「明星煌煌」「明星晢晢」。此詩寫來很是含蓄，而情景活現，十分深刻，十分生動，耐人尋味。唐人李商隱詩：「昨夜星辰昨夜風，畫樓西畔桂堂東；身無彩鳳雙飛翼，心有靈犀一點通。」當淵源於此篇。

墓門

這是對陳國不良執政者的警告之詩。

墓門有棘❶，斧以斯之❷。夫也不良❸，國人知之。知而不已❹，誰昔然矣❺。（一章）

【注釋】

❶墓門：有二解：一為墓道之門；一為陳國城門。細味詩意，以後解較勝。❷斯：析，即今所謂劈。❸夫：指所刺之人。❹已：罷除。❺誰昔：猶疇昔，從前。然：如此。

【評析】

(1)輔廣曰：人之為惡，初動於隱微之中，猶有懼人之知之心。至於公然形肆於外，則已無所忌憚矣，然猶幸其為人所規正刺譏而有改也。今其為惡，至於國人皆知之，而猶不自改，則非一日之積，蓋不可得而救藥之也。

(2)牛運震曰：①「斯」字字法新。②「誰昔然矣」冷婉。
(3)姚際恆曰：「墓門有棘」必須「斧以斯之」，以比國有不良，必須去之。

墓門有梅，有鴞萃止❶。夫也不良，歌以訊之❷。訊予不顧❸，顛倒思予❹。（二章）

【注釋】

❶萃：音翠ㄘㄨㄟˋ，聚集。❷訊：諫也。❸訊予不顧：謂諫之亦不顧我。❹顛倒：顛覆破滅。

【評析】

(1)黃一正曰：言梅本嘉木，鴞本惡鳥，今墓門有梅，生非其地，則鴞亦萃止矣。夫也失其故性而不良，則豈不有歌以訊之者乎？
(2)姚舜牧曰：凡人之不良者，初不畏人之知，亦不顧人之訊。至於顛倒，然後致思，則已無及矣。此有識者必辨之於早，不待狼狽而後為無及之思也。
(3)牛運震曰：①首二句寫盡怪惡景色。②訊予不顧，倒字句法。③顛倒猶言末路回頭也，不止作狼狽解。④顛倒思予，所謂臨危憶古人也，真老成篤厚之思。⑤一語晨鐘，多少咨嗟躊躇。

【總評】

(1)薛志學曰：上章言積惡不悛，而追咎其始，深絕之也；下章言悔過無及，而永思其終，微教之也。總是愛人無已之意。
(2)普賢曰：這應該是一篇興而兼比的詩。首章謂城門為人們來往之通道，如果有棘樹長在那兒，不但妨礙交通，且會刺痛行人，故必砍除。而作為一個身居要津的執政者，如果禍國殃民，亦即如城門之棘樹，必須將他去掉。然而卻因循迴護，任其所為。詩人之憂憤可知矣。

次章謂城門有梅樹，本無大礙，然卻聚有令人厭惡之惡鳥，正如身居要職之惡吏之為人厭惡。故詩人作此歌以勸諫，無奈彼等不予理睬。及至顛覆破滅之時，再思及詩人之勸告已晚矣。「顛倒思予」真如暮鼓晨鐘，與〈小雅・正月〉「載輸爾載，將伯助予」同有臨危思古人之義。而詩人一片體國恤民之忱，躍然紙上。

防有鵲巢

男女相悅，不幸被人造謠挑撥，彼此都感到非常憂苦。

防有鵲巢❶？邛有旨苕❷？誰侜予美❸？心焉忉忉❹！（一章）

【注釋】

❶防：堤防。鵲巢於樹，此謂巢於堤岸上，令人懷疑。❷邛：音窮ㄑㄩㄥˊ，高丘。旨：美。苕：音條ㄊㄧㄠˊ，草名，生於低濕之地，可生食。此謂「邛有旨苕」，亦令人懷疑也。❸侜：音舟ㄓㄡ，誑也。此處為造謠挑撥意。予美：予所美之人。❹忉：音刀ㄉㄠ。忉忉：憂勞貌。

中唐有甓❶？邛有旨鷊❷？誰侜予美？心焉惕惕❸！（二章）

【注釋】

❶中：中庭。唐：中庭之通路。甓：音闢ㄆㄧˋ，砌階之磚。有階斯有甓，中唐無階係平地而言有甓，是不可信之事

也。❷鷊：音益一ˋ，綬草，雜色如綬之小草。❸惕：音替ㄊ一ˋ。惕惕：憂懼貌。

【評析】

(1)牛運震曰：換惕惕字，意思更深。

【總評】

(1)朱公遷曰：憂慮之意，反覆道之。

(2)方玉潤曰：鵲本巢木，而今則曰防有鵲巢矣；苕生下隰，而今則曰邛有旨苕矣。而且中唐非甓瓴之所，高丘豈旨鷊所生？人皆可以偽造而為謠。又況無根浮詞，不倘張予美而生彼攜貳之心耶？予是以常懷憂懼，中心惕惕而不能自解也。

(3)普賢曰：詩〈序〉：「防有鵲巢，憂讒賊也。宣公多信讒，君子憂懼焉。」但觀全篇詩文，僅有憂懼間言之意，而無君臣之義的跡象。故朱熹《詩集傳》改定為：「此男女之有私，而憂或間言之之辭。」但王鴻緒等所編宗朱的《詩經傳說彙纂》，於此詩加上案語說：「鄭康成曰：『所美，謂宣公也。』程子曰：『予美，心所賢者。』一言下之誑君以讒人，一言奸之誣善以害人，皆作詩者憂患之意。朱子曰：『予美，指所與私者。』而定此詩為男女有私，憂或間之之詞。然不指其所謂予美者為男乎？為女乎？夫風詩之託興甚遠，〈簡兮〉之彼美為盛王，〈葛生〉之予美為君子，詞可作男女夫婦讀，意可作君親朋友觀，即不泥。」所以我們解這篇從詩文本身看，是男女相悅，而有旁人來造謠挑撥的詩。但也可進而作託興於男女夫婦之情，通達於君臣主從之義的寓意詩來讀。且美人一辭多次出現於《詩經》各篇，為後代詩歌中被喻為君王、為君子、為賢能等之先聲，而此篇亦可視為其濫觴也。

月出

這是詩人單戀一美女的詩。

月出皎兮❶，佼人僚兮❷；舒窈糾兮❸，勞心悄兮❹！（一章）

【注釋】

❶皎：月光潔白。❷佼：音絞ㄐㄧㄠˇ，好貌。佼人：美人。僚：音了ㄌㄧㄠˇ，好貌。❸舒：發語詞。窈糾：思慮之幽遠愁結。❹悄：憂也，思而不見故憂。

【評析】

(1)蘇轍曰：婦人之美盛，如月出之光。

(2)朱公遷曰：此因所見以起興，蓋月出於夜，正私心所發之時。

月出皓兮，佼人懰兮❶；舒懮受兮❷，勞心慅兮❸！（二章）

【注釋】

❶懰：音柳ㄌㄧㄡˇ，好貌。❷懮：音有ㄧㄡˇ。懮受：憂思也。❸慅：音草ㄘㄠˇ，憂貌。

【評析】

(1)王安石曰：慅言不安而騷動。

月出照兮，佼人燎兮❶；舒夭紹兮❷，勞心慘兮❸！（三章）

【注釋】

❶燎：明也。亦美好貌。❷夭紹：糾緊之意。❸慘：憂也。

【評析】

⑴王安石曰：慘言不舒而幽愁。

【總評】

⑴呂祖謙曰：此詩用字聱牙，意者其方言歟！

⑵輔廣曰：窈糾、懮受、夭紹，大抵是人心憂思牢結而難解之意。然有淺深，至於糾緊則甚矣。

⑶朱善曰：〈月出〉之詩，其悅之也至矣，其思之也切矣，其憂之也深矣。移是心以好賢，亦將何求而不獲哉？惜也吾未見好德如好色者也。

⑷牛運震曰：①從月出落想，奇。宋玉〈神女賦〉「其少進也皎若明月舒其光」似本於此。②極要眇流麗之體，妙在從拙峭出之。③調侃而流，句聱而圓，字生而豔，後人騷賦之祖。

⑸方玉潤曰：此詩雖男女詞，而一種幽思牢愁之意，固結莫解。情念雖深，心非淫蕩。且從男意虛想，活現出一月下美人，並非實有所遇。蓋巫山洛水之濫觴也。至其用字聱牙，句句用韻，已開晉唐幽峭一派。

⑹普賢曰：〈月出〉每句之末為一兮字，而以第三字用韻，這樣一兮到底，便建立了特有的風格，再配合上熱情戀歌的浪漫主義情調，我們幾乎疑惑這不是國風中的民歌，而是《楚辭》中的詩人傑作。在漢朝經學家的眼光中，〈月出〉篇只是刺好色的詩。毛〈序〉如此，齊魯韓三家也無異議。我們站在文學欣賞的立場來讀它，卻實在是一篇優美的小品。

株林

陳靈公淫乎夏姬，驅馳而往，朝夕不休息，國人作詩以刺之。事見《左傳》宣公九年及十年。

胡為乎株林❶？從夏南❷？匪適株林，從夏南。（一章）

【注釋】

❶胡：何也。株：夏氏之邑，在今河南柘城縣。林：野也。❷夏南：夏姬子夏徵舒，字子南。夏姬，陳大夫夏御叔妻，鄭女。

【評析】

(1)朱熹曰：靈公淫於夏徵舒之母，朝夕而往夏氏之邑，故其民相與語曰：「君胡為乎株林乎？曰從夏南耳。然則非適株林也，特以從夏南故耳。」蓋淫乎夏姬不可言也，故從其子言之，詩人之忠厚如此。

(2)牛運震曰：①自問自答，自駁自解，格法大奇。②問得險奇，折得深婉，不曰從夏南之母，而曰從夏南。為尊者諱之也。然疊呼從夏南，則真情迸躍矣。③適株林、從夏南，本屬一事，卻說匪適株林云云，若不可解，正自可思。

駕我乘馬❶，說于株野❷；乘我乘駒❸，朝食于株❹。（二章）

【注釋】

❶乘：音剩ㄕㄥˋ。乘馬：四馬。❷說：音稅ㄕㄨㄟˋ，舍止。❸上「乘」字音成ㄔㄥˊ，駕也。下「乘」字音剩ㄕㄥˋ。駒：

馬六尺以下曰駒。乘駒：四匹駒馬。❹朝食于株：言其進食之時間，是已過宿也。

【評析】

(1)牛運震曰：此章只將適株林之事鋪寫一番，而恣行無忌之狀，宛露矣。兩章一曲一直，各有其妙。

【總評】

(1)嚴粲曰：駕一乘之馬，則舍說于株林之野；乘一乘之駒，則又朝食于株。原無它往，朝朝暮暮，只往株林，何為也哉？

(2)朱善曰：衛之亂至於〈牆有茨〉而極，於是有狄入衛之禍；陳之亂，至於〈株林〉而極，於是有楚入陳之禍。然則狄非能入衛也，宣姜實召之也；楚非能入陳也，夏姬實召之也。此所謂女戎也。比事以觀，可以為淫亂者之戒也。

(3)許天贈曰：首章本言從夏姬也，然但指其子，而不直斥其所從之人；末章言從夏姬之頻也，然不指其人，而但言其所至之地。此詩之厚也。

(4)姚舜牧曰：胡為株林二句，是問其行；匪適株林二句，是實其事；駕我乘馬二句，是道其往之無它；乘我乘駒二句，是道其見之欲亟。

(5)沈守正曰：既乘馬，又乘駒，非一往也，亦見非微行也。

(6)姚際恆曰：設問：「『胡為乎株林，從夏南』乎？」曰：「『匪適株林，從夏南。』或他適耳。然見其駕我乘車以舍于株野；且乘我乘駒以朝食于株，則信乎其適株林矣。但其從夏南與否？則不得而知也。」二章一意，意若在疑信之間，辭已在隱躍之際。詩人之忠厚也，亦詩人之善言也。

首章詞急迫，次章承以平緩，章法絕妙。曰「株林」，曰「株野」，曰「株」，三處亦不雷同。「說于株野」、「朝食于株」兩句，字法亦參差。短章無多，能曲盡其妙。

(7)方玉潤曰：靈公與其臣孔寧、儀行父淫於夏姬事見《春秋傳》，而此詩故作疑信之調。非特詩人忠厚不肯直道人隱，抑亦善摹人情，如見忸怩之態。蓋公卿行淫，朝夕往從所私，必有從旁指而疑之者。即行淫之人亦自覺忸怩難安，故多隱約其辭，故作疑信言以答訊者而飾其私。詩人即體此情，為之寫照。不必更露淫字，而宣淫無忌之情，已躍然紙上，毫無遁形，可謂神化之筆。然羞惡之心，人皆有之。使陳靈君臣知所羞惡而檢行焉，則何至有徵舒射廐之難？即楚亦可不必入陳也。女戎名亂，足為炯戒。聖人存此，亦信史歟！

澤陂

詩人熱戀一位美女，因不得親近，只有以詩來發洩他傷感之情。

彼澤之陂❶，有蒲與荷❷。有美一人，傷如之何！寤寐無為❸，涕泗滂沱❹。（一章）

【注釋】

❶陂：音坡ㄆㄛ，水澤之隄岸。❷蒲：草名。❸寤：醒時。寐：睡著。無為：無所作為，言無心做事。❹涕：眼淚。泗：鼻液。滂沱：大雨貌。此形容其涕泗之多。

【評析】

(1)蘇轍曰：婦人之色，如蒲荷之美。思而不見，故憂傷涕泗也。

彼澤之陂，有蒲與蕑❶。有美一人，碩大且卷❷。寤寐無為，中心悁悁❸。（二章）

【注釋】

❶蕑：音間ㄐㄧㄢ，當作蓮。❷卷：音權ㄑㄩㄢˊ，好貌。❸悁：音娟ㄐㄩㄢ。悁悁：憂思。

【評析】

(1)嚴粲曰：或疑碩大非婦人之稱，觀〈衛風〉以碩人稱莊姜，〈車舝〉稱「辰彼碩女」，則《詩》以碩人稱婦人多矣。

彼澤之陂，有蒲菡萏❶。有美一人，碩大且儼❷。寤寐無為，輾轉伏枕❸。（三章）

【注釋】

❶菡萏：音汗旦ㄏㄢˋ ㄉㄢˋ，荷花之別稱。❷儼：矜莊貌。❸伏枕：輾轉不寐，伏枕思念，既深且久也。

【總評】

(1)孔穎達曰：首章言荷，指芙蕖之莖。卒章言菡萏，指芙蕖之華。二者皆取華之美，以喻女色，但變文以取韻耳。

(2)范處義曰：詩人以蒲配荷，配蕑，配菡萏，所謂男女相悅也，其未得之也，則既思其人而感傷，又思其人髮之卷，又思其人貌之儼。寤寐之間，不復它有所為，或涕泗俱下，或悁悁憂慼，或輾轉廢寢，此皆合男女之情而言之。詩人言其情而不及於亂，亦欲其止乎禮義也。

(3)方玉潤曰：《集傳》謂與〈月出〉相類，誠然。起極幽豔，繼乃傷感，故知為思存作，非悼亡篇也。大抵臣不得於其君，子不得於其父，皆可藉此以抒懷。詩人所言，或實有所指，或虛以寄興。興之所到，觸緒即來。後世〈江南曲〉、〈子夜歌〉，此類甚多。豈篇篇俱有所為而言耶！

檜風

檜，一作鄶，妘姓之國。范處義引王肅云：「周武王封祝融之後於濟、洛、河、潁之間，為檜子。」未詳所據。其世次無可考。周平王時為鄭武公所滅，併入鄭。檜城故址，在今河南省密縣東北，接新鄭縣界。此〈檜風〉四篇，蓋未被併於鄭以前之詩，西周末年與平王東遷初年之作也。

檜風四篇

羔裘

這是檜人憂其國君只重遊宴不務國事的詩。

羔裘逍遙❶，狐裘以朝❷。豈不爾思？勞心忉忉❸！（一章）

【注釋】

❶羔裘：小羊皮所製理朝辦公之法服。逍遙：遊戲宴樂。❷狐裘：狐皮所製燕居之便服。二句謂：「遊宴時，你穿辦公之法服；臨朝時，你穿燕居之便服。」是專好修飾遊宴而不務國政，故詩人憂勞不已也。❸忉：音刀ㄉㄠ。忉忉：憂勞貌。

【評析】

(1)毛萇曰：羔裘以遊燕，狐裘以適朝，國無政令，使我心勞。

(2)孔穎達曰：逍遙遊宴之事輕，視朝聽政之事重。今先言燕，後言朝者，見君不能自強於政治，惟好逍遙，忽於聽政，故後言朝也。

(3)范祖禹曰：急於遊燕而怠於政治，此賢人所以去也。夫忠臣之事君，言不用而去之，不得已也，其心豈舍君哉！故曰：「豈不爾思，勞心忉忉！」

(4)張栻曰：其所事，惟在於衣服之間，則其不能自強於政治可知矣。

羔裘翱翔❶，狐裘在堂❷。豈不爾思？我心憂傷！（二章）

【注釋】

❶翱翔：猶逍遙。❷堂：公堂。

【評析】

(1)孔穎達曰：上言以朝，謂日出視朝；此云在堂，謂正寢之堂。人君日出視朝，乃退適路寢，以聽大夫所治之政。二者於禮同服羔裘。今檜君皆用狐裘，故二章各舉其一。

羔裘如膏❶，日出有曜❷。豈不爾思？中心是悼！（三章）

【注釋】

❶膏：脂膏，謂其潤澤光亮如油脂。❷有曜：曜然，光亮貌。謂羔裘因日照而有光彩也。

【評析】

(1)孔穎達曰：上二章惟言變易常禮，未言好絜之事，故卒章言羔裘之美，如脂膏之色。羔裘既美，則狐裘亦美可知。故不復說狐裘之美。

(2)嚴粲曰：凡人憂勞戒懼，則不暇鮮其衣。禹惡衣，文王卑服，衛文大布之衣是也。今檜君羔裘之色，潤澤如以脂膏漬之，日出照之則有光曜，其衣服之鮮明如此，其志慮幾近可見矣。安其危而樂其亡，我心傷悼之也。

【總評】

(1)輔廣曰：心無二用，志於大者，必遺於小；溺於小者，則亦無暇於大矣。檜君方冥行而不覺，而詩人則為之憂勞傷悼，若不能一朝居。夫人之心，其初本同，而末流之弊，相去如此遼絕，豈不哀哉！

(2)牛運震曰：①三「豈不爾思」忠愛婉摯。②憂之悼之，正厚意團結處，若公然作斥譏語，詩品便低。

(3)方玉潤曰：〈小序〉云：「大夫以道去其君也。」〈大序〉以為國小而迫，君不用道，好絜其衣服，逍遙游燕而不能自強於政治，故作是詩。夫國君好絜衣服，過之小者也，何必去！即云國小而迫，正臣子相助為理之秋，更不必去。此必國勢將危，其君不知，猶以寶貨為奇，終日游宴，邊幅是脩，臣下憂之，諫而不聽，夫然後去。去之而又不忍遽絕其君，乃形諸歌詠以見志也。

素冠

這是婦人思念其君子的詩。

庶見素冠兮❶，棘人欒欒兮❷，勞心慱慱兮❸！（一章）

【注釋】

❶庶：庶幾，希冀之詞。素冠：古男子冠禮用素冠。為古之常服。此句謂希望能見到彼男子也。❷棘：與瘠通，瘦也。棘人：婦人自謂。二、三兩章之第二句亦皆婦人自謂。欒：音鸞ㄌㄨㄢˊ。欒欒：瘦貌。❸慱：音團ㄊㄨㄢˊ。慱慱：憂貌。

庶見素衣兮❶，我心傷悲兮，聊與子同歸兮❷！（二章）

【注釋】

❶素衣：古男子之服。❷聊：且。同歸：謂歸於其家。

庶見素韠兮❶，我心蘊結兮❷，聊與子如一兮❸！（三章）

【注釋】

❶韠：音畢ㄅㄧˋ，蔽膝，亦男子所服。❷蘊結：有事蘊結於心中不能解也。❸如一：如一人也，謂其志同。

【評析】

(1)牛運震曰：「如一」所謂相知同一己也。較同歸更深。

【總評】

(1)屈萬里曰：舊謂此詩為刺不能三年之喪者，以有素冠素衣之語也。按：古人喪服，以縷之粗細，定其輕重，非必尚白。古冠禮用素冠，〈士冠禮．始冠〉鄭注云：「白布冠，今之喪冠是也。」曰今之喪冠，明古者不必如是。〈鄭風．出其東門〉言「縞衣綦巾」，是女子平時亦衣白衣。《曲禮》云：「父母在，衣冠不純素。」始以純素為嫌。《曲禮》蓋戰國晚年或秦漢間人所作，所言未必為古俗也。翟灝《通俗編》有說詳之。

(2)王靜芝曰：按詩〈序〉曰：「素冠，刺不能三年也。」朱《傳》從之。蓋三年之喪，為孔子之主張，後世儒者，遇此大題目，多莫敢議論。惟三年之喪即使應守，而此詩中所言，固與三年之喪無關也。詩〈序〉之所以說此詩為刺不能三年者，以有素冠、素衣、素韠數語而已。然素冠素衣素韠之文，從未於喪禮中見之。姚際恆考之綦詳。然則據素冠等語以為指三年之喪，明為誤矣。因舊說以此詩為刺三年之喪，而通俗乃以棘人為居父母喪者之稱。流傳既久，已不可更易。然此詩非指三年之喪而言，則可確定。姚際恆曰：「此詩本不知指何人，但以『勞心』『傷悲』之詞，『同歸』『如一』之語，或如諸篇，以為思君子可；以為婦人思男亦可。」愚意以為：一詩以指二事，絕非詩人本旨。取其一可矣。審度全篇詩句，若「同歸」「如一」諸語，固是婦人思其君子之詩。當屬抒情之作，無何奧義可尋也。

隰有萇楚

亂離時代，人們反而羨草木的無知無家而能自由自在順其自然的生長。

隰有萇楚❶，猗儺其枝❷。夭之沃沃❸，樂子之無知❹！（一章）

【注釋】

❶隰：低濕之地。萇楚：羊桃，葉長而狹，花色白或紫赤，其枝柔弱，實如小麥，亦似桃。❷猗儺：音阿娜，柔順貌。❸夭：少好貌。沃沃：光澤貌。❹子：指萇楚。無知：故不知愁苦也。

【評析】

(1)朱善曰：政煩賦重，人不堪其苦，歎其不如草木之無知而無憂也。

(2)沈守正曰：有生之樂，人孰無之？反羨草木之無知，則不聊生甚矣。與〈苕之華〉「知我如此，不如無生」皆痛極之詞也。

(3)唐汝諤曰：人生有知，有知適自苦耳。然有知既不樂，而無知又不能，此徒顧萇楚而興嗟也。

(4)朱道行曰：萇楚宜下濕，故曰隰有；其枝猗儺，始出柔嫩，又少好而光澤。子之得全於天者，惟無知也。

予方苦己之有，而安能不樂子之無哉！檜民苦政煩賦重而作，與〈王風・兔爰〉「尚寐無吪」同意。

隰有萇楚，猗儺其華❶。夭之沃沃，樂子之無家❷！（二章）

【注釋】

❶華：古花字。❷無家：無家室之累。

【評析】

(1)許天贈曰：無知則無賦役之憂，無家則無賦役之累。

隰有萇楚，猗儺其實。夭之沃沃，樂子之無室❶！（三章）

【注釋】

❶無室：猶無家。

【總評】

(1)輔廣曰：人之有知，所以為萬物之靈也。有家有室，所以異於物也。今也政煩賦重，不堪其苦，反歎不如物之無知無家焉，則不樂其生甚矣。何為使之至此極哉？為人上者，宜有所覺矣。

(2)鄒忠胤曰：詩發乎情，如其情以為情者，常也。亦有反其情以為情者，〈檜風〉之〈萇楚〉是也。夫人懷五常之性，為有生最靈，誰則甘冥然無知者？且有心知，即有情慾，聞以未有家室為苦，不聞以無之為快也。今檜之民，至於不樂有知，不樂有家，不樂有室，致羨乎萇楚之猗儺，豈復近人情乎？此所為反其情以為情也。蓋世治則室家相保，由上所養；世亂則室家相棄，由上所殘。是詩不知作於何時，殆亡國之音乎！

(3)牛運震曰：①自恨不如草木，極不近情理，然悲困無聊，不得不有此苦懷。較「尚寐無訛」蘊藉，然愁乞之聲更自可憐。②三「樂」字慘極，真不可讀。③無一語自道，卻自十分悲苦。妙。

(4)糜文開曰：此詩最具文學意味，詩人於苦痛之極，無可告訴時，見萇楚之猗儺，乃轉向無知之萇楚發言，傾吐其欣羨之辭。方玉潤將朱子所指「政煩賦重」之苦，改為「遭亂攜眷流亡之苦」，說來更為圓通。

匪風

犬戎作亂，幽王被殺，鎬京淪陷，檜國詩人循周道流亡東返，賦此詩以抒其憂傷。

匪風發兮❶，匪車偈兮❷。顧瞻周道❸，中心怛兮❹！（一章）

【注釋】

❶匪：彼也，下同。發：飄揚貌。❷偈：音桀ㄐㄧㄝˊ，疾驅貌。❸顧：迴視。周道：大道。即自周而來之大道。❹怛：音達ㄉㄚˊ，悲傷。

【評析】

(1)張載曰：人之不安，常如在風中車上。

(2)朱熹曰：周室衰微，賢人憂歎。特顧瞻周道而思王室之陵遲，故中心為之怛然耳。

(3)董逌曰：言政之亂，而人之不安也。

(4)牛運震曰：①奇語險調。②匪風匪車截讀，音節頓挫生奇。

匪風飄兮❶，匪車嘌兮❷。顧瞻周道，中心弔兮❸！（二章）

【注釋】

❶飄：回風，即旋風。❷嘌：音漂ㄆㄧㄠ，疾也。❸弔：傷也。

誰能亨魚❶？溉之釜鬵❷。誰將西歸❸？懷之好音❹。（三章）

【注釋】

❶亨：古同烹。古言治國每以烹魚為喻，其後《老子》「治大國若烹小鮮」即用此意。❷溉：洗滌。之：猶「其」。鬵：音旬ㄒㄩㄣˊ，大釜。❸西歸：返回於周。檜在周東，故曰西歸。❹懷：念也，意即盼望。好音：好消息。意謂西歸助周復興的好消息。

【評析】

(1)毛萇曰：亨魚煩則碎，治民煩則散。知亨魚則知治民矣。

【總評】

(1)輔廣曰：王政不綱，周室陵遲，諸侯放恣，無復知有尊王之義者，而詩人顧瞻周道，為之憂傷。聞有歸周之人，則為之歎慕慰勉，不能自已如此。熟讀而詳玩之，則足以見夫君臣之彝矣。

(2)朱公遷曰：一章二章歎其衰微，三章願其興復。

(3)牛運震曰：前二章悲壯奇闢，末章風流溫婉。

(4)方玉潤曰：鄭桓公之謀伐虢與檜也久矣，然未幾而旋亡。使周轍不東，檜亦未必受迫於鄭；其或王綱再振，鄭必不敢加兵於檜。而今已矣，悔無及矣，不能不顧瞻周道而自傷也。蓋周興則我小國亦與之俱興矣。搖首茫茫，其誰能亨魚乎？有則我願為之溉其釜鬵也；其誰將西歸乎？有則我願慰之以好音也。此檜臣自傷周道之不能興復其國也。

(5)普賢曰：周幽王無道，犬戎殺幽王於驪山之下，西周覆亡。於是平王東遷雒邑，不復西返，是謂東周。有檜人仕於西周者。於鎬京淪陷後循周道流亡東返，感懷時事，憂傷靡已。途次賦詩以抒情。首章述車馳風發，一路東奔，回望抛在車後自周京東展的大道，中心怛惻。因目覩周室傾覆，萬分慘痛，猶不忍離去也。蓋其人猶望能助有力者挽救大局，恢復西周規模也。一片忠忱，溢於言表。讀來真切感人，堪稱佳作。

曹風

曹，姬姓，周武王弟叔振鐸所封之國。封域約當今山東省菏澤定陶一帶。曹都故址，在今定陶縣。傳二十四世至曹伯陽，於魯哀公八年為宋景公所滅。〈曹風〉四篇，鄭譜補亡謂：「昭公立，當周惠王時曹之變風始作，至於共公，凡二君有詩。」其中〈候人〉篇，有「三百赤芾」句，合於《左傳》所記晉文公入曹，數曹共公不用僖負羈而乘軒者三百人事。詩〈序〉謂為刺共公之詩，後人多採信。末篇〈下泉〉則自明何楷採《易林》之說，以詩中郇伯即晉荀躒，詩乃美荀躒能勤王，平王子朝作亂事。馬瑞辰證成之。近人屈萬里採其說，以此詩為《三百篇》最晚之作。

曹風四篇

蜉蝣

這詩是以蜉蝣之朝生暮死，比喻人生之短促，警醒世人，不可徒事奢浮。

蜉蝣之羽❶，衣裳楚楚❷。心之憂矣，於我歸處❸！（一章）

【注釋】

❶蜉蝣：蟲名，長六七分，體似蜻蛉而小，四翅，後翅極小，尾毛有三，細長如絲。往往數小時即死，故有朝生暮死之說。❷楚楚：鮮明貌。❸於：音烏ㄨ，歎詞，下同。歸處：謂死。

【評析】

(1)嚴粲曰：奢則國必弊，大猶不堪，況小而迫乎？刺奢而言衣裳楚楚，舉一端耳。

(2)朱公遷曰：「於我歸處」，則將告以人無遠慮，必有近憂，應幾其有備而無患也。

蜉蝣之翼，采采衣服❶。心之憂矣，於我歸息❷！（二章）

【注釋】

❶采采：華美盛飾貌。❷歸息：亦謂死。

【評析】

(1)郝敬曰：蜉蝣雖有翼而不能久，如人修飾采采之衣服，而不知禍之將至。

蜉蝣掘閱❶，麻衣如雪❷。心之憂矣，於我歸說❸！（三章）

【注釋】

❶掘：穿也。閱：讀為穴ㄒㄩㄝˋ。掘閱：言穿穴而出。❷麻衣：白布衣。❸說：音稅ㄕㄨㄟˋ，舍息。歸說：亦謂死。

【評析】

(1)牛運震曰：①狀物奇妙。②掘閱二字寫出細物奇情。③麻衣如雪，小賦中工妙語。

【總評】

(1)輔廣曰：人心之體，上下四方，無不包括。古往今來，無不通貫。可謂大矣。今也玩細娛，忘遠慮，至如蜉蝣之朝生暮死而不自知，則亦不靈甚矣。此詩人所以憂也。

(2)謝枋得曰：此忠臣愛君憂國之至情，其慮深，其思遠，若禍至之無日，不自知其辭之痛惻也。

(3)牛運震曰：亡國之音哀以思，卻又溫厚如此。

(4)普賢曰：此詩乃歎人生之如蜉蝣，表面上雖甚可愛，其奈朝生暮死，轉瞬即逝何？豈可徒事奢浮乎？蓋「少小不努力，老大徒傷悲」也！

候人

這是諷刺曹共公遠君子而近小人的詩。

彼候人兮❶，何戈與祋❷。彼其之子❸，三百赤芾❹。（一章）

【注釋】

❶候人：官名，掌道路迎送賓客之職。❷何：音賀ㄏㄜˋ，同荷，負荷。祋：音奪ㄉㄨㄛˊ，殳也，兵器名。❸之子：是子，指彼小人之流。❹芾：音弗ㄈㄨˊ，蔽膝。大夫以上，赤芾乘軒。曹共公之臣，乘軒者三百人。事見《左傳》僖公二十八年。

【評析】

(1)顧起元曰：三百赤芾，已是服之盛而寵之至，故下二章遂承此而興「不稱其服」「不遂其媾」也。

(2)牛運震曰：輕描閒寫，用人顛倒處自見。

維鵜在梁❶，不濡其翼❷。彼其之子，不稱其服❸。（二章）

【注釋】

❶鵜：音啼ㄊㄧˊ，鵜鶘，一種食魚之水鳥。梁：魚梁。用石障水以捕魚者。❷濡：音儒ㄖㄨˊ，沾濕。❸稱：音趁ㄔㄣˋ，配合適當。

【評析】

(1)鄭玄曰：鵜在梁當濡其翼，而不濡者，非其常也。以喻小人在朝，亦非其常。不稱者，言德薄而服尊。

維鵜在梁，不濡其咮❶。彼其之子，不遂其媾❷。（三章）

【注釋】

❶咮：音紂ㄓㄡˋ，鳥嘴。❷遂：稱也。媾：寵也。不遂其媾：其人與其所得之寵渥不相稱。

【評析】

(1)張載曰：不遂其媾，不稱其寵待也。

(2)朱道行曰：媾訓寵，知遇非常，捫心負愧，故曰不遂。

薈兮蔚兮❶，南山朝隮❷。婉兮孌兮❸，季女斯飢❹。（四章）

【注釋】

❶薈蔚：本形容草木之盛多，此指雲氣之升騰貌。❷隮：音績ㄐㄧ，雲升。❸婉孌：少好貌。❹季女：么女。斯：語詞。

【總評】

(1)糜文開曰：這詩毛〈序〉朱《傳》，雖都主張是刺曹國國君之遠君子近小人，但毛《傳》指候人為賢者，「三百赤芾」為小人，所以首章是賦。而朱子以為候人荷戈是應盡之責，未見其賢，所以改首章為興。以下次章三章均為興，僅指這三章中的「之子」為小人。而以末章為比：以薈蔚朝隮比小人眾多與氣燄之盛；以季女之婉孌饑困，比君子之守道而反貧賤，姚際恒從之。我們覺得朱子不以候人為賢者是對的；可是四章的比興都錯了。因為候人雖非讚美的對象，詩中卻明顯地對他表示著同情。首章寫其勞苦盡責，以反襯三百赤芾的無功受祿，所以首章仍是賦。而次章三章則是比而賦，以鵜鶘的未濡咮翼，無魚得食，喻候人的枵腹從公；以「不稱其服」「不遂其媾」刺「三百赤芾」者。末章是賦，也可說是聯想式的興。這裡點出古人「雞鳴早看天」的習慣，旅客四五更就起身上路，所以迎送賓客的候人也早枵腹守在路邊。這時候人眼望南山在黎明中美麗的朝雲升起，想到他家中美麗的幼女也一定已醒來，為難挨飢餓而啼哭了。這樣，此詩描畫出荷戈盡職守候在路邊的候人之可憐的落寞景象，一面寫候人內心的痛苦，一面寫詩人自己的有所見而有所感。見的是候人的荷戈，南山的朝隮，感的是滿朝顯貴，都是腦滿腸肥徒具衣冠的草包，他們只知道結黨營私，爭寵倖進，卻把國計民生置諸腦後，以致連那些盡忠職守的小公務員都不得溫飽。這樣解釋，讀到兩句「維鵜在梁」，就讓我們想像出鵜鶘縮頸守在魚梁上無魚可食的樣子，而體會到天沒亮就荷戈守候在路邊枵腹從公的候人的難耐情況來了。候人寫活了，詩也寫活了。周制，公侯之國，大夫只有五人，曹國是伯爵之國，共公之朝，赤芾乘軒者竟多至三百人，詩中只輕描淡寫，著墨無幾，而曹共公的政績如何，也已經清楚地反映出來了。

鳲鳩

這是曹人讚美其君的詩。

鳲鳩在桑❶，其子七兮。淑人君子，其儀一兮❷。其儀一兮，心如結兮❸！（一章）

【注釋】

❶鳲鳩：布穀鳥。❷儀：儀度，猶言態度。一：專一。❸如結：言其如物之固結而不散。

【評析】

(1)劉向曰：《傳》曰鳲鳩之所以養七子者，一心也；君子所以理萬物者，一儀也。

(2)蘇轍曰：鳲鳩之哺其子，平均如一；君子之於人，其均一亦如是也。儀其見於外者，有外為一而心不然者矣；君子之一也，非獨外為之，其中亦信然也。故曰其儀一兮，心如結兮。

(3)朱公遷曰：鳲鳩之子七兮，眾矣。而所以飼之者，均平如一也。人之一身，其容儀亦多矣，而君子之容儀，未嘗謹於此而不謹於彼，亦均平如一也。所以然者，以其心專一耳。其心專一，則儆惕常存，而施諸身者，無不中其常度矣。衛武公以抑抑威儀為德之隅，而又以不愧屋漏為德之實，蓋與此詩同一意也。

(4)姚舜牧曰：鳲鳩心一而無二，其飼子也均。君子之心固結而不解，故其為儀也一。「心如結兮」是一章大綱領，下文「正是國人」「胡不萬年」皆本於此。

(5)牛運震曰：但點七子而鳲鳩之均平可想，取興處正自深微。

鳲鳩在桑，其子在梅❶。淑人君子，其帶伊絲❷。其帶伊絲，其弁伊騏❸。（二章）

【注釋】

❶此句謂其子能飛翔於梅樹之上矣。❷伊：是，下同。此句謂其大帶用素絲做成。❸弁：音便ㄅㄧㄢˋ，皮冠。騏：當作璂，以玉為之飾弁者。

【評析】

(1)王志長曰：其帶伊絲，其弁伊騏，正謂其儀一也。心之如結，不可見，觀之其儀而已矣。服飾容止，似屬小節，然德器學問，於此可見。

鳲鳩在桑，其子在棘❶。淑人君子，其儀不忒❷。其儀不忒，正是四國❸！（三章）

【注釋】

❶棘：酸棗樹，小棗叢生者。❷忒：音特ㄊㄜˋ，差錯。❸四國：四方之國，猶言天下。正是四國：謂四國之人，以之為準則。

【評析】

(1)朱公遷曰：威儀本有常度，其心又復專一，則能使之各中其度，而無少差忒者矣。四國者，四方之國，非一人也。然威儀俱中其度，則教示之功，可以均及於彼矣。

鳲鳩在桑，其子在榛❶。淑人君子，正是國人。正是國人，胡不萬年❷！（四章）

【注釋】

❶榛：音珍ㄓㄣ，木名。❷胡：何。此句謂何以不長壽萬年乎？

【評析】

(1)姚舜牧曰：正國人即承上正四國說，非二層意。

(2)朱公遷曰：國人亦非一人，正是國人，亦見均及於人之意。能正國人，則願其壽考，使人常有所法也。

【總評】

(1)劉瑾曰：鳲鳩之子雖非一，而鳲鳩飼之之心則如一；其子之飛往雖無常，而鳲鳩居以待之則有常。詩人託興之取義者，亦以應接事物之變，四國人民之眾，而君子則度有常而心如一也。然其言之有序，以為君子之心如結，是以其儀專一而有常度。有常度，是以其帶與弁亦有常而不差忒。不差忒，是以其儀不忒而可以表正四國。表正四國，則其終也可以受天之祿而壽考萬年。是雖祝願之詞，固亦天人感通之理也。

(2)牛運震曰：平易和雅，變風中少有此格。

下泉

這是曹人讚美郇伯能勤王的詩。

洌彼下泉❶，浸彼苞稂❷。愾我寤嘆❸，念彼周京❹。（一章）

【注釋】

❶洌：音列ㄌㄧㄝˋ，水清貌。下泉：泉自高處下流者。❷苞：豐茂。稂：音郎ㄌㄤˊ，草名，又名狼尾草。❸愾：音慨ㄎㄞˋ，歎息之聲。寤：語詞。❹周京：周之京都，指王城言。

洌彼下泉，浸彼苞蕭❶。愾我寤嘆，念彼京周❷。（二章）

【注釋】

❶蕭：蒿也。❷京周：即周京。倒文以協韻。

洌彼下泉，浸彼苞蓍❶。愾我寤嘆，念彼京師❷。（三章）

【注釋】

❶蓍：音尸ㄕ，草名，類蒿，古人以其莖為占筮之用。❷京師：亦指王城而言。

芃芃黍苗❶，陰雨膏之❷。四國有王❸，郇伯勞之❹。（四章）

【注釋】

❶芃：音朋ㄆㄥˊ。芃芃：生長茂盛之貌。❷膏：滋潤。❸四國：四方諸國。有王：有王事。謂王子朝作亂，諸侯勤王。❹郇：音旬ㄒㄩㄣˊ。郇伯：晉卿郇躒。勞：音澇ㄌㄠˋ，慰勞。

【評析】

(1)王先謙曰：愚案《易林》云「荀伯遇時，憂念周京」者，《左傳》昭公二十二年十月，荀躒與籍談帥師納王于王城。二十三年七月，知躒與趙鞅帥師納王。荀氏在晉為名卿，納王之事，身著勤勞。詩美其遇王室危亂之時，能以周京為憂念，故言黍之芃芃然盛者，以陰雨能膏澤之；今四國尚知有王事者，以郇伯能勞來之也。

【總評】

(1)普賢曰：王子朝之亂，曹國人民被徵調到王畿內去勤王，戍守在成周外狄泉地方，盼望著能早日把天子再送進京師王城中去，眼見泉流所經，只有野草叢生，一片荒涼，不禁嘆息著思念起想望重新進入的王城來，而編出這淒涼的歌兒來唱。同時勤王軍的統帥郇伯對他們的慰勞，成為一股心頭的暖流，讓他又轉變歌調唱出讚美的詞兒來。（此篇詳解見糜文開、裴普賢合著之《詩經欣賞與研究》三集〈下泉〉篇）

豳風

豳，亦作邠，在禹貢雍州岐山之北，今陝西省栒邑縣境。周之先世公劉由戎狄遷於此。十世為太王，徙居岐山之陽周原之地，始稱周。十二世為文王，十三世而武王伐紂滅商，遂有天下。〈豳風〉凡七篇。

按：豳雖為周先人之國，而〈豳風〉多言周公事。朱《傳》曰：「武王崩，成王立，年幼不能莅阼，周公旦為冢宰攝政，乃述后稷公劉之化，作詩一篇以戒成王，謂之〈豳風〉。而後人又取周公所作，及凡為周公而作之詩以附焉。」是〈豳風〉非豳人所作也。今細審〈七月〉一詩，無周公陳王業戒成王之意，蓋乃豳人詠豳地生活之作。屈萬里先生曰：「豳地與周公無關，而豳詩多言周公東征事，此必有故。疑周公東征時所率者多豳地之民，所為歌詩，皆豳地之聲調，故其詩雖作於東國，而仍以豳名之也。〈七月〉之詩，疑亦東征之士，懷念故土，作之以慰鄉思者。」其說頗為近理。蓋周公東征，所率多豳地之民，由詩篇可證：〈東山〉一詩，當是豳人隨周公東征三年，返鄉抒情之作；〈破斧〉一詩，則豳人隨周公東征之士，美周公伐罪救民之德；〈九罭〉乃東人眷戀周公，不願其離去之詩，事後為豳人所傳誦者。由是可知，〈鴟鴞〉或東征時周公所周公之事，多為豳人所述，故有關周公之詩編入〈豳風〉也。而《呂覽》稱〈破斧〉為東音，則其詩且從此流傳於東方矣。

作亦為豳人所誦者；〈狼跋〉則豳人東征時所作以美周公者。東征多豳人，故豳人為詩多敘周公；

豳風七篇

七月

周人以農興國，〈七月〉一篇，即豳地農民生活的實錄。

七月流火❶，九月授衣❷。一之日觱發❸，二之日栗烈❹；無衣無褐❺，何以卒歲❻？三之日于耜❼，四之日舉趾❽。同我婦子，饁彼南畝❾，田畯至喜❿。（一章）

【注釋】

❶七月：夏曆七月。以下凡言月者同。流：下趨。火：星名，即大火心星。六月初黃昏時見於正南方，至七月黃昏時則漸向西沉。❷授衣：九月霜始降，製寒衣授家人以禦寒。❸一之日：夏曆之十一月，周之正月。以下二之日、三之日、四之日類推。觱：音必ㄅㄧˋ。觱發：風寒。❹栗烈：寒氣。❺褐：音何ㄏㄜˊ，毛布，貧賤者之服。❻卒歲：終歲，即度過歲末。❼于：為。耜：音似ㄙˋ，農具，略似今之鐵鍬。于耜：即修理耜。❽舉趾：舉足踏耜，即開始耕田。❾饁：音葉ㄧㄝˋ，送飯，以供田間工作者食用。❿畯：音俊ㄐㄩㄣˋ。田畯：田大夫，勸農之官。

【評析】

(1)孔穎達曰：先公教民周備，民奉上命，於七月之中，有西流者，是火之星也，知是將寒之漸。至九月之中，云可以相授以冬衣矣。若不授冬衣，則一之日有觱發之寒風，二之日有栗烈之寒氣。此二日者，大寒之時，人之貴者無衣，賤者無褐，何以終其歲乎？故至八月則當績也。又豳人從君之教，三之日於是始修耒耜，四之日悉皆舉足而耕。其時我耕者之婦子，奉饋食，餉彼南畝之中耕作者。田畯來至，見其勤於農事，則歡喜也。

(2)牛運震曰：①流火字奇而法。觱發栗烈，字法極有用意處。②一之日，二之日預計得妙。此中授衣之旨，所謂慮之以豫也。③無衣無褐，作艱苦咨歎語，正極深厚。無衣二語為謀衣作緣起，下卻插入于耜舉趾謀食之事。間段參差入妙。④于耜五句正寫男耕之事，帶入婦子田畯，便自有情有韻。

(3)方玉潤曰：首章衣食雙起，為農民重務。以下四章皆跟衣字。

七月流火，九月授衣。春日載陽❶，有鳴倉庚❷。女執懿筐❸，遵彼微行❹，爰求柔桑❺。春日遲遲❻，采蘩祁祁❼。女心傷悲：殆及公子同歸❽！（二章）

【注釋】

❶載：始。陽：溫暖。❷倉庚：鳥名，即黃鶯。❸懿筐：深筐。❹遵：循。微行：小路。❺爰：乃。柔桑：嫩桑。❻遲遲：舒緩貌。春日漸長故云。❼蘩：白蒿。祁祁：眾多貌。❽殆：將，可能意。及：與。公子：豳公子。此句謂恐將被貴公子強與之俱歸也。或謂已許嫁公子之女，恐將于歸其家而遠離父母，故傷悲也。

【評析】

(1)孔穎達曰：人之為衣，絲帛為先，故二章言女功之始，養蠶之事。

(2)牛運震曰：①夾點倉庚一句，閒筆逸情。②女執懿筐三句，絕妙采桑圖。用字妍細有情。③添入采蘩二語，充悅和雅，文情更暢。④采桑采蘩兩段，文整而錯，詞溫而雅，春女有思，偏說傷悲，妙。殆及二字微摹，婉會有神。公子自所嫁之公子而言。公子者貴介之通稱，不必定其為諸侯之子。⑤敘農桑耕織，忽揷入兒女情，媚語神趣飛動。

七月流火，八月萑葦❶。蠶月條桑❷，取彼斧斨❸，以伐遠揚❹，猗彼女桑❺。七月鳴鵙❻，八月載績❼。載玄載黃，我朱孔陽❽，為公子裳。（三章）

【注釋】

❶萑：音完ㄨㄢˊ，荻之堅成者。八月收萑葦以備來年養蠶所用之曲簿。❷蠶月：養蠶之月。指夏曆三月。條桑：桑葉茂盛。❸斨：音槍ㄑㄧㄤ，斧屬。受柄之孔，橢者曰斧，方者曰斨。❹遠揚：枝條之遠出而揚起者。❺猗：美盛貌。桑樹小而條長者曰女桑。❻鵙：音決ㄐㄩㄝˊ，鳥名，即伯勞。❼載：則。績：紡。❽玄、黃、朱：皆謂染絲之色。孔：甚。陽：明。謂我所染之朱色最為鮮明。

【評析】

(1)孔穎達曰：養蠶績麻，是造衣之始，故先言之。染色作裳，是為衣之終，故後言之。計蠶績所得，民亦自衣，而特言公子裳，厚重於其貴者，故特說之。

(2)牛運震曰：①此七月八月又追敘之詞。②伐遠揚猗女桑，分別得妙，可作采桑方訣。③七月鳴鵙，宕筆有情。④治蠶治麻兩層敘，與前章映照有致。⑤我朱孔陽，十分寶愛，接下更有情致可思。⑥結止一語，榮藉親愛俱有，厚甚媚甚。

四月秀葽❶，五月鳴蜩❷。八月其穫，十月隕蘀❸。一之日于貉❹，取彼狐狸，為公子

裘。二之日其同❺，載纘武功❻，言私其豵❼，獻豜于公❽。（四章）

【注釋】

❶秀：不榮而實曰秀。葽：音腰ㄧㄠ，草名。❷蜩：音條ㄊㄧㄠˊ，蟬。❸隕：音允ㄩㄣˇ，落也。擇：音拓ㄊㄨㄛˋ，草木皮葉落地為擇。❹于：往。貉：音貉ㄏㄜˋ。貉為獵祭，因稱獵為貉。❺同：會同。謂冬日大合眾人而行獵。❻載：則。纘：音纂ㄗㄨㄢˇ，繼也。功：事。田獵所以習武。❼言：語詞。私：私有之。豵：音宗ㄗㄨㄥ，豕一歲者。❽豜：音肩ㄐㄧㄢ，豕三歲者。公：豳公。

【評析】

(1)輔廣曰：此章又自四月純陽說起，以至十二月大寒之候，取狐狸之皮，以為公子裘，而助布帛之用。因并及竭力以冬狩。大獸公之，小獸私之，以見其民奉上無已之情。其同纘武，雖先公風化之使然，抑以見武事之不可廢，人情自有所不能已者，故曰天生五材，民竝用之，誰能去兵！

(2)顧炎武曰：兩我公田，遂及我私，先公而後私也。言私其豵，獻豜于公，先私而後公也。而人之有私，固情之所不能免矣。故先王弗為之禁，且從而恤之。世之君子必曰有公而無私，此後代之美言，非先王之至訓矣。

(3)牛運震曰：①田獵麤武之事，卻從四月五月迂迂闊闊溯來，便覺鄭重，意思亦更深厚。②「載纘武功」古重似〈大雅〉中語。③私豵獻豜，只如家常處分，妙。妙在先說私字，更見真樸。

五月斯螽動股❶，六月莎雞振羽❷。七月在野，八月在宇❸，九月在戶，十月蟋蟀入我牀下。穹窒熏鼠❹，塞向墐戶❺。嗟我婦子，曰為改歲❻，入此室處。（五章）

【注釋】

❶斯螽：蟲名。動股：以股磨翅作聲。❷莎：音蓑ㄙㄨㄛ。莎雞：蟲名，或謂即紡織娘。振羽：振動其翅作聲。❸宇：簷下。❹穹：音窮ㄑㄩㄥˊ，空隙。窒：塞。穹窒：將窟窿堵塞。熏鼠：以煙熏老鼠。❺向：冬季向風之窗。即北向之窗，塞之以禦寒。墐：音謹ㄐㄧㄣˇ，以泥塗物。貧民以泥塗柴扉，亦所以禦寒。❻曰：語詞。為：將。改歲：換舊年。此謂夏曆十月，即周曆十二月，周人年終而改歲。

【評析】

(1)朱善曰：感時物之屢變，盡人事之當為。豳民於衣食之奉，必先老而後幼，先貴而後賤。獨於改歲入室，則老幼貴賤同之，所以廣其愛也。

(2)牛運震曰：①此章言治屋室禦寒之事。本在十月，卻從五月六月寒氣漸深說來，與上章映照入妙。②十月點明蟋蟀，則七月八月九月之為蟋蟀明矣。倒裝文法，妙。③穹窒熏鼠二句，寫得樸細之甚。

六月食鬱及薁❶，七月亨葵及菽❷，八月剝棗❸，十月穫稻❹：為此春酒❺，以介眉壽❻。七月食瓜，八月斷壺❼，九月叔苴❽。采荼薪樗❾，食我農夫❿。（六章）

【注釋】

❶鬱：唐棣之屬。薁：音玉ㄩˋ，俗謂之野葡萄。❷亨：古烹字。葵：菜名。菽：豆類。❸剝：扑之假借，擊打使之落下。❹穫：疑為濩之假借。濩，煮也。❺春酒：即凍醪。天凍時釀之，新春飲之，故名。❻介：音丐ㄍㄞˋ，求也。眉壽：高壽，高年者每有秀長之眉，故云。❼斷：斷其蒂而取之也。壺：瓠之假借。❽叔：拾。苴：音居ㄐㄩ，麻子，可供羹菜。❾荼：苦菜。樗：音書ㄕㄨ，木名，俗稱臭椿。薪樗：採樗為薪。❿食：音四ㄙˋ。食我農夫：給我農夫吃。

【評析】

(1)陳鵬飛曰：取豵以為私，取豣以獻公，上下之分著矣；以美者養老，以惡者自食，長幼之義明矣。

(2)牛運震曰：①剝棗、斷壺、叔苴，字法極精。②春酒眉壽，寫來一片祥靄之氣。③介眉壽，收食鬱等項；食農夫，收食瓜等項，兩節倒點，細緻分明。④語質厚之極。凡〈豳風〉稱「我」者，豳人自道也。語氣俱古厚可風。

九月築場圃❶，十月納禾稼❷。黍稷重穋❸，禾麻菽麥。嗟我農夫，我稼既同❹，上入執宮功❺。晝爾于茅❻，宵爾索綯❼；亟其乘屋❽，其始播百穀❾。（七章）

【注釋】

❶場圃同地，春夏耕而種菜為圃，秋冬壓平使堅以理穀實則為場。❷納：收入穀倉。禾：穀連稈稭者。稼：穀類所結之實。❸重：讀為平聲，音蟲ㄔㄨㄥˊ。穋：音陸ㄌㄨˋ。穀類後熟曰重，先熟曰穋。❹同：聚。❺執：猶作。宮功：宮室之事。此句謂上而入於都邑，為豳公宮室之事而工作。❻爾：語詞。于：為。于茅：治理茅草。❼宵：夜。索：搓製。綯：音陶ㄊㄠˊ，繩。索綯：為絞繩。❽亟：音義同急。乘：音成ㄔㄥˊ，覆蓋。乘屋：謂以茅草覆屋。❾其：將然之詞。言所以亟其乘屋者，以將開始播種百穀，忙於次年之耕種也。

【評析】

(1)朱善曰：稼之既同，若可以少休也，而即念夫邑居之當修；屋之方乘，若可以少緩也，而復念夫農功之當始。於其築而納之也，有以見其歡欣鼓舞之意；於其亟而乘之也，有以見其勸勉戒飭之意。事有始終，而其憂勤艱難，則無間於始終。此所以為厚也歟！

(2)牛運震曰：①只「我稼既同」四字相憐相勸俱有，一筆迴繞到「于耜、舉趾」，何等力量！②「其始」二字，精神振動。

二之日鑿冰沖沖❶，三之日納于凌陰❷。四之日其蚤❸，獻羔祭韭❹。九月肅霜❺，十月滌場❻。朋酒斯饗❼，曰殺羔羊❽。躋彼公堂❾，稱彼兕觥❿：「萬壽無疆⓫。」（八章）

【注釋】

❶沖沖：鑿冰聲。❷凌陰：冰窖。❸蚤：同早。或謂蚤為「取」義，謂取冰。❹用羔羊韭菜祭獻以開冰窖。❺肅霜：氣肅而霜降。謂九月霜降收縮萬物。❻滌：清掃。❼朋：兩樽曰朋，或釋為朋儕。斯：是。饗：宴。❽曰：語詞。❾躋：音濟ㄐㄧˋ，升。公堂：豳公之堂。❿稱：兩手並舉。兕：音四ㄙˋ，野牛。觥：音公ㄍㄨㄥ，酒器。兕觥：用兕牛角所製之酒器。⓫萬壽：猶言萬歲。疆：盡。無疆：無窮盡。

【評析】

(1)朱善曰：鑿冰藏冰，其供上役也為甚勤；肅霜滌場，其畢農功也為甚速。故其開冰也，獻羔祭韭以薦寢廟。君既得以致其誠孝於神；其務閑也，殺羊舉酒而祝其壽，民復有以致其忠愛於君。可謂上下相親之甚矣。

(2)牛運震曰：①敘藏冰語典重如《禮》經。②妙結和大堂皇，一篇精神團聚處。

【總評】

(1)牛運震曰：此詩以編紀月令為章法，以蠶衣農食為節目，以預備儲蓄為筋骨，以上下交相忠愛為血脈，以男女室家之情為渲染，以穀蔬蟲鳴之屬為點綴。平平常常，癡癡鈍鈍，自然充悅和厚，典則古雅。真絕大結構也。有七八十老人語，然和而不傲；有十七八女子語，然婉而不媚；有三四十壯者語，然忠而不戇。

凡詩皆專一性情，此詩兼各種性情。一派古風，滿篇春氣，斯為詩聖大作手。

(2)姚際恆曰：鳥語蟲鳴，草榮木實，似月令；婦子入室，茅綯升屋，似風俗書；流火寒風，似五行志；養老慈幼，躋堂稱觥，似庠序禮；田官染織，狩獵藏冰，祭獻執功，似國家典制書。其中又有似採桑圖、田家樂圖、穀譜、酒經。一詩之中無不具備，洵天下之至文也。

(3)方玉潤曰：此詩之佳，盡人能言，其大旨所關，則王氏云：「仰觀星日霜露之變，俯察昆蟲草木之化，以知天時，以授民事。女服事乎內，男服事乎外。上以誠愛下，下以忠利上。父父子子，夫夫婦婦。養老而慈幼，食力而助弱。其祭祀也時，其燕饗也簡。」數語已盡其義，無餘蘊矣。今玩其辭，有樸拙處，有疏落處，有風華處，有典核處，有蕭散處，有精緻處，有淒婉處，有山野處，有真誠處，有華貴處，有悠揚處，有莊重處。無體不備，有美必臻。晉唐後陶、謝、王、孟、韋、柳田家諸詩，從未見臻此境界。

鴟鴞

這是周公述志，表明輔成王定國家，用心良苦的詩。

蓋武王克商，使其弟管叔蔡叔監視紂子武庚之國。武王死，成王幼，周公相之。而二叔以武庚叛，且造謠言，謂周公將不利成王。故周公東征，二年，乃得管叔、武庚而誅之。然成王猶未知周公之忠誠，於是周公作此詩以貽成王。託為愛巢之鳥，而斥鴟鴞之破壞。（事見《尚書・金縢》篇）

鴟鴞鴟鴞❶！既取我子，無毀我室！恩斯勤斯❷，鬻子之閔斯❸！（一章）

【注釋】

❶鴟：音痴ㄔ。鴞：音消ㄒㄧㄠ。鴟鴞：惡鳥，即貓頭鷹，專捕其他小鳥為食。此以鴟鴞比武庚。❷恩：《魯詩》作殷。恩勤：連語，義同殷勤。斯：語詞。❸鬻：音育ㄩˋ。鬻子：稚子，指成王。閔：憐憫。

【評析】

(1)黃櫄曰：鴟鴞破群鳥之巢而食其子，鳥護其巢，呼而告之曰：「我養子之勤，營巢之勞，其所積累盤聚，纏綿固蔕者，非一日矣，而汝其毀我之成巢乎？」武庚既逞其姦於管蔡，而復欲並王室而毀之也。

(2)牛運震曰：①疊呼鴟鴞，慘極痛極。②武庚之叛，管蔡為之也。卻說鴟鴞取子，曲護得體，亦復惻然至情。

迨天之未陰雨❶，徹彼桑土❷，綢繆牖戶❸。今女下民❹，或敢侮予❺！（二章）

【注釋】

❶迨：及。❷徹：取。桑土：桑根。❸繆：音謀ㄇㄡˊ。綢繆：猶纏綿，纏紮緊繞之謂。牖：音有ㄧㄡˇ，窗。戶：門。此指鳥巢之空隙處。鳥巢以草或細根等纏紮而成，故曰綢繆牖戶，蓋使之堅固也。❹女：同汝。下民：巢下之人。❺或敢：猶誰敢。

【評析】

(1)朱熹曰：我及天未陰雨之時，而往取桑根，以纏綿巢之隙穴，使之堅固，以備陰雨之患，則此下之民，誰敢有侮予者？亦以比己深愛王室而預防其患難之意，故孔子贊之曰：「為此詩者，其知道乎？能治其國家，誰敢侮之？」

(2)朱公遷曰：有備則無患，此為治之大法也。朱子引之以見周公善於為治如此也。

(3)張栻曰：鳥於天未陰雨而徹桑土，葺牖戶，是猶於國家安泰之日，而經理備預者也。蓋消息盈虛之相盪，安危治亂之相承，理之常然。非知幾者，孰能審微於未形，而御變於將來哉！

(4)輔廣曰：言己之深愛王室，先事為備，以防禍亂之意。疑當時流言，必以為周公平日勤勞，皆是自為己謀，故周公言此以曉成王也。

(5)朱得之曰：取子出於意料所不及，則下民之侮，安知其必無？情之切而急，慮之遠而周也。

(6)糜文開曰：顧頡剛等疑此非周公作，只是豳人所作一篇禽言詩，然觀此章有「今女下民，或敢侮予！」句，已不似普通禽言，故孔子評語亦謂「能治其國家，誰敢侮之？」〈金縢〉雖晚出，其載周公作此詩，應可信也。

予手拮据❶，予所捋荼❷，予所蓄租❸，予口卒瘏❹。曰予未有室家！（三章）

【注釋】

❶拮：音結ㄐㄧㄝˊ。据：音居ㄐㄩ。拮据：形容兩手操作勞苦之狀。❷捋：音勒ㄌㄜˋ，取也。荼：茅草花，可以鋪巢。❸蓄：積。租：同苴（音居ㄐㄩ），草墊。❹卒：同瘁，病苦。瘏：音圖ㄊㄨˊ，病。卒瘏與拮据應同為複合同義詞。

【評析】

(1)蘇轍曰：以手捋荼，則至於拮据；以口蓄租，則至於卒瘏。予所以勤勞病瘁而不辭者，曰予未有室家故也。奈何既成而將或毀之哉！

(2)牛運震曰：連用「予」字，蹙急懇厚。末句是王室骨肉語。

予羽譙譙❶，予尾翛翛❷，予室翹翹❸，風雨所漂搖。予維音嘵嘵❹！（四章）

【注釋】

❶譙：音樵ㄑㄧㄠˊ。譙譙：羽毛減少。❷翛：音消ㄒㄧㄠ。翛翛：形容羽毛凋敝狀。❸翹：音喬ㄑㄧㄠˊ。翹翹：高危之狀。❹嘵：音消ㄒㄧㄠ。嘵嘵：恐懼聲。

【評析】

(1)劉瑾曰：上章及此，周公自比其勤勞如此者，蓋公以貴戚大臣，宗社安危，繫於其身者，非一日矣。成王既惑於流言，則夫自言其勞而不為誇，謂王室為予室而不為嫌。良以嘵嘵之音，出於忠愛之情，所不能已也。

(2)牛運震曰：收結作無聊不可奈何語更警。

【總評】

(1)輔廣曰：成王之疑不釋，則周之為周，未可知也。此詩辭哀意切，至為禽鳥之語以感動之，不啻如慈母之誥教子弟，而蘄其悔悟，仁之至，義之盡也。

(2)劉瑾曰：此詩歸罪於武庚，而於三叔則有憫恤之意。蓋為親者諱也，如《書》之〈大誥〉亦然。此皆兄弟私情，見於立言之際。

(3)朱善曰：鴟鴞之於眾鳥，有攫其子而食之者矣，而鳥不廢其生育之勤也；有毀其巢而破之者矣，而鳥不廢其補葺之勞也。蓋子之殘而室之毀者，禍患之不測也。養育之勤而補葺之勞者，己分之當為也。豈可以禍患之或至，而遂廢其室家嗣續之常理也哉！若武庚之敗管蔡，則比之於鳥，雖取其子而猶未毀其室也。而纏綿補葺之勤，周公果可以辭其責耶？於是拮据，於是蓄租，於是手口交病，卒之羽殺尾敝，以成其室而未安也，則其作詩以遺王，亦不得而不汲汲矣。

(4)牛運震曰：①一篇借用鳥語，特奇。②慘急生奧，終不揜其柔厚，卻從一片怵惕惻隱流出，泣鬼貫日不足言也。③試思周公處何等境地？安得不如此披心瀝肝之言！

東山

這是隨周公東征之士凱旋而歸一路抒寫其感懷的詩。

我徂東山❶，慆慆不歸❷。我來自東，零雨其濛❸。我東曰歸❹，我心西悲❺。制彼裳衣❻，勿士行枚❼。蜎蜎者蠋❽，烝在桑野❾。敦彼獨宿❿，亦在車下⓫。（一章）

【注釋】

❶徂：音粗之第二音ㄘㄨˊ，往。東山：所征之地。泛指東方山區。❷慆：音滔ㄊㄠ。慆慆：言時間之久。❸零雨：細雨。濛：細雨迷濛貌。其濛：猶濛濛然。❹我東曰歸：謂我在東方即思歸。❺我心西悲：謂向西方而興悲。豳在西故云。❻制：製。上曰衣，下曰裳。裳衣：指常居之服，謂脫去戎裝也。❼士：事，作動詞用，即從事。行：音杭ㄏㄤˊ，行陣。枚：銜枚。行陣銜枚謂行軍作戰之事。❽蜎：音娟ㄐㄩㄢ。蜎蜎：蠕動之貌。蠋：音蜀ㄕㄨˇ，桑蟲，即野蠶。❾烝：語詞，或釋為眾。❿敦：團也。獨宿者畏寒蜷其身團團然。⓫亦：語詞。

【評析】

(1)孔穎達曰：蠋在桑野，是其常處，實非勞苦，似有勞苦；軍士獨宿車下，則實有勞苦。以不實喻實者，取其在桑野，在車下。其事相類故也。

(2)嚴粲曰：此設為軍士自道之辭。行役最以雨為苦，言雨之濛濛，形容得羈旅愁慘之意。我自東言歸，行而未至，我心念家之在西而悲也。在塗經行桑野，因見彼蜎蜎然微動之桑蟲，久在桑野之中，如我敦然不移而獨宿亦在車下。言獨宿，思家室也。

(3)牛運震曰：獨宿車下，淒然孤曠之態，情感無限，直射到「婦歎于室」、「其新孔嘉」等處也。

我徂東山，慆慆不歸。我來自東，零雨其濛。果臝之實❶，亦施于宇❷。伊威在室❸，蠨蛸在戶❹。町畽鹿場❺，熠燿宵行❻。不可畏也❼！伊可懷也❽！（二章）

【注釋】

❶臝：音羅ㄌㄨㄛˊ。果臝：栝樓，又名瓜蔞。根可入藥，俗名天花粉。❷亦：語詞。施：古音讀與拖同，拖蔓也。宇：屋簷。❸伊威：蟲名，類土鱉而小，常棲息在陰濕之處。❹蠨蛸：音蕭梢ㄒㄧㄠ ㄕㄠ，長足蜘蛛。❺町：音挺ㄊㄧㄥˇ。畽：音團之上聲ㄊㄨㄢˇ。町畽：禽獸所踐之處。❻熠燿：音異耀ㄧˋㄧㄠˋ，形容光之閃動不定。宵行：螢火蟲。以上六句形容家中因乏人整飭而呈荒涼之景象。❼不：或作亦。❽伊：維也，語詞。

【評析】

(1)鄭玄曰：室中久無人，故有此五物。是不足可畏，乃可為憂思。

(2)嚴粲曰：室廬將近，則家事纖悉，一一上心，此人之情也。

(3)牛運震曰：①果臝之實二語，便寫得荒涼滿目。②在室在戶，空中打算得妙。此在塗而預計家中景況也。③不可畏也，正言其可畏，特反言爾。一反一正，自問自答，便令通節神情跳舞。多少咨嗟躊躇。

我徂東山，慆慆不歸。我來自東，零雨其濛。鸛鳴于垤❶，婦嘆于室。洒埽穹窒❷，我征聿至❸。有敦瓜苦❹，烝在栗薪❺。自我不見，于今三年。（三章）

【注釋】

❶鸛：音灌ㄍㄨㄢˋ，食魚之鳥，似鶴而頂不丹，全身灰白色，翼尾黑色，巢水邊高樹上。垤：音迭ㄉㄧㄝˊ，蟻塚，垤有高大如塚者。或謂小丘。❷穹：空隙。窒：堵塞。洒埽而窒塞空隙，謂待其夫之歸而作準備也。❸聿：音玉ㄩˋ，語詞。聿至：到家。❹有敦：團團然。瓜苦：即苦瓜。❺烝：語詞。栗薪：堆積之柴薪。

【評析】

(1)張彩曰：鸛鳴感雨也，婦歎亦感雨也。穹窒洒埽以待其夫，前此憂思不遑也。苦瓜在栗，鄉土恆有之，久征故不見也。

(2)牛運震曰：①鸛鳴句暗頂零雨，逗起婦歎，轉接入神，筆墨之痕俱化。②別情離緒，卻借瓜苦道出。意境玲瓏，有不即不離之妙。

我徂東山，慆慆不歸。我來自東，零雨其濛。倉庚于飛❶，熠燿其羽❷。之子于歸❸，皇駁其馬❹。親結其縭❺，九十其儀❻。其新孔嘉❼，其舊如之何❽？（四章）

【注釋】

❶倉庚：即黃鶯。于飛：在飛。❷熠燿：見二章❻。❸此追敘舊事，征人回憶其妻初嫁時之事。❹馬之黃白者曰皇，赤白者曰駁。❺縭：音離ㄌㄧˊ，蔽膝，即佩巾。古時女子出嫁，母為之結縭。❻言其禮儀之多。❼新：謂新婚之時。

孔：甚。嘉：美好。❽舊：久也。謂久別重逢，將如之何耶？

【評析】

(1)牛運震曰：①閒情閒景，點逗入妙。②其新孔嘉二語，似諷似謔，敲動還軍情豔之思，正自宛宛欲活。極風韻，極惻怛。③一筆收轉拍合，蘊藉無盡。

【總評】

(1)朱公遷曰：首章言敦彼獨宿，夫之念其婦也；三章言婦歎于室，婦之念其夫也。行者遇雨，沾體塗足，室家思念，於此為甚。是以占其候而歎焉。末章則新者及時，舊者相見，夫婦之樂可知矣。

(2)牛運震曰：①首四句一連說了四遍，不換一字，妙。②一篇悲喜離合，都從室家男女生情。開端「敦彼獨宿，亦在車下」，隱然動勞人久曠之感。後文「婦歎于室」「其新孔嘉」，惓惓於此，三致意焉。東征之士，誰無父母？豈鮮兄弟？而夫婦情豔之私，尤所繾切。

(3)崔述曰：此當寫夫婦重逢之樂矣。凡其極力寫新婚之美者，皆非為新婚言之也，正以極力形容舊人重逢之可樂耳。新者猶且如此，況於其舊者乎？一句點破，使前三章之意，至此醒出，真善於行文者！大抵此篇多用旁敲側擊之調，最耐學者思索玩味，工於為文者也。

(4)普賢曰：〈東山〉是一篇別開生面的抒情詩，全篇四章均於濛濛細雨的歸途中寫成。連年東征，艱苦備嘗，一旦凱旋西歸，歸心似箭，一路想像他歸後情景。首章想像歸後「脫我戰時袍，著我舊時裳」的輕鬆愉快；二章想像出門多年，家園景物荒涼；三章想像家中老婆在思念他的情景，她正在屋裡大掃除，準備歡迎他的回家。四章映現當年的一片春光，那是和她新婚的旖旎鏡頭。至此，他憧憬著到家時久別重逢之樂了。姚際恆評曰：「末章駘蕩之極，真是出人意表。凱旋詩乃作此香豔幽情之語，妙絕！」

破斧

這是隨周公東征的豳人，自述其作戰艱苦而終獲勝利的詩。

既破我斧❶，又缺我斨❷。周公東征❸，四國是皇❹。哀我人斯❺，亦孔之將❻。（一章）

【注釋】

❶斧：本為伐木析薪之具，亦可作兵器。❷斨：音槍ㄑㄧㄤ，亦斧屬。受柄之孔橢圓者為斧，方形者曰斨，斧破斨斷，言征戰之久。❸周公：名旦，武王弟成王叔，諡文公。東征事即本武庚管蔡之亂。❹四國：四方之國，猶言天下。皇：匡也，正也。❺哀：可憐。我人：從征軍士自謂。斯：語詞。❻亦：語詞。孔：甚。將：美也。四國既匡，征人得息，故曰：「亦孔之將。」

【評析】

(1)歐陽脩曰：四國為亂，周公征討，凡三年。至於斧破斨缺，然後克之，其難如此。然周公必往征之者，以哀四國之人，陷於逆亂耳。

既破我斧，又缺我錡❶。周公東征，四國是吪❷。哀我人斯，亦孔之嘉❸。（二章）

【注釋】

❶錡：音奇ㄑㄧˊ，鑿屬。❷吪：音訛ㄜˊ，化也。❸嘉：善。

【評析】

(1)黃佐曰：大抵二叔一挾武庚以叛，人心未知適從，而為流言所轉移者有矣。周公東征，正欲化此人心，使之曉然知邪正之歸，而渾化於正大光明之中，豈不善哉！

既破我斧，又缺我銶❶。周公東征，四國是遒❷。哀我人斯，亦孔之休❸。（三章）

【注釋】

❶銶：音求ㄑㄧㄡˊ，鑿柄，一云獨頭斧。❷遒：音酋ㄑㄧㄡˊ，收斂。❸休：美，或訓休息。

【評析】

(1)黃佐曰：流言一興，四國將信將疑之中，即是民心不固處。周公東征，所以斂固四國之人心，使之確然翕聚，臣附於周，而不至於渙散焉耳。

【總評】

(1)崔述曰：詳味此詩之意，乃東征之士自述其勞苦，絕無稱美周公一語。惟其勞而不怨，由於周公勤勞王室，不自暇逸，是以其民皆悉周公之心，敵愾禦侮，不辭況瘁。至於斧破斨缺而無異言，即此見周公之美耳。

(2)普賢曰：細味詩意，總覺有種哀痛之情，隱含其間。每章首二句已經道出征戰之久，金屬的兵器和用具都已殘破不全，何況肉體之軀的戰士？其從軍之苦，不言而喻。戰爭是殘酷的，只為達成救國的任務，非戰爭不可，所謂「兵者乃凶器，聖人不得已而用之」也。周公東征，完成安定大業，當然從征兵士，與有榮焉。然而這光榮卻是由多少犧牲換取而得！所以一旦能解甲歸田，過其幸福的家庭生活，該是多麼快樂的事！每章一個「哀」字，道盡了征人久戰之苦；每章最後的一個「將」「嘉」和「休」字，又反映出戰爭結束，征人輕鬆愉快的心情。

伐柯

這是詠周代婚姻禮俗的詩。

伐柯如何❶？匪斧不克❷。取妻如何❸？匪媒不得。（一章）

【注釋】

❶柯：斧柄。伐柯：伐木以為斧柄。❷克：能。❸取：同娶。

【評析】

(1)錢天錫曰：不重斧與媒，只重不克不得上，則俗無以觀，禮無以成也。

伐柯伐柯，其則不遠❶。我覯之子❷，籩豆有踐❸。（二章）

【注釋】

❶則：法則，榜樣。❷覯：看見。之子：這個人，指新娘。❸籩：音邊ㄅㄧㄢ，形如豆之竹器，用以盛棗、栗、桃、梅、脯（醃肉乾）、脩（加薑桂等作料之乾肉條）等食物者。豆：形如豆字之木器，用以盛肉醬等之食物者。有踐：踐然，行列之貌。

【評析】

(1)曹粹中曰：誠有斧矣，則其所伐短長小大之則，當視其所執；誠有禮矣，則其所陳籩豆多寡之數，當稱其所宜。踐：重疊相踐履之意，以見其豐厚也。

(2)牛運震曰：其則不遠，另生一意，便深。

【總評】

(1)普賢曰：憑媒說合的禮俗，實最初見之於《詩經》，其禮俗東起黃河下游濱海的齊國，西至黃河上游陝西的邠州，一致採用。所以「取妻如何？匪媒不得」會成為當時流行的習語。同時見於〈齊風・南山〉與〈豳風・伐柯〉篇。而且鄭衛等黃河中游的富庶地區，男女戀愛之風雖盛行一時，戀愛成熟，仍挽請媒人說親，所以〈衛風・氓〉篇仍說：「匪我愆期，子無良媒。」因此我們可以說舊時男女婚嫁的須憑「媒妁之言」，實出於《詩經》所記當時禮俗的傳統，並非周禮所硬性規定。而我們要研究周代婚姻禮俗的實際情況，《詩經》的價值是不輸於《儀禮》、《禮記》、《周官》三禮的。《詩經》的十五國風，實在是研究周代民俗最寶貴的原始資料。〈豳風〉這〈伐柯〉篇，便是詠周代婚姻禮俗的一首詩。

九罭

這當是居東的周人，聞周公將歸，作此詩以惜別。

九罭之魚❶，鱒魴❷。我覯之子❸，袞衣繡裳❹。（一章）

【注釋】

❶罭：音域ㄩˋ。九罭：密網。❷鱒：音存上聲ㄘㄨㄣˇ，鱗細眼赤之魚。魴：鯿魚。鱒魴：皆魚之美者。❸覯：看見。之子：指周公。❹袞：音滾ㄍㄨㄣˇ。袞衣：畫有卷龍之衣，王和公侯所穿。繡裳：繡有花紋之裙。

【評析】

⑴姚舜牧曰：惟九罭而後得鱒魴，是甚不易見也。今我覯之子，而得覩袞衣繡裳之儀範焉，此生亦何幸哉！

⑵朱道行曰：以非常之魚不易網，興非常之人不易覯。

⑶王靜芝曰：言有九罭之小網，不當網鱒魴。以喻周公之大，此下土小國不宜久留周公也。

鴻飛遵渚❶，公歸無所❷。於女信處❸。（二章）

【注釋】

❶鴻：雁也。遵：循。渚：音主ㄓㄨˇ，小洲。❷所：處，止也。無所：猶言不止，謂不留止於東也。❸於：音烏ㄨ，歎詞，下同。女：汝。信：再宿曰信。普賢按：此句因惜別周公而歎惋之詞，希望周公能多留一宿也，下同。

【評析】

⑴王靜芝曰：言鴻飛遵渚而去，喻公之將歸也，今公將歸而不止於我東國矣。我等無挽留之策，惟與汝再宿而處，以惜別也。（普賢按：「與」字如改為「望」字當更妥）

鴻飛遵陸❶，公歸不復❷。於女信宿❸。（三章）

【注釋】

❶陸：高平之地。❷復：返也。❸宿：猶處。

是以有袞衣兮❶，無以我公歸兮❷。無使我心悲兮。（四章）

【注釋】

❶是：此也，指東國。言此東國竟亦有服袞衣之人也。有「與有榮焉」之感。❷言勿使我公歸也。希冀之辭，即上兩章望其多住一宿之意。

【評析】

(1)姚舜牧曰：「是以有袞衣兮」，其欣仰亦何至！「無以我公歸兮」，其懷戀亦何深！信非盛德不足以至此。

(2)牛運震曰：一氣捲下，卻自曲折纏綿。末章收括上三節，結構甚妙。

【總評】

(1)唐汝諤曰：朝廷不可一日無公，而公亦無一日不以朝廷為念。則公之歸，自有不遑恤乎人情者。但天下可喜，而東人則可悲。故願於信處信宿之外，得少留焉，即以為幸也。

狼跋

這是豳人美周公的詩。

狼跋其胡❶，載疐其尾❷。公孫碩膚❸，赤舄几几❹。（一章）

【注釋】

❶跋：足踩之。胡：項下垂肉，即頷。❷載：則。疐：音至ㄓˋ，與躓通，礙也。二句形容肥狼臃腫，進退兩難。❸公孫：公侯之子孫，此指周公。碩：大。膚：肥也。❹舄：音昔ㄒㄧˋ，屨也。赤舄：冕服者所著之屨。冕服為大夫以至天子之禮服。几：音己ㄐㄧˇ。几几：步履聲。

【評析】

(1)朱熹曰：周公雖遭疑謗，然所以處之，不失其常，故詩人美之。

(2)蘇轍曰：周公輔成王亦多故矣：二叔流言以病其外，成王不信以憂其內。人之視周公如狼然，前憂其躐胡，而後憂其跆尾也。然周公居之，從容自得，而二患皆釋也。

(3)牛運震曰：從赤舄寫德性入神，想見周公氣體高雅處。

狼疐其尾，載跋其胡。公孫碩膚，德音不瑕❶。（二章）

【注釋】

❶德音：此謂聲譽。瑕：已也。德音不瑕：猶言德音不已。

【評析】

(1)朱熹曰：物之累於形者，其進退跋疐，無所往而不病。聖人之周於德者，其進退從容，無所往而不宜。蓋臨大難而不懼，處大變而不憂，斷大事而不疑。非道隆德盛者，固不足以語此，非常人所能及也。

【總評】

(1)孔穎達曰：作〈狼跋〉詩者，美周公也。進退有難，而聖德著明，終無愆過。故周大夫美其不失其聖也。經二章皆云進退有難之事，德音不瑕，是不失聖也。

(2)糜文開曰：此詩乃比體，是一篇解嘲之詩，每章前兩句以公孫比肥狼，嘲笑他身體臃腫，蹣跚而行，步履艱難。下兩句以反比解嘲，說公孫雖胖，而精神抖擻，赤舄健步，其聲几几然；中氣充足，語音洪亮，無可訴病也。讀來幽默風趣，別具一格。是一篇絕妙的解嘲詩。（普賢按：糜文開之評析係根據姚際恆《詩經通論》評此詩曰：「此反比也，几几正跋疐之反」，而定此篇為解嘲之詩。茲錄之以供參考。）

詩經正詁

余培林／著

本書探求《詩經》各篇詩義，以該篇詩文為主，而以前人之說為輔。無私於古今，不偏於憎愛，而惟是是求；本書注釋詩文，多採前人之說，其有己意，則以《詩經》前後文互證為主，而以語法、聲韻、禮制等為輔；本書如用前人之說，必採用最早出者，並註明其出處，以使讀者明其根源，且免掠人之美。

國家圖書館出版品預行編目資料

詩經評註讀本(上)／裴普賢編著.——四版二刷.——
臺北市：三民，2023
面；　公分.——（國學大叢書）

ISBN 978-957-14-6960-7（上冊：平裝）
ISBN 978-957-14-6961-4（下冊：平裝）
1. 詩經 2. 注釋

831.12　　109014914

國學大叢書

詩經評註讀本(上)

編著者　裴普賢
發行人　劉振強
出版者　三民書局股份有限公司
地址　臺北市復興北路386號(復北門市)
　　　臺北市重慶南路一段61號(重南門市)
電話　(02)25006600
網址　三民網路書店 https://www.sanmin.com.tw

出版日期　初版一刷 1982年7月
　　　　　三版三刷 2016年10月
　　　　　四版一刷 2020年12月
　　　　　四版二刷 2023年6月
書籍編號　S820050
ISBN　978-957-14-6960-7